김수현

" 힘들어도 닮장 밖으로
나가야 자유인 거예요."

군주

가면의 주인 下

군주

가면의 주인 下

박혜진 원작 | **손현경** 각색

웅진 지식하우스

인물소개

세자 이선(李煊) _ 왕세자

"잘못된 세상을 바꾸려면 어찌해야 합니까?"

인간이 누릴 수 있는 최고 권력인 왕권 앞에 얼굴을 가린 채 17년간 숨어 살아왔던 조선의 세자. '때가 되면 알려줄 테니, 아무것도 묻지 말라'라는 말만 되풀이하는 아바마마의 명을 어기고 세상 밖으로 걸어 나간다. 각고의 노력 끝에 자신이 왜 가면을 쓰고 살아야 했는지를 알게 되었으나, 다시는 궁으로 돌아갈 수 없는 돌이킬 수 없는 처지에 놓인다. 사랑하는 여인과 백성을 위해 왕권을 버린 후 목숨을 걸고 세상 밖으로 나간 비운의 운명을 가진 왕세자이다.

한가은 _ 한성부 서윤의 딸

"대체 왜 제 아버질 죽이신 겁니까?"

가난하지만 강직한 삶을 살아온 무관 서윤의 딸. 집안 살림을 건사하며 살아온 덕에 책임감이 강하고 호기심이 많다. 천민 이선과 함께 스승 우보로부터 배우며 학식을 쌓아왔다. 총명하고 어진 인품을 가진 덕에 주변 사람들로부터 존경과 사랑을 받는 그녀이지만, 아버지를 참수한 세자에게 복수하기 위해 첫사랑 천수 도령(세자 이선)을 외면하고, 마음에 칼날을 품은 채 궁인의 삶을 택한다.

천민 이선(異線) _ 백정의 아들

"아가씨를 위해 내가 진짜 왕이 되겠습니다!"

백정의 아들로 태어났으나 우보를 스승으로 모시며 배움을 게을리하지 않는다. 서윤 어르신의 딸 가은을 연모하지만, 비천한 신분 때문에 내색할 수 없다. 양수청의 수부로 일하던 어느 날, 천수 도령과 기묘한 인연으로 얽힌다. 그날 이후 세자와 천민으로서의 삶이 뒤바뀐 채, 편수회 대목의 노리개인 '가짜 왕'의 삶을 살게 된다.

김화군 _ 대목의 손녀

"제가 세자저하의 마음을 얻겠습니다."

조선의 최고 권력자인 편수회 대목의 손녀딸. 명석한 두뇌와 야심으로 아버지 우재를 제치고 대편수 자리에 오른다. 세자를 사랑하지만, 철천지원수 사이이기에 쉬이 다가가지 못하고 세상에서 가장 아픈 사랑을 한다. 이루어질 수 없는 사랑을 이루기 위해 자신의 모든 것을 바치지만, 그녀의 사랑은 거부당하고 만다. 사랑을 위해, 세자를 위해, 목숨을 거는 강인한 여인이다.

대목 _ 편수회의 우두머리

"둘 중 하나겠지. 내가 얻어야 할 자이거나, 죽여야 할 자."

폭군이었던 선왕을 시해하고 조선 왕실의 권력을 손에 거머쥔 편수회의 수장. 세자 이선의 명줄이 끊어진 것을 목격한 뒤 천민 이선을 '가짜 왕'으로 세워 조선의 물도, 상평통보 제조권도 모두 손아귀에 쥐려고 한다. '짐꽃환'이라는 환각제를 이용해 원하는 것을 얻어내고, 얻어야 할 자와 죽여야 할 자를 구분하는 살귀 같은 인물이다.

우보 _ 성균관 사성, 세자의 스승

"인의예지는 이 조선에서 다 똥이다!"

성균관 사성이던 시절부터 학자로서의 명성이 자자한 인물. 서학, 천문, 역사, 지리까지 능해 모르는 분야가 없고, 내의원의 그 어떤 어의와도 견줄 만큼 뛰어난 의술을 지닌 귀재이지만 편수회의 노리개가 된 왕실을 등지고 은둔하며 살아왔다. '세자가 가면을 쓰고 살아야 하는 이유'를 물어온 세자 이선을 한눈에 알아본 후 세자가 이뤄내야 할 세상에 대한 깨달음을 준다. 세자와 함께 '잘못된 세상을 바꾸기 위해' 고군분투하는 충신이다.

차례

第三部

"스승님 말씀대로 제 발을 백성들 있는 곳에 두고,
백성의 눈으로 세상을 보았습니다.
그랬더니 제가 무엇을 배웠는지 아십니까?"
"무엇을 배웠느냐?"
"……두려움을 배웠습니다.
권력이란 것이 백성들에게
얼마나 잔인한 칼날이 될 수 있는자를 배웠습니다."

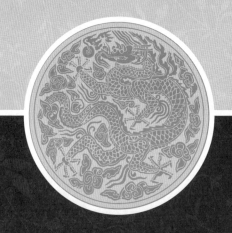

1
군주의 선택

"너는 왜, 왕이 되려 하느냐?"

우보의 갑작스러운 질문에 세자는 보고 있던 지도를 내려놓고 고개를 들었다. 태양이 서쪽으로 조금씩 몸을 기울이고 있었다. 우보와 세자가 앉아 있는 평상 위로 침묵의 그림자가 길게 드리워졌다. 이윽고 우보가 침묵을 깨고 질문을 건넸다.

"이대로 훌훌 털어버리고, 보부상 두령으로 살아가는 길도 있는데…… 왜 굳이 힘든 길을 가려는 것이야?"

세자는 점점 낮아지는 해를 바라보며 생각에 잠겼다. 지난 5년 동안 스스로에게 끊임없이 던졌던 질문이었다. 궐을 나와 책쾌 천수로, 보부상 두령으로 살면서 보고 깨달은 바가 많았다. 동궁 온실에만 머물렀다면 결코 볼 수 없었을 세상이었다. 더 낮아진 해는 어느

새 핏빛으로 물들어가고 있었다. 세자는 생각을 더듬어가듯 천천히 입을 열었다.

"그러게요. 저도 그런 생각을 해봤습니다. '이대로가 좋지 않을까? 왕좌를 버리고, 평범하게 살아가는 것이 더 좋지 않을까?' 하고 말입니다."

"그런데?"

"예전에 제가 스승님께 어찌해야 편수회를 없앨 수 있는지를 물었었지요? 스승님 말씀대로 제 발을 백성들 있는 곳에 두고, 백성의 눈으로 세상을 보았습니다. 그랬더니 제가 무엇을 배웠는지 아십니까?"

"무엇을 배웠느냐?"

"굶주림을 배웠습니다. 불쌍한 백성들이 평생 벗어나지 못하는 고통스러운 굶주림 말입니다. 그리고 두려움을 배웠습니다. 권력이란 것이 백성들에게 얼마나 잔인한 칼날이 될 수 있는지 배웠습니다. 예전엔 아무것도 할 수 없는 제 존재가 가벼워서 화가 났는데 이젠, 백성들에게 군주가 어떤 존재인지 알기에, 왕좌로 돌아갈 생각을 하면…… 제 존재가 너무 무거워 두렵습니다."

세자의 독백 같은 고백이 이어지는 동안 황혼이 지나가고 있었다. 빛과 어둠이 조우하는 하늘을 멀거니 바라보던 우보가 세자를 향해 고개를 돌리고 물었다.

"그렇게 두려운데 왕좌로 돌아가겠다?"

"그곳이 제가 있을 곳이니까요."

"널 만나고 싶어 하는 사람이 있다. 따라오너라."

우보가 갑자기 자리에서 일어나 신발을 꿰차며 마당을 나섰다.

"스승님?"

세자는 돌연한 상황에 어리둥절한 채 우보의 뒤를 황급히 따라나섰다. 마당 일각에서 검술 훈련을 하던 청운도 흙먼지를 일으키며 세자를 쫓아왔다.

우보가 세자와 청운을 데리고 간 곳은 광열의 집이었다.

'설마 만나게 해주겠다는 사람이 대사헌은 아니겠지?'

사섬시 관원으로 환전 업무를 하던 광열은 이조판서가 된 우보의 천거로 얼마 전 대사헌이 되었다. 대사헌이 된 이후로도 광열은 우보의 집으로 세자를 자주 찾아왔었고, 정치 현안에 대해 진지한 토론도 여러 번 했었다. 세자는 다 늦은 밤에 갑작스럽게 만나야 할 사람이 누구인지, 도무지 짐작할 수 없었다.

청운이 대문을 열었다. 그들이 대문으로 들어서자 마당에서 기다리던 광열이 세자 앞으로 달려와 예를 갖추며 고개를 숙였다. 그때 광열 뒤에 서 있던 무관이 세자 쪽으로 성큼성큼 다가왔다.

"세자저하!"

무관은 한쪽 무릎을 꿇고 앉아 머리를 조아리며 통렬한 목소리로 안부를 물어왔다.

"함길도 병마절도사 최헌, 저하께 인사 올리옵니다. 역적의 무리가 용상을 더럽히고, 조정이 간악한 무리로 들끓는 동안 얼마나 괴로우셨습니까?"

"최헌…… 장군?"

북방의 해동청(海東靑, 사냥을 위해 훈련된 매)이라고 불리는 최헌은 1만 기병을 이끄는 대장군이었다. 세자가 알기로, 최헌은 왕권이 교체된 이후 한 번도 한성에 온 적이 없었다. 대비가 대리청정을 할 때 몇 번이나 도움을 요청했으나 편수회원들이 설치는 꼴을 보기 싫다며 기어코 입궐하지 않았다던 위인이었다.

'고집스럽고 대쪽 같은 노장이 한성에는 갑자기 왜 왔을까?'

세자는 사랑채로 자리를 옮긴 후에야, 광열에게 그 이유를 들을 수 있었다. 세자저하가 살아 있다는 사실을 안 광열은 그 기쁨을 억누를 수 없어, 오랜 친분을 유지하고 있던 최헌에게 연통을 넣었다고 했다. 변방의 야인들과 싸우며 국경을 지키던 최헌은 그 소식을 듣자마자 만사를 제치고 한성으로 달려온 것이다.

"전부터 이상하다 생각했습니다. 편수회가 세운 가짜였다니, 이제야 이해가 갑니다."

최헌이 분통해서 못 살겠다는 듯 오만상을 찌푸리며 말했다.

"이선인 아무 잘못이 없습니다. 나 때문에 고통받는 친구예요."

세자는 화살이 이선에게 돌아가는 것을 원치 않았다. 하지만 이선과 세자의 관계를 전혀 모르는 최헌은 목에 걸린 가시인 듯 이선을 향한 분노를 숨기지 않았다.

"그런 자를 감싸시다니요! 저하 대신 왕좌에 앉은 것만으로도 대역죄입니다. 저하, 지금 당장 편수회를 치시옵소서."

"장군!"

"소인의 휘하에 있는 군사들을 저하께 바칠 것이니, 지금 당장 편수회를 치시옵소서! 놈들의 목을 모조리 베어버리고, 선왕의 원수를 갚으십시오! 하여, 간악한 무리를 뿌리채 뽑아버리고 종사를 바로잡으십시오! 저와 군사들이 죽기를 각오하고 따르겠나이다!"

"국경의 군사를 움직인다면, 야인들이 가만히 있겠습니까?"

"야인들과는 이미 화친 조약을 맺었습니다. 지금이야말로 군사를 움직일 수 있는 천재일우(千載一遇)의 기회이옵니다. 저하, 어서 결정을 하시지요."

최헌은 대비 역시 같은 생각이라는 말을 덧붙였다. 세자를 만나러 오기 전, 입궐하여 대비를 알현하면서 그녀의 의중을 떠보았다는 것이다. 세자는 쉽사리 결정하지 못하고 무거운 표정으로 좌중을 둘러보았다. 광열은 최헌과 같은 뜻을 품고 있는 듯 간절한 눈빛으로 세자를 바라보았고, 우보는 땅거미라도 발견한 양 방바닥에 시선을 비끄러맨 채 말없이 앉아 있었다.

"저하, 어서 결정을 내리시옵소서!"

기다리다 못한 최헌이 거듭 세자의 결정을 촉구했다.

"아니 되옵니다!"

그때였다. 우보가 무겁게 입을 열며 반론을 제시했다.

"저하, 국경의 군사를 움직여 편수회를 치는 것은 아니 되옵니다! 국경의 군사를 움직여 편수회를 친다는 것은, 결국 이 나라에 내전을 일으킨다는 것. 내전에 휘말려 희생될 수많은 백성들을 생각하십시오. 저하! 수많은 백성을 희생시키고, 보위로 돌아가고자 하십니까? 진정 그런 군주가 되고자 하시옵니까?"

평소 세자를 대하던 우보가 아니었다. 세자 앞에서 읍하며 아뢰는 우보의 모습은 군주 앞에 선 신하의 모습이었다. 세자는 우보의 말 한 마디 한 마디를 뼛속 깊이 새겼다.

"감히 세자저하께 무슨 망발입니까! 번지르르한 말로 저하를 현혹하려 하나, 결국 겁쟁이 서생이 내뱉는 말! 저하, 지금이야말로 군사를 움직일 적기이옵니다. 이때를 놓치면 언제 다시 기회가 올지, 알 수 없사옵니다!"

최헌이 급한 성정을 드러내며 불꽃을 뿜어내듯 말했다.

"지금 이 순간에도 편수회 손에 무고한 백성들이 죽어가고 있습니다. 내가 망설이고 주저하는 사이, 더 많은 이들이 죽을 겁니다. 대체 언제까지 더 기다리고 인내해야 합니까? 대체 이 싸움은 언제

쯤 끝날 수 있습니까?"

세자의 탄식 어린 말에, 우보의 눈시울이 붉어졌다.

"저하의 일생이 걸릴 것입니다. 평생 동안 싸워야 할 고통스러운 투쟁이 될 겁니다. 그것이 이 나라를 살리고 편수회를 치기 위한 대가이옵니다."

"저하의 일생을 걸고 싸우라니! 지금 그걸 말이라고 하는 겁니까!"

최헌이 못 들을 말을 들었다는 듯 손으로 귀를 닦아내며 우보를 닦달했다. 그리고 이내 세자를 바라보며 더 큰 목소리로 간읍했다.

"저하! 군사를 일으켜 편수회를 치십시오! 대목을 치고! 연루된 자의 목을 모조리 베어버리십시오! 그래서 이 싸움을 단번에 끝내셔야 합니다!"

방 안에 있는 세 사람의 눈동자가 모두 세자를 향했다. 세자는 시선의 무거움을 견디지 못해 고개를 숙였다. 갑자기 외로워졌다. 누구의 말을 들어야 하는지, 무엇이 옳은 길인지 알 수 없었다. 당장이라도 편수회를 치고 싶은 욕심에 최헌의 손을 들어주려다가도, 무고한 피를 흘릴 백성을 생각하니 마음이 괴로워 우보의 손을 들어주고 싶어졌다. 결코 쉬운 결정이 아니었다.

'정치란 무엇인가. 왕의 말 한마디에 1만의 군사들이 움직이고, 그보다 많은 수의 백성들이 목숨을 잃을 것이다. 그 책임은 누가 질 것인가. 왕이다. 모든 결정은 왕이 스스로 내려야 하며, 모든 책임은 왕이 져야만 한다. 그 누구도 왕을 대신할 수는 없다.'

세자는 아주 오래도록 생각에 잠겼다. 군주는 자기 자식을 돌보는 마음으로 백성을 사랑해야 한다고 했다. 진짜 부모라면 자식이 무고하게 피를 흘리며 죽어가는 것을 원치 않으리라.

"나는…… 편수회를 치고 싶습니다. 내 아버지와 어머니의 원수를 갚고, 금군별장의 원수를…… 규호 어르신의 원수를 갚고 싶습니다. 지금 당장! 편수회와 대목을 치고 싶습니다. 허나, 그리할 수 없습니다. 아직 편수회의 실체를 다 파악하지 못했습니다. 군사를 일으킨다 해도 그 뿌리를 뽑을 수 있을지 장담할 수 없습니다. 나 한 사람은 용상으로 돌아갈 수 있을지 몰라도, 수많은 백성들이 피 흘리고 다칠 겁니다. 또한! 나라에 분란이 일어난다면 야인들은 결코 그 기회를 놓치지 않을 겁니다. 내전을 일으키고, 외세의 침략을 불러일으키는 왕. 그런 왕이 될 수는 없습니다. 국경의 군사는…… 움직이지 않습니다."

세자는 진심을 다해 자신의 속내를 털어놓았다. 그의 유려한 말솜씨에 광열과 우보가 감복한 표정으로 그를 바라보았다. 오직 최헌만이 불꽃 같은 눈빛으로 입을 열었다.

"저하! 다시 생각해주십시오! 선왕께서 살아 계셨다면 분명, 거병을 해서 편수회를 치는 것이 옳은 길이라 하셨을 겁니다!"

"백성을 다스릴 땐 두려움을 보여선 안 된다. 약함은 강함으로 가리고, 두려움은 잔인함으로 덮어라. 그것이 왕이다! 선왕께선 그리 말씀하셨지요. 허나, 나의 조선은 다릅니다! 백성들을 희생시키면서 왕좌로 돌아갈 순 없습니다. 난, 이 나라 모든 백성을 위해 왕이 될 것이오. 백성만이 나의 목적이거늘, 그 백성을 피 흘리게 하면서, 어찌 보위에 오를 수 있겠소?"

"저하……."

세자의 간곡한 어조에 최헌의 눈빛이 흔들렸다.

"장군이 정녕 날 왕으로 생각한다면, 날 믿고 국경으로 돌아가 내가 아닌, 나의 백성을 지켜주시오."

"신, 병마절도사 최헌! 주상전하의 명을 받드옵니다!"

결국 최헌이 고개를 숙였다. 우보와 광열이 세자를 향해 신뢰 가득한 눈빛을 보냈다. 세자는 천군만마를 얻은 듯했다. 최헌, 우보, 광열, 밖에서 기다리고 있는 청운, 어딘가에서 자신이 맡은 본분을 다하고 있을 무하. 이 다섯 사람이 모두 자기편이라는 생각이 들자, 세자의 마음은 더없이 든든해졌다.

≈≈

최헌을 만난 지 닷새쯤 지난 어느 날 밤, 세자는 대비의 전갈을 받고 입궐하였다. 대비전 상궁은 먼저 온 손님이 있다며, 협경당에서 잠시 대기하라 일렀다. 밤늦은 시간에 부른 것도, 대비전에서 한참이나 떨어진 협경당에서 기다리라는 것도, 어쩐지 느낌이 좋지 않았다. 그러나 세자는 별 수 없이 협경당으로 걸음을 옮겼다.

협경당에 앉아 서책을 들여다보던 순간이었다. 누군가 협경당 문을 열고 안으로 조용히 들어섰다. 세자는 서책을 내려놓고 누구의 기척인지 확인하려 고개를 들었다. 그 순간, 그의 얼굴에 화색이 돌았다. 거짓말처럼 눈앞에 가은이 서 있었던 것이다. 남색 치마에 옥색 저고리를 입은 가은이 다소곳이 다과상을 내려놓았다.

"가은아……."

"……."

가은은 무표정으로 일관하며 조용히 찻물을 내렸다. 그녀의 입술처럼 붉은 핏빛이 흐르는 찻물이었다. 세자는 그녀의 얼굴에 시선을 비끄러매며 찻잔을 들었다. 가은이 몸을 일으키려는 듯 치맛자락을 잡았다.

"잠깐만."

세자가 다급한 몸짓으로 가은의 손을 붙잡았다.

"아무것도 묻지 않을 테니, 이 차를 다 마실 때까지만이라도…… 곁에 있어주면 안 되겠느냐?"

그의 간절함을 못내 뿌리치지 못하겠다는 듯 가은이 자세를 고쳐 앉았다. 가을바람처럼 서늘한 표정이었으나, 세자는 그녀가 눈앞에 있다는 것만으로 안도했다.

한 모금, 한 모금, 찻잔에서 사라져가는 찻물이 야속하기만 했다. 이상하게 마음이 동요되고 정신이 몽롱해졌다. 가녀리고 애처로운 그녀의 어깨를 끌어안고 싶은 욕망과 그럴 수 없는 현실이 그의 마음을 어지럽힌 까닭이리라. 찻잔에 바닥이 보이기 시작했다.

"아직도 궐의 여인을 희롱하는 버릇을 버리지 못하셨군요. 다음엔 사람들을 부르겠습니다."

가은이 매몰차게 일침을 놓았다. 그녀의 냉정한 태도에 세자의 마음은 더없이 먹먹해졌다. 그는 찻잔을 내려놓으며 우울하게 입을 열었다.

"마지막 한 모금은 아까워서 도저히 못 마시겠구나."

"……."

그녀는 그의 안타까운 눈빛을 끝내 외면하며 자리에서 일어섰다. 하지만 세자는 다과상을 잡은 가은의 손끝이 떨리고 있음을 보았다.

'차라리 마음을 버릴 것이지. 어찌하여, 마음은 그대로 두고 몸만 떠난단 말이냐. 몸과 마음이 다른 길을 가니, 그 얼마나 힘들 것이냐. 가은아…… 너 어찌하여, 그 힘든 길을 가려 하느냐…….'

세자는 가은이 나간 자리를 하염없이 슬프게 바라보았다. 시선을 너무 한곳에 집중한 까닭일까, 속이 메슥거리고 허공에 부유해 있는 듯 현기증이 일었다. 몸이 이상하다 싶은 순간, 벼락 맞은 사람처럼 온몸이 푸드득 떨렸다.

"거, 거……"

사람을 불러 도움을 요청하고 싶었지만, 목소리가 나오지 않았다. 위장이 뒤틀리고 뇌수가 터진 듯 머리가 아팠다. 쿵! 몸이 바닥으로 쓰러졌다. 뱀처럼 꽈리를 틀며 고통에 몸부림쳤다. 눈앞에 안개가 자욱하게 펼쳐지며 정신이 아득해졌다.

정신을 차렸을 때는 칠흑같이 어두운 강물 속이었다. 몸이 무겁게 가라앉고 있었다. 밧줄에 꽁꽁 묶인 터라 살고자 허우적거릴 수도 없었다.

'이만 포기하자…….'

체념한 순간, 눈을 부릅뜨고 입을 벌렸다. 열린 구멍으로 물이 속절없이 밀려들어 왔다. 생의 끝에 다다른 순간, 저 멀리서 여인의 인영(人影)이 보였다. 옥황상제가 보낸 천녀인가. 용왕님이 보낸 옥녀인가. 여인의 얼굴을 헤아리고자 할 때 또다시 정신을 잃고 말았다.

"쿨럭! 쿨럭!"

다시금 깨어난 곳은 강기슭이었다. 세자는 몸 안에 들어찬 물을 거침없이 토해냈다. 협경당에서 갑작스러운 고통에 몸부림치던 순간과 강물 속에서 보았던 여인의 인영이 머릿속으로 스쳐 지나갔다.

'도대체 내가 무슨 일을 당한 거지?'

앞뒤 정황을 도무지 판단할 수 없었다. 세자는 답답한 마음에 고개를 흔들었다. 그 순간 옆에 쓰러져 있는 여인이 시야에 들어왔다. 가은이었다. 그녀는 그와 마찬가지로 온몸이 흠뻑 젖어 있었다. 강물 속에서 보았던 여인이 가은의 것이었음을, 세자는 깨달았다.

"가은아! 눈을 좀 떠보거라. 가은아!"

세자는 가은을 품에 안고 오열했다. 그녀가 다시는 깨어나지 않을까 두려웠다.

'그녀가 죽느니 차라리 내가 죽겠다! 살려주시오! 제발 그녀를 살려주시오!'

그의 울음소리가 메아리치며 어두운 강기슭을 쩌렁쩌렁 울렸다. 그의 품에 안겨 있던 가은이 몸을 움찔거리기 시작했다. 쿨럭쿨럭! 이윽고 가은이 물을 토해내며, 가쁜 숨을 몰아쉬었다.

"도련님……."

"가은아…… 정신이 드느냐?"

"무사하셔서…… 다행입니다."

가은은 그의 얼굴을 마음에 새기기라도 하듯 빤히 바라보며 울먹였다.

"가은이 네가…… 날 구한 것이냐? 날 구하느라, 네 목숨을 잃을 뻔했다. 왜 물에 뛰어든 것이야? 어쩌자고 그리 위험한 짓을 해!"

"무서웠습니다. 도련님을 다신 못 볼까 봐…… 무서웠습니다. 제 목숨보다도 소중한 분을 잃을까 무서웠습니다."

이렇게도 절실히 누군가를 연모할 수 있을까. 가은의 고백은 세자를 전율케 했다. 가슴이 벅차올라 주체할 수 없었다. 그는 바람에 풀썩 쓰러지는 갈대처럼 그녀의 몸 위로 쓰러졌다. 그녀가 그의 몸을 떠밀며 약하게 저항했다. 그는 한 손으로 그녀의 두 손을 움켜잡고, 다른 손으로 그녀의 턱을 들어 올렸다.

까맣게 어두운 강물에 달빛이 몸을 담그듯, 가은의 눈동자에 그의 얼굴이 가득 담겼다. 가은이 애절한 눈빛으로 그를 바라보았다. 세자는 마음을 더는 숨길 수 없었다. 가은이 두 눈을 스르르 감으며 그를 허락했다. 세자의 입술이 천천히 그녀의 입술 위로 포개어졌다. 달콤하고 촉촉한 입맞춤이 길게 이어졌다.

긴 입맞춤이 끝나자, 세자는 가은의 손을 잡고 일으켜 세웠다. 서늘한 바람이 젖은 옷깃 사이로 스며들었다. 가은은 한기가 드는지 몸을 으스스 떨었다. 세자는 그런 가은을 등에 번쩍 업었다.

"괜찮습니다. 내려주세요."

화들짝 놀란 가은이 그의 등 뒤에서 버둥거렸다.

"내 목숨을 구해준 이는, 이 정도는 누려도 된다."

세자는 그녀의 양쪽 다리에 팔을 꽉 끼고 발걸음을 서둘렀다. 어차피 궁에 들어갈 거라면, 궁성 문이 전부 닫히기 전에 들어가는 게 나았다.

"그동안 일부러 차갑게 대하고, 가슴 아프게 해드려서…… 정말 죄송해요. 실은 제가……."

가은의 속삭임이 그의 귀를 간지럽혔다.

"네 마음을 알았으니, 이제 되었다. 긴 얘기는 나중에 하자꾸나. 춥진 않느냐?"

"아뇨, 따뜻합니다. 할 수만 있다면…… 지금 이대로, 시간이 멈췄으면 좋겠습니다."

"나도…… 그렇구나……."

스물여덟 번의 종이 울렸다. 인정(人定, 조선시대의 통행금지 제도)이 된 것이다. 도성에 있는 사대문은 일시에 문을 닫아걸었고, 통행하는 행인들을 잡기 위해 순라군들이 곳곳에 돌아다녔다.

궐 앞까지 온 세자는 순라군들의 눈을 피해 어두운 거리로 가은을 이끌었다.

"꼭 돌아가야만 하겠느냐?"

세자는 높다란 궐의 성벽을 한번 올려다보며 가은에게 물었다. 가은은 슬픈 미소를 지으며 고개만 끄덕였다.

"파루(罷漏, 통행 해제시간)까지만 기다렸다가 가는 건 어떻겠느냐?"

"함께 지내는 항아님도 저를 찾을 것이고, 궁녀로서 허락 없이 외박을 할 수는 없어요."

"가은아, 네가 궁에서 하려는 일이 무엇이든, 위험한 일은 절대 하지 말거라. 혹시라도 네가 위험에 처하면……"

"도련님도 늘 조심하세요. 혹시라도 도련님이 위험에 처하시면…… 저 또한 살아갈 자신이 없습니다. 궐에서까지 편수회가 도련님을 노리니, 정말 조심하셔야 합니다."

"편수회가?"

"제가 봤습니다. 기찰단 복장을 한 사내들을."

가은은 다과상을 들고 협경당을 나가다가, 도령이 남긴 찻물이 갈변하는 것을 보고 뭔가 이상하다는 생각이 들었다. 혹시나 하고 다시 협경당에 갔을 때, 네 명의 양수청 기찰단들이 도령을 멍석에 돌돌 말고 있었다. 그녀는 황급히 몸을 숨기고, 협경당 일각에서 그 모습을 지켜보았다. 기찰단들은 멍석에 말린 도령을 등에 업고 궐 밖으로 나섰고, 가은도 그 뒤를 쫓았다. 그들은 인왕선 절벽 앞에 도착했을 때 아무런 망설임 없이 그를 절벽 아래로 던져버렸고, 가은 역시 그를 구하기 위해 절벽으로 몸을 던졌다. 여기까지 이야기를 마친 가은은 긴 한숨을 내쉬었다.

세자는 자신이 누군가에 의해 독살당할 뻔했음을 깨달았다. 그를 부른 건 분명 대비였지만, 그를 절벽으로 밀어뜨린 건 편수회 수하들이었다.

'무슨 일이 있어도 진범을 찾아낼 것이야!'

그의 속내를 읽었을까. 가은이 나직한 목소리로 입을 열었다.

"궐 안에 편수회의 세작이 있나 봅니다. 제가 알아볼게요."

"가은아, 제발, 위험한 일은……"

"게 누구냐!"

순라군의 목소리가 세자의 말을 잘랐다. 가은과 세자는 놀란 얼굴로 어슬렁어슬렁 다가오는 순라군들을 보았다. 그들은 궁녀의 복장을 한 가은과 평복 차림의 도령을 무람없이 훑어보며 비릿한 미소를 지었다. 물에 젖어 구겨진 옷에는 기슭에서 묻은 흙이 군데군데 남아 있었다. 누가 봐도 오해할 만한 모습이었다. 세자는 그제야 자신이 큰 실수를 범했음을 깨달았다.

순라군들은 두 사람을 오라에 묶은 채, 강녕전 앞마당으로 끌고 가 무릎을 꿇게 했다. 몇 분 후, 가면을 쓴 이선이 상선과 함께 강녕전 밖으로 나왔다.

"어찌 된 일이냐?"

이선은 눈살을 찌푸리며 두 사람을 일별한 후, 상선에게 물었다.

"대전 지밀나인이 낯선 사내와 함께 있는 것을, 순라군이 발견해 추포해왔습니다."

그들이 대화를 주고받는 사이, 세자는 가은을 힐끔 바라보았다. 가은은 추위와 두려움으로 새파랗게 질려 떨고 있었다. 그녀를 또다시 위험에 빠트리게 한 것 같아 심장이 우지끈 저려 왔다. 이선은 아무 말 없이 굳은 얼굴로 세자와 가은을 내려다보고 있었다.

"전하, 이 두 사람의 처벌을 어찌 하올까요? 만일 궁녀가 외간 남자와 사통한 것이라면, 두 사람 모두 참수형에 처하는 것이 궐의 법도이옵니다."

세자는 간담이 서늘해짐을 느꼈다. 그는 이선 앞에 머리를 조아리며 엎드렸다.

"전하, 제발 해명할 기회를 주시옵소서. 한나인은 아무 잘못이 없습니다. 한나인은……"

"전하! 소인이 개천에서 발을 헛디뎌 물에 빠졌습니다. 이자는 물에 빠진 절 구해주었을 뿐입니다. 전부 소인의 부주의로 일어난 일이니, 부디 소인만 처벌하시옵소서. 이자에겐 죄가 없사옵니다."

가은이 그의 말을 싹둑 자르며 끼어들었다. 그를 구하기 위해 절벽 아래로 몸을 던졌던 가은은 또다시 그를 위해 죽음을 자초하고 있었다. 더는 그녀를 다치게 할 수 없었다.

"아니옵니다. 전하, 이유가 어찌 되었든 함부로 궁녀에게 다가간 소인의 잘못입니다. 소인을 벌하시고, 죄 없는 궁녀는 풀어주시옵소서."

순간 이선의 눈이 날짐승처럼 번뜩거렸다. 세자는 이선의 속내를 도무지 읽을 수 없었다.

"뭔가…… 오해가 있었던 모양이구나. 저자는 대전의 별감이다.

대전 지밀나인이 돌아오지 않아, 과인이 걱정이 돼 보낸 것이야."

마침내 이선이 순라군들과 상선을 바라보며 말했다. 그러더니 갑자기 용포를 벗어 추위에 떨고 있는 가은의 어깨를 덮어주었다. 순간 세자의 마음에 회색빛 안개가 가득 들어찼다. 이선의 행동이 납득되지 않았다.

'우정인가? 우정이겠지.'

애써 마음을 정리해보려 했으나 혼란스럽고 답답하기만 했다.

"무사해서 다행이구나."

이선은 가은의 어깨를 감싸 안아 일으켜 세우며 상선을 불렀다.

"한나인을 데리고 가서 몸을 따뜻하게 하고, 어디 상한 곳이 없는지 잘 살펴주어라."

"예, 전하. 분부 받잡겠사옵니다. 따라오너라."

상선을 뒤따라가던 가은은 불안한 표정으로 그를 돌아보았다. 그녀와 눈이 마주친 세자는 걱정 말라는 듯 눈웃음을 지어 보였다. 하지만 그녀를 보내는 그의 마음은 무참하게 일그러지고 있었다.

"별감은 듣거라."

이선이 돌연 세자를 향해 등을 돌렸다.

"예, 전하."

세자는 혼신을 다해 예를 갖췄다.

"과인이 가장 아끼는 지밀나인을 구했으니 그 공이 작지 않다. 내,

상을 내리겠노라. 운검!"

"예, 전하."

어둠 속에서 이선의 호위무사가 스르륵 나타나 부복하고 앉았다.

"저 별감에게 스무 냥을 하사하라."

"예, 전하. 어서 주상전하의 은혜에 감사드리시오."

"성은이…… 망극하옵니다. 전하."

세자는 어떤 표정으로 이선을 대해야 할지 도저히 판단이 서지 않았다. 자세히는 알지 못해도 미루어 짐작할 수 있는 건, 가은을 향한 이선의 감정이었다. 그것은 사랑이었고, 질투였다. 한 여자를 사이에 둔 두 남자라. 세자는 세 사람 사이에 불행이 깃들고 있음을 느꼈다.

"허나…… 앞으로는 궁녀가 외간 남자와 함께 있는 것만으로도 처벌받을 수 있음을, 명심해야 할 것이야. 알겠느냐?"

이선의 말에는 진심이 담겨 있었다. 그것은 세자를 향한 경고였다.

"예. 명심하겠사옵니다."

세자는 이를 앙다물며 굳은 얼굴로 대답했다.

"너희는 오늘 이 자리에서 있었던 일을 절대 입 밖으로 내선 안 될 것이다. 괜히 헛소문이라도 돈다면, 너희 모두를 엄히 다스릴 것이야!"

이선은 그런 세자의 표정을 바라보더니, 순라군에게로 고개를 돌렸다. 곧이어 순라군들은 왕에게 예를 갖춘 후 강녕전을 빠져나갔다. 이선은 세자에게 시선 한번 주지 않고 발길을 돌려 강녕전으로 들어가려 했다. 세자는 묻고 싶은 말을 애써 꾹 참으며 고개를 숙이고 앉아 있었다. 그때 이선이 갑자기 세자 앞으로 성큼성큼 걸어왔다.

"별감은 나를 따라오라."

세자는 혼란스러운 표정으로 일어나 앞서가는 이선을 뒤따랐다. 이선이 향한 곳은 동궁 온실이었다. 세자는 5년 전과는 판이하게 다른 동궁 온실을 둘러보며 묘한 기분을 느꼈다. 화초가 있던 자리에 약초가, 꽃나무 있던 자리에 과실나무가 있었다. 온실 곳곳에서 가은의 손길이 느껴졌다.

"아가씨가 궁녀란 사실을 잊으셨습니까?"

이선은 가면을 벗고 세자 앞에 얼굴을 드러내며 물었다. 그의 거침없는 질문에 세자는 잠시 할 말을 잊었다. 이선의 질문이 이어졌다.

"보부상 두령 신분으로 궁녀인 아가씨를 만나는 것이 얼마나 위중한 죄인지 잘 아시지 않습니까?"

"가은이가 날 구하느라, 물에 빠졌었다. 가은이가 걱정돼서…… 내 경솔했구나. 가은이를…… 잘 살펴다오."

"왜 저하께서 아가씨를 부탁하십니까? 제가 저하보다 더 오래, 아가씨를 알았습니다. 이름조차 가질 수 없었던 비천한 저에게…… 이름을 지어주신 분이 아가씹니다. 어릴 때부터 같이 자랐고, 같이 학

문을 배웠고, 아주 오랫동안 아가씨를……."

"연모하였느냐?"

세자가 애써 담담한 목소리로 물었다. 이선은 차마 대답하지 못하겠다는 듯 눈길을 돌렸다.

"너도…… 연모하는 것이냐?"

세자는 확인하고 싶었다. 아니라는 이선의 대답을 듣고 싶었다. 그래야 마음속으로 파고드는 불행한 예감들이 떨쳐질 것 같았다. 허나, 이선의 반응은 전혀 달랐다.

"아가씨는 가면 쓴 저를 증오하시지요. 왜인 줄 아십니까? 저를, 저하라 생각하시기 때문입니다. 절 아버지의 원수라 믿기에…… 증오하고 계신 겁니다. 아가씨는 바로 저하를 증오하고 계시는 겁니다. 어째서 저하가 저하란 사실을 말하지 않으십니까? 언제까지 천수란 이름으로 아가씨를 속이실 겁니까?"

"나는……."

생각지도 못한 이선의 공격적인 말에 세자는 말문이 막혔다. 알고 있던 사실이었지만, 이선의 입을 통해 들으니 더 참담하게 느껴졌다.

"보위는 본래 저하의 것이니, 때가 되면 돌려드리겠습니다. 허나 기억하십시오. 가은 아가씨는 저하의 것이 아닙니다" 하고 말하는 이선의 얼굴은 비장했다. 중압감마저 느껴졌다. 세자는 머릿속이 윙

윙거리기 시작했다. 불길한 예감들이 멀미처럼 그의 속내를 어지럽혔다.

　참담한 몰골로 우보의 집에 도착한 세자는 황당하기 짝이 없는 장면을 목격했다. 광열과 우보, 무하와 청운이 최헌의 서찰을 보며 눈물을 쏟고 있었던 것이다.

"무슨 일입니까?"

세자가 방 안으로 들어서자, 네 사람은 귀신이라도 본 듯 화들짝 놀랐다.

"저하…… 난 또 돌아가신 줄 알고……"

무하가 세자를 끌어안으며 서럽게 울었다.

"하늘이 보우하사…… 옥체를 보존하시어……"

광열은 감격에 휩싸여 세자를 향해 절을 올렸고, 우보와 청운도 눈가에 물기를 닦으며 콧물을 훌쩍거렸다.

"도대체 무슨 서찰입니까?"

세자의 말에 광열이 서찰을 넘겨주었다.

세자저하가 편수회 손에 목숨을 잃으셨다 하네.

거병을 하기 위해 오늘 밤 당장 함길도로 출발할 것이야.

내 더는 반역의 무리를 두고볼 수 없네.
대비마마의 탄신연에 대목과 그 무리를 초청하여,
그 자리에서 대역 죄인들을 모조리 참살할 것이야.
해서 이 나라의 종사를 바로잡겠네.
최헌

서찰을 읽은 세자는 한숨을 내쉬며 골똘히 생각에 잠겼다. 뭔가가
꺼림칙했다. 최헌은 세자가 죽었다는 사실을 어떻게 알았을까? 불
과 세 시진(時辰)도 지나지 않은 일이었다. 대비가 최헌에게 전갈을
보낸 것일까? 그렇다면 대비는 세자가 무슨 일을 당했는지 뻔히 알
면서도 왜 그를 구하려고 노력하지 않았을까? 적어도 시신이라도
찾으려는 노력을 해야 하지 않았을까? 어떤 미심쩍은 감정이 세자
의 마음 깊은 곳에 똬리를 틀었다.
"대비마마의 탄신연에 맞춰 거병을 하겠다……."
세자는 깊은 한숨을 내쉬며 서찰을 바닥에 내려놓았다.
"제가 장군을 뒤쫓을까요? 서두르면 따라잡을 수 있을 겁니다."
청운이 당장이라도 일어날 기세로 말했다.
"저하, 소인이 생각하기엔, 최헌은 이미 쏘아버린 화살과 같아, 어
떠한 경우에도 거병을 멈추려 하지 않을 겁니다."
최헌의 성미를 누구보다 잘 아는 광열의 말이었다.

"내가 살아 있다는 걸 알아도 말입니까?"

세자가 비통한 어조로 물었다.

"최헌은 충정이 깊고, 성정이 불같은 자입니다. 저하께선 실제로 목숨을 잃으실 뻔 하지 않았습니까. 군사를 끌고 돌아와 저하의 안위를 지키는 것이 우선이다. 최헌이라면 분명 그리 생각할 것입니다. 결국 전란은 피할 수 없을 것입니다."

"그렇다면 방도는 하나군요. 국경의 군사를 움직일 수 없도록, 상황을 만들어야겠습니다."

일순간, 네 사람은 일시 정지된 상태로 세자를 바라보았다. 세자는 무언가 계획이 있는 듯 눈빛을 형형하게 빛내며 그들을 둘러보았다.

2
대비의 민낯

거병을 일으켜 편수회를 무찌르겠노라 약조했던 최헌이 어느 날 갑자기 출병을 하지 않겠다고 했다. 대비가 격분하여 이유를 묻자, 그는 이 나라 적통의 후계자인 세자저하의 명이라고 했다. 처음에는 최헌이 농을 지껄이는 줄 알았다. 그러나 그의 엄중한 표정은 결코 흐트러짐이 없었고, 대비는 이내 그의 말이 진실임을 인정하지 않을 수 없었다.

'진짜 세자가 살아 있었다니, 분명 편수회 대목의 손에 처참하게 살해되어 인왕산 절벽 아래에 묻혔다 했거늘, 죽은 자가 환생이라도 했단 말인가.'

대비는 믿어지지도, 믿고 싶지도 않았다.

대비는 5년 전부터 가면을 쓴 주상이 가짜라는 사실을 알고 있었다. 처음엔 단순한 의심이었다. 숫기 없고 더듬거리는 모습이 전과는 판이하게 달랐던 것이다. 아비와 어미를 한번에 잃은 슬픔으로 제정신이 아니겠거늘 하고 넘기기에는 지나친 감이 있었다. 의심은 곧 확신이 되었다. 편수회원이자 그녀의 친 오라버니인 최성기의 도움이 컸다. 대비는 주상이 가짜라는 사실을 알자마자 수렴청정으로 권력을 틀어쥐고자 했다. 허나, 기대만큼 마음껏 권력을 휘두를 수는 없었다. 편수회 때문이었다. 수렴청정을 하는 동안 대비는 번번이 편수회원들의 반대에 부딪혔다. 그녀의 권력은 편수회를 상대하기에는 역부족이었다. 결국 주상이 성년이 되었다는 이유로, 그녀는 수렴청정을 거두어야 했다.

뒷방으로 물러난 대비는 편수회의 노리개나 다름없는 주상과 왕실을 기만하는 편수회를 보며 이를 갈았다. 그녀는 갖가지 방법으로 주상을 회유하고자 했으나, 주상은 대목의 꼭두각시 노릇을 포기하려하지 않았다. 남은 방법은 하나밖에 없었다. 역모였다. 주상과 편수회의 연결고리만 찾는다면, 가능한 일이었다. 주상에게 원한을 품고 있는 가은을 궁녀로 들인 것은 신의 한 수였다. 허나, 가은은 원하는 만큼의 성과를 가져오지 못했다.

그때, 대비 앞에 나타난 이가 바로 최헌이었다. 그는 마치 대비의 속을 뻔히 들여다보는 사람처럼 입맛에 맞는 말만 늘어놓았다. 그중 하나가 바로 거병을 일으켜 편수회를 치자는 제안이었다. 반대할 이유가 없었다. 대비는 옳거니, 하고 최헌의 손을 덥석 잡았다.

그런데 불과 사흘도 지나지 않아, 최헌이 말을 바꾼 것이다. 대비는 그를 향한 배신감과 충격을 애절한 모정의 눈물 뒤로 감쪽같이 숨기고, 진짜 세자가 누구인지 물었다. 그녀의 연기에 꼴딱 넘어간 최헌은 애석한 표정으로 입을 열었다.

"안심하십시오, 마마. 마마께선 이미 진짜 세자저하를 만나셨사옵니다. 마마를 돕고 있는 보부상 두령, 그분이 진짜 세자저하이십니다."

최헌이 돌아간 후, 대비는 치밀어 오르는 분노를 참을 수 없었다. 진짜 세자가 살아 있다는 것, 그가 보부상 두령이라는 가면을 쓰고 그녀를 감쪽같이 속였다는 것, 최헌이 그녀의 명보다 세자의 명을 따른다는 것, 편수회와 주상을 한번에 쓸어버릴 기회를 영원히 날려버렸다는 것.

날이 밝도록 분노에 떨던 대비는 동이 트자마자 최성기를 불러들였다. 최성기는 활활 불타오르는 그녀의 눈빛에 기가 죽어 엉거주춤 자리에 앉았다. 그녀는 전날 있었던 일을 간략하게 설명한 후, 상대를 한 번에 무너뜨릴 수 있는 유일한 방법을 제시했다.

"주춧돌이 빠지면 탑은 붕괴되는 법이지요. 하면, 그 주춧돌이 누구겠습니까? 오라버니, 지금부터 이 누이가 하는 말을 잘 들으세요. 이 일이 잘못되면 오라버니와 나, 우리 집안 모두가 잘못되는 겁니다. 아시겠습니까?"

"예, 대비마마……."

"진짜 세자를 제거하세요. 그래야 최헌의 군사를 우리 마음대로 부릴 수 있습니다."

"예, 대비마마. 하명 받들겠사옵니다."

이튿날 밤, 최성기는 독이 든 환을 가져왔고, 대비는 세자에게 만나자는 연통을 넣었다. 모든 일들이 순조롭게 진행되었다. 세자는 독 환을 녹여 만든 찻물을 마시고 숨을 거뒀다. 최성기는 양수청 기찰단들을 이용해 시신까지 말끔히 처리했고, 대비는 최헌에게 한시바삐 입궐하라는 연통을 넣었다.

최헌은 자다가 일어나 부랴부랴 왔는지, 얼굴이 퉁퉁 부어 있었다. 대비는 최헌이 방으로 들어와 앉을 때까지 보료 위에 얼굴을 묻고 펑펑 우는 시늉을 했다. 최헌을 맞은 건 대비 옆에 앉아 있던 최성기였다.

"대비마마께서 급히 찾으신다기에 왔는데…… 무슨 일이 있습니까?"

최헌은 침울한 분위기를 살피며 최성기에게 물었다.

"대목 손에 아까운 인재를 잃었다고, 마마가 상심이 크시오. 보수상 두령 박천수라고, 마마께서 몹시 아끼시던 인재가 죽었소."

"보부상 두령이 죽다니, 그게 정말입니까?"

최헌은 충격받은 얼굴을 부르르 떨며 크게 외치듯 물었다. 그 소리에 대비는 눈물을 훌쩍거리며 스르르 일어나 앉았다.

"우상…… 이 사람이, 장군과 할 말이 있으니 자리를 비켜주세요."

"예. 마마."

최성기가 나간 후, 대비와 최헌은 한동안 말이 없었다. 대비는 옷고름으로 눈물을 훔치는 척하며 최헌의 기색을 살폈고, 최헌은 세자가 죽었다는 소식에 충격을 받아 맥을 놓고 있었다. 먼저 말문을 연 것은 대비였다.

"장군…… 우상은 이 사람이 왜 이리 상심하는지 모릅니다. 차마 이유를 말할 수 없었어요."

"대목은 세자저하의 정체를 알지 못합니다. 어째서 저하를 해친 겁니까?"

대비가 준비했던 말들을 꺼내기도 전, 최헌이 다짜고짜 날카로운 이를 드러내듯 물었다.

"세자는 보부상 두령 신분으로 대목이 조폐권을 쥐는 것을 막아냈어요. 그래서 대목의 표적이 된 겁니다. 세자가 백성을 위해…… 편수회와 싸우다 목숨을 잃은 것이에요. 우리 세자가…… 너무나 가엾습니다."

용맹한 사내일수록 여인의 눈물에 약한 법이었다. 대비는 자식을 잃은 어미의 심정을 호소하며 계산된 눈물을 흘렸다.

"저하마저 대목 손에 목숨을 잃으시다니! 소인! 더는 가만히 있을 수 없습니다! 국경의 군사를 끌고 오겠습니다. 대목은 물론이고, 옥좌의 가짜 왕까지 모조리 목을 베어버리겠습니다!"

과연 대비의 계산은 정확히 맞아떨어졌다. 최헌은 분노와 비통함을 금할 수 없다는 듯 꽉 쥔 주먹으로 바닥을 내리치며 울부짖었다. 그는 대비에 대한 의심을 완전히 떨친 듯 보였다.

"장군…… 흑흑, 부디 우리 불쌍한 세자의 원수를 갚아주시오."

최헌은 대비의 탄신연에 맞춰 1만 기병을 데리고 오겠다는 약조를 한 후 대비전을 나갔다.

특별한 일 없는 나날이 흘러갔다. 대비는 탄신연만을 손꼽아 기다렸다. 하루하루 날짜를 세는 게 고통스러울 정도였다. 최헌의 군사들이 편수회 일당을 패몰시킬 것을 생각하면 온몸에 전율이 일만큼 기쁨이 샘솟았다. 그녀는 최성기와 머리를 맞대고 앉아, 앞으로 손에 쥐게 될 권력을 어떻게 이용할 것인지 의논하며 시간을 보냈다. 진정한 권력이 손에 닿을 만큼 가까이 있는 듯 느껴졌다.

～～～

기다리고 기다리던 그날이 되었다. 대비는 궁녀들을 이끌고 위풍당당하게 연회장으로 걸어갔다. 웃지 않으려고 해도 절로 웃음이 났다. 그러나 연회장에 도착하자마자 그녀의 얼굴에서 웃음기가 사라졌다. 화려한 병풍이 세워진 상석에 대목이 앉아 있었던 것이다. 대목은 금박 무늬가 새겨진 방석에 앉아 명에서 공수해온 귀한 식재료로 만든 음식을 안주 삼아 술잔을 기울이고 있었다. 마치 자기 생일상을 받고 있는 양 여유로운 모습이었다. 대비는 굳은 얼굴로 주변을 돌아보았다. 궁인들과 대목 이외에 사람은 어디에도 보이지 않았다. 대목은 꿰뚫어 보는 듯한 시선으로 대비를 노려보며 술잔을 가득 채웠다.

"경하드리옵니다, 마마. 어서 상석에 오르시지요."

"보아하니, 이 사람과 대목 그대만이 잔치 시각을 잘못 알았나 봅니다."

대비는 대목의 격렬한 눈빛을 받으며 상석에 가서 앉았다.

"아니옵니다, 마마. 당연히 소인이 미리 손을 쓴 것이지요."

대목이 교활한 미소를 지으며 말했다.

"저런, 따로 할 말이 있다면 그냥 이 사람을 찾아오시지, 왜 이리 번거로운 일을 하신 겝니까?"

"마마의 탄신연인데…… 어찌 소홀히 할 수 있겠습니까? 소인이 따로 경하를 드리려고, 준비를 했습니다. 탄신일을 경하드리기 위한, 첫 번째 요리, 초미(初味)입니다."

대목이 대비의 눈앞에 있는 요리 뚜껑 하나를 열었다. 그릇 안에 종이쪽지 하나가 돌돌 말려 있었다. 대비는 뭔가 불길한 예감을 느끼며 종이쪽지를 바라보았다. 대목이 어서 읽으라는 듯 턱을 치켜들었다. 대비는 애써 침착한 미소를 지으며 종이쪽지를 들어 펼쳤다.

식량 거래가 막혀, 생존에 위협을 느낀 북방의 야인들이 소요를 일으켰습니다. 해서, 도성으로 향하던 최헌 장군의 군사들이 발길을 돌려 북방으로 향했습니다.

종이쪽지를 든 대비의 손이 부들부들 떨리기 시작했다. 대비는 떨리는 손길을 감추려 얼른 치맛자락 틈으로 쪽지를 구겨 넣었다.

"저런, 북방의 야인들이 소요를 일으켰다니 큰일이군요."

"기다리시던 최헌이 올 수 없게 돼, 섭섭하시겠습니다."

대목은 모든 것을 꿰고 있다는 듯 의미심장한 미소를 지으며 대비를 바라보았다. 대비는 대목의 기세로 인해 옴짝달싹 못 하도록 손발이 묶인 듯한 느낌에 사로잡혔다.

"그게 무슨 소립니까? 최헌 장군이 떠난 지 얼마나 됐다고 벌써 돌아오겠습니까."

"실은 영원히 올 수 없게 만들까도 했습니다만…… 사냥매 한 마리가 북방을 지키는 것도 나쁘지 않겠다 싶어, 그냥 두었습니다. 두 번째 요리, 이미(二味)입니다."

대목이 두 번째 뚜껑을 열었다. 이번에도 그릇 안에 종이 하나가 돌돌 말려 있었다.

婦

'며느리'라는 의미의 글자를 보며, 대비는 침을 꿀꺽 삼키고 대목
을 바라보았다.

"이건 또 무슨 뜻인지?"

"제 손녀딸이, 아들이 장성하면 며느리를 보는 것이 당연하다 하
더군요. 물러날 이는 물러나고, 젊은이에게 실권을 넘겨주는 것이
세상 이치 아니겠습니까?"

대목의 말은 대비의 가슴에 비수처럼 꽂혔다. 그는 대비가 쥐고
있던 지푸라기조차 빼앗아 가겠다고 선언한 것이나 다름없었다.

"마지막 요리, 삼미(三昧)입니다."

대목이 마지막 뚜껑을 열었다. 이번에는 종이가 아니었다. 하얀
백자 그릇에 새빨간 피가 가득 담겨 있었다. 대비가 놀라 눈을 번쩍
뜨자, 대목이 간담이 서늘해질 만큼 냉담한 목소리로 속삭였다.

"호랑이 피입니다. 부디…… 옛일을 기억하시지요, 마마."

대목은 마지막 승부수를 던지듯 한마디를 툭 뱉어놓고 여유롭게
일어나 연회장을 박차고 나갔다.

대비는 굳은 얼굴로 호랑이 피를 노려보았다. 비위가 상하면서 헛

구역질이 올라왔다. 명치끝이 꽉 조여 오는 듯했고, 현기증이 일었다. 격리시켜 두었던 기억들이 구토처럼 쏟아져 나왔다.

어린 시절, 그녀는 강한 듯 가련해 보이는 금녕대군을 보자마자 첫눈에 반했었다. 후계자 반열에서 제외된 그는 왕권에 대한 욕심이 있어 보였다. 그의 욕망을 읽은 그녀는 그가 왕이 될 수 있도록 적극적으로 도왔다. 그가 그녀보다 그녀의 집안 배경에 더 관심이 있다는 것을 알면서도, 그녀는 그의 아내가 되었다. 자신이 노력하면 남편에게 사랑받을 수 있을 줄 알았다. 하지만 왕이 된 남편은 그녀를 찾지 않았다. 그는 그녀를 살아 있는 가구쯤으로 여기며 홀대했다. 행사가 있을 때만 의무적으로 만나 서로의 안부를 나누었을 뿐, 남녀 사이에 존재해야 할 애정은 손톱만큼도 없었다. 원자라도 낳으면 그의 마음을 돌이킬 수 있지 않을까 별의별 방법을 다 써보았지만, 정작 씨를 받지 못 하니 아무런 소용이 없었다.

그러던 어느 날, 남편의 애정을 한몸에 받고 있던 소의 박씨가 원자를 낳았다. 박씨는 곧바로 영빈으로 승급되었고, 처소도 궐 안에서 가장 호젓하고 아름다운 곳으로 옮기게 되었다. 현판에 버젓이 영빈궁이라는 이름도 내걸었다.

원자가 태어난 후로는, 궐 안에 있는 그 누구도 중전인 그녀에게 관심을 갖지 않았다. 중전은 뒷방 신세나 다름없었다. 그럴수록 그녀의 마음에는 특별한 감정이 들끓었다. 질투와 시기, 분노가 한데 섞여 부글부글 끓어올랐다. 그녀의 두 눈과 귀는 온통 영빈궁에 집중되었다. 어떻게 해서든 영빈과 원자를 파멸시키고 싶었다.

그녀는 아무도 찾아주지 않는 교태전에 틀어박혀 호골탕 의식 준비에 열을 올렸다. 호랑이 골을 고아서 만든 물에 원자를 목욕시키고, 호랑이 피로 원자의 몸에 이름을 써넣는 의식이었다. 그녀는 모든 것을 최고급으로 준비했다. 왕과 영빈의 의심을 사지 않기 위해서였다. 검붉은 바탕에 금빛 용무늬가 그려져 있는 태항아리와 호랑이 피를 담을 두꺼비 연적을 준비했다. 영빈과 남편은 만족스러운 미소를 지으며 그녀에게 감사 인사를 전했다. 중전은 회심의 미소를 지으며 그들의 인사치레를 받아들였다.

호골탕 의식 바로 전날 밤, 편수회원이자 오라버니인 최성기가 남몰래 교태전을 찾아왔다. 그는 그녀가 부탁한 대로 독이 든 두꺼비 연적을 가져다주었다. 최성기가 돌아간 후, 그녀는 호골탕 의식을 돕는 호산청 상궁인 정상궁을 불러 최성기에게 받은 두꺼비 연적을 건네주었다.

"연적을 슬쩍 바꿔치기하게. 아무도 눈치채지 못하도록 해야 하네 알겠는가?"

"예, 마마."

다음 날, 정상궁은 생각보다 일을 잘 처리했다. 아무것도 모르는 남편은 독이 든 연적을 들어 벼루에 호랑이 피를 한 방울 두 방울 떨어뜨렸다. 검붉은 먹물이 만들어졌다. 남편은 벌거벗은 원자의 왼쪽 어깨에 선이라는 글자를 정성스레 쓰면서 입을 열었다.

"선(煊). 이 이름의 뜻에는 백성을 위로하라는 마음이 담겨 있고, 이 이름의 음에는 어두운 조선을 밝게 비추라는 희망이 담겨 있으니, 이름처럼 조선을 밝게 비출 성군이 되어야 하느니라."

중전은 원자를 애틋하게 바라보는 남편과 영빈의 모습을 힐끗 보며 남몰래 비소를 지었다. 의식이 끝나자, 궁녀들이 호골탕으로 원자를 목욕시켰다. 그런데 왼쪽 어깨에 써진 검붉은 글씨가 지워지지 않았다. 오히려 피부가 벗겨진 듯 글씨가 더욱 도드라지는 것이었다.

원자가 칭얼거리자 중전은 마른침을 꿀꺽 삼키며 원자의 왼쪽 어깨를 뚫어지게 바라보았다. 칭얼거림은 곧 울부짖음으로 바뀌었다. 궁녀들은 소스라치게 우는 원자를 안은 채 당황해서 어쩔 줄 몰라 했고, 왕과 영빈의 안색도 급격히 어두워졌다. 중전은 걱정하는 시늉을 하며 어의를 불러들였다.

"어서 진맥을 해보시게. 설마 위중한 병환은 아니겠지?"

"이는 두창도 아니요, 마진도 아니옵니다. 참으로 아뢰옵기 송구하오나 아무래도 원자 아기씨는 독에 당하신 것 같습니다."

원자의 붉어진 어깨를 살피던 어의가 침통한 목소리로 아뢰었다.

"독이라니!"

중전은 누구보다 가장 충격받은 표정으로 크게 소리쳤다. 원자의 울음소리가 점점 거세졌다.

하지만 원자는 죽지 않았다. 무슨 방법을 쓴 것인지, 왕과 영빈은 기어코 원자를 살려내고야 말았다.

'어차피 죽을 목숨, 차라리 그때 죽었더라면 좋았을 것을!'

대비는 궁녀들을 불러 호랑이 피를 당장 치우라 명령하며 자리에서 일어났다. 대목이 무슨 꿍꿍이를 품고 있는지 당장 알아내야 했다. 세자가 죽은 마당에 이제 그녀의 적은 오롯이 대목뿐인 것이다.

✦

선선한 바람이 불어오는 오후, 대비의 탄신 축하 연회가 시작되었다. 왕과 중신들로 연회장이 북적거렸다. 대비는 오전에 있었던 대목과의 일로 기분이 몹시 상해 있었지만, 애써 즐거운 표정을 지으며 축하객들을 맞이했다.

"탄생일을 경하드리옵니다. 대비마마."

가면 쓴 주상이 까슬까슬한 목소리로 대비의 귀를 긁었다.

"고맙습니다. 주상. 모두들 이리 참석해주어 기쁘기 이를 데 없습니다."

대비가 대외적인 미소를 지으며 대답했다. 수라간 상궁이 음식을 들고 왔다.

"마마, 탄생일을 경하드리기 위한 첫 번째 요리, 초미(初味)이옵니다. 문어와 한치로 만든 어화(魚花) 요리로……"

"초미, 이미, 삼미 모두 필요 없으니, 내오지 마라."

"송구하옵니다, 마마."

심혈을 기울인 요리를 거부당한 수라간 상궁이 울상을 지으며 나갔다. 대비의 뾰족한 반응에 주상과 중신들이 놀란 얼굴로 바라보았다.

"식욕이 없을 뿐이니 신경 쓰지 마세요."

"대비마마, 하례품을 올릴 것이니 부디 받아주십시오."

주상이 대비의 불편한 심기를 달래주려는 듯 앞으로 나섰다.

"주상께서 주시는 거라면 무엇이든 기꺼이 받아야지요."

대비는 억지스러운 미소를 지으며 대꾸했다. 내시 한 명이 접시에 담긴 수박을 대비 앞에 내려놓았다.

"경하드리옵니다. 마마. 마마께서 더위를 많이 타신다 하여, 특별히 준비한 고창 서과(西瓜, 수박)이옵니다."

"고맙습니다, 주상."

대비는 일일이 대꾸하기도 귀찮았다. 어서 빨리 연회를 끝내고 처소로 돌아가고 싶었다.

"참, 그리고 특별히 마마의 탄신연을 위해 하례품을 올리고 싶다 한 자가 있사옵니다."

대비는 서과 한쪽을 맛보며 건성으로 고개를 끄덕였다.

"어서 들라하게."

주상이 상선에게 명을 내리자, 누군가 선물을 들고 연회장 안으로 들어왔다. 대비는 선물 따위 안중에도 없지만 하회탈이라도 쓴 듯 웃으며 고개를 들었다. 그 순간, 그녀의 얼굴에서 핏기가 사라졌다. 선물을 들고 연회장 안으로 들어온 이는 바로 보부상 두령, 아니 세자였다.

"경하드리옵니다, 대비마마."

세자는 창백해진 대비의 얼굴을 빤히 바라보며 들고 온 선물을 내밀었다. 공작의 깃털로 만든 부채였다.

"공작선이옵니다. 마마께서 더위를 많이 타신다 하여, 준비하였습니다."

"두, 두령, 자네를…… 오랜만에 보는 듯하이. 요즘 왜 발걸음을 하지 않았는가?"

대비는 동요하는 기색을 감추려 애쓰면서 물었다.

"송구하옵니다, 마마. 먼저 찾아뵐 신분이 못 되어, 마마께서 불러 주시기를 기다렸사옵니다."

"그래…… 내가 먼저 불러줘야…… 자네가 편히 올 수 있겠지. 내, 아랫것들에게 말해둘 테니 앞으로는 언제든지 날 찾아오시게."

"망극하옵니다, 마마."

세자는 예를 갖추고 물러나 가장 아랫자리로 가서 앉았다. 대비는 역겨움을 느끼며 공작선을 내려다보았다.

'세자는 불사신이란 말인가? 도대체 죽었다 깨어난 것이 몇 번이란 말인가!'

대비는 최성기를 죽일 듯이 노려보았다. 최성기 역시 새파랗게 질린 얼굴로 세자를 연신 돌아보고 있었다. 보고도 믿기지 않는 모양이었다.

먹고 마시는 가운데 어느덧 날이 저물었다. 나례도감 소속 광대들의 그림자극 공연을 위해 막이 펼쳐졌다. 배가 두둑하게 부른 사람들은 그림자극을 보기 위해 자리를 옮겼다. 맨 앞 상석에 주상과 대비가 앉고, 그 뒤로 삼정승과 최성기, 우보와 세자, 광열과 무하 등을 비롯한 신료들이 나란히 앉았다. 나인들이 일인용 다과상을 가져와 앞에 내려놓았다.

내관들이 입으로 촛불을 불어 끄자 연회장에 어둠이 내려앉았다. 적막이 흐르는 가운데, 광대들이 서둘러 막 주변에 불을 지폈다. 그러자 막 위로 그림자가 투영되었다. 용이 나타나 춤을 추고, 산과 바다, 물고기와 호랑이의 형상들이 줄지어 지나갔다. 새로운 그림자들이 나타날 때마다 여기저기서 탄성이 울려 퍼졌다. 그러나 뒷자리에 앉아 있는 세자에게 신경이 곤두서 있는 대비의 굳은 얼굴은 풀릴 줄 몰랐다. 대비는 슬쩍 고개를 돌려 세자를 바라보았다. 세자의 시선은 어느 한곳에 쏠려 있었다. 그의 시선을 쫓아가자, 그곳엔 가은이 있었다. 주상 옆에 붙박인 듯 서 있는 가은은 그림자극에 몰두해 있었다. 대비는 고개를 갸웃하며 주상을 바라보았다. 주상 역시 가은에게 시선을 비끄러매고 있었다. 세 사람 사이에 묘한 기류를 느끼는 순간, 고깔모를 쓴 광대가 무대 위로 올라와 해설을 시작했다. 새로운 막이 시작된 것이다.

"옛날 중국 황실에서 있었던 이야기를 들려드리겠습니다. 천자에게 아들이 없어 나라에 근심이 컸는데, 마침내 후궁 하나가 아들을 낳았습니다."

막 위로 황제와 후궁, 아기의 형상이 나타났다. 대비는 순간 불길한 느낌에 사로잡혔다.

"고맙구나. 네가 황실에 기쁨을 주었음이야. 내 너를 어찌 치하하면 좋을까? 그래, 기쁠 희(喜). 희귀비가 좋겠구나. 오늘부터 너는 희귀비이니라."

황제 그림자가 움직일 때마다 막 뒤에서 광대의 목소리가 들려왔다. 통속적이고 유치한 내용이었지만, 연극을 지켜보는 대비의 속은 타들어 가고 있었다.

"호랑이 피로 아기 몸에 이름을 써주면 강건하게 자랄 수 있는 법이네."

그림자 속 황후가 아기를 안은 후궁에게 말했다.

"망극하옵니다, 황후폐하."

아기를 안은 후궁이 퇴장하자, 홀로 남은 황후가 독백을 시작했다.

"희귀비! 폐하의 은총을 뺏긴 것만 해도 억울한데, 미천한 네년이 낳은 아이가 태자라니! 내가 용서할 줄 아느냐? 태자의 호골탕 의식 때 쓸 호랑이 피에 독을 섞어주마. 한 방울, 두 방울, 세 방울, 이제 태자는 죽은 목숨이야!"

대비는 하얗게 질려 부들부들 떨며 그림자극 무대를 노려보았다. 피가 역류하는 느낌이었다. 두꺼비 모양의 연적 형상이 등장했을 때는 밀려드는 공포감에 정신이 혼미해질 지경이었다.

"황후폐하, 부디…… 옛일을 기억하시지요. 황후폐하께서 독을 써 태자를 죽이려 한 사실을 아시면, 태자께서 황후폐하를 살려두지 않으실 겁니다."

대목이 했던 말과 똑같았다. '도대체 누구란 말이냐! 누가 이따위 연극을 올렸단 말이냐!' 자신의 추악함이 적나라하게 들어난 연극을 더는 볼 수 없었던 대비는 식은땀을 흘리며 자리에서 일어났다. 모두의 시선이 그녀에게 쏠렸다. 그녀는 모든 대신들이 자신을 향해 손가락질하며 수군거리는 것 같은 착각에 빠져 들었다. 구토가 쏠려 왔다. 그녀는 마음을 다잡으려 허리를 꼿꼿이 세우고 좌중을 돌아보았다. 그 순간 자신을 멸시하듯 노려보는 세자와 눈이 마주쳤다. 어둠 속에 번뜩이는 비수와 같은 눈빛이었다. 대비는 그 자리에서 맥없이 쓰러졌다.

머칠 후, 대비는 그림자극에 참여했던 나례도감 소속 광대들을 옥에 가두고 심문을 시작했다. 그러나 다들 시키는 대로 공연했을 뿐이라며 억울함을 호소했다. 누가 시켰냐고 묻자, 대비전 나인이라고만 대답했다. 허나 아무리 찾아봐도 광대들이 말한 나인은 없었다.

대비는 대목의 짓이 틀림없다는 생각이 들었다. 득의양양하게 웃고 있을 대목의 얼굴을 떠올리자 다시금 구역질을 올라왔다.

"세자는 어찌 된 겁니까? 분명 죽었다 하지 않았습니까!"

대비는 문안 인사차 들른 최성기를 향해 냅다 고함을 질렀다.

"분명 천길 물속으로 처넣었다 들었는데…… 무슨 수로 살아난 것인지…… 다시 손을 쓰겠습니다. 이번에야말로 기필코 세자를 죽이겠습니다."

최성기가 이마를 바닥에 찧을 듯 엎드려 사죄했다.

"됐으니 그만두세요! 어차피 이제 최헌의 군사는 오지도 못 합니다. 지금 내가 상대할 자는 세자가 아니라, 대목입니다. 감히 그런 그림자극으로 나를 희롱하다니……."

"정말 대목 어르신이 한 일일까요?"

"당연하지요! 잘 들으세요, 오라버니! 대목이 곧 새로운 중전을 간택하려 할 겁니다."

"예?"

"중전을 간택해, 이 사람을 뒷방으로 밀어내려는 수작이겠지요. 조정에서 간택 얘기가 나올 수 없도록, 우상이 손을 쓰세요."

"마마, 제 힘만으론 무립니다."

"우상은 대체 제대로 하는 게 뭡니까!"

대비의 호통에 최성기가 울상을 지었다.

"마마, 보부상 두령이 뵙기를 청하는데 어찌 하올까요?"

밖에서 상궁의 목소리가 들려왔다. 대비와 최성기가 화들짝 놀라 서로의 얼굴을 바라보았다.

"마마, 옥체 미령하다 전하고 돌려 보낼까요?"

안에서 대답이 없자, 상궁이 넌지시 물어왔다.

"아니다. 들라 해라."

"예, 마마."

드르륵, 문이 열리고 세자가 들어왔다.

'왔느냐. 천한 영빈의 자식아.'

대비는 소리 없는 독백을 주워 삼키고 세자를 날카롭게 노려보았다. 세자의 표정은 안개가 덮인 듯 불분명했다.

"어서 앉게. 탄신연 때는 이 사람이 추태를 보였어."

"아니옵니다. 존체는 좀 어떠시옵니까?"

"많이 좋아졌네. 그래, 오늘은 어쩐 일인가?"

대비가 형식적인 호의를 보이며 물었다.

"대목이 소인을 죽이려 했사옵니다! 물에 빠져 죽을 뻔했다가, 천행으로 간신히 살아났는데…… 분을 참을 수가 없어, 이렇게 찾아왔습니다. 이 원한을 갚지 않고서는 어찌 사내라 하겠사옵니까? 마마! 소인의 보잘것없는 지혜를 빌려드릴 테니, 부디 대목을 치는 데 이용해 주시옵소서!"

세자는 사또에게 억울함을 호소하는 백성처럼 순전하게 말했다. 하지만 대비는 세자가 얼마나 영악한지 알고 있었다. 동궁 온실에 처박혀 가면을 쓰고 살던 어린 시절, 세자는 순간순간 똘똘한 기질을 보여 그녀의 속을 태운 바 있었다.

"자네, 혹 대목의 다음 행보를 예측할 수 있겠는가?"

대비가 떠보듯 물었다.

"대목은 분명, 중전을 간택하려 할 것입니다. 새로운 중전에게 내명부의 실권을 넘겨, 마마의 힘을 꺾으려는 요량이겠지요."

세자는 한 치의 망설임도 없이 시원하게 대답했다.

"그럼 어찌하는 것이 좋겠는가? 간택을 막을 방도가 있는가?"

"간택을 막을 방도는, 없습니다. 주상전하께선 이미 성년이 되셨고, 선왕의 삼년상도 끝났습니다. 무슨 명분으로 간택을 막으시렵니까?"

"그럼, 대체 어떻게 하란 말인가?"

"기자쟁선(棄子爭先)! 바둑에서는 선수를 잡는 것이 중요하고 정치에선, 주도권을 잡는 것이 중요하지요. 어차피 간택은 공론화가 될 것이니…… 차라리 마마께서 먼저 금혼령을 내리시고, 간택의 주도권을 쥐십시오. 중전 간택은 본디 내명부의 수장이신 마마의 권한. 수세로 막지 마시고, 공세로 나가실 때입니다."

세자의 지략과 유려한 말솜씨에 대비의 눈빛이 흔들리기 시작했다. 대비는 동요하는 기색을 감추려 눈을 내리깔고 입을 열었다.

"두령 자네의 말이 옳아. 어차피 간택해야 할 중전. 차라리 발 빠르게 움직여, 내 집안사람을 앉히는 게 낫겠지."

"대목 사람이 중전이 돼선 안 되니 소인이 마마를 돕겠습니다."

"자네의 말을 들으니 내 10년 묵은 체증이 다 내려가는 것 같네."

"그럼 소인, 대비마마의 부름을 기다리며 이만 물러가겠나이다."

대비전을 나가는 세자의 뒷모습을 묘하게 바라보던 대비가 최성기를 향해 엉큼한 속내를 드러냈다.

"세자는 당분간 살려두겠습니다. 지금은 세자의 지혜를 빌려, 대목과 싸우는 게 우선입니다."

3
짐꽃환의 서막

최헌이 도성으로 진군하지 못하도록 만든 이는 바로 화군이었다. 화군은 세자로부터 최헌이 국경의 군사를 움직이려 한다는 사실을 알아냈다. 세자는 편수회를 모두 제거하려는 최헌의 군사를 막아야 한다며, 그녀에게 도움을 요청해왔다. 그녀로서는 도무지 납득할 수 없는 일이었다.

"편수회는 두령님이 물리치려는 적이 아닙니까? 최헌 장군을 막으려는 연유가 무엇인지요?"

그녀의 물음에 세자는 한 치의 망설임도 없이 무고한 백성들을 희생시킬 수 없다고 했다. 그 순간 화군은 또 한번 세자에게 반하고 말았다. 스스로도 어쩔 수 없는 마음이었다.

"그럼, 제가 어떻게 도와드리면 되겠습니까?"

화군은 세자를 향해 내달리는 마음을 애써 붙잡으며 물었다. 세자는 북방의 거상들을 움직여 야인들과의 식량 거래를 모두 막아달라고 했다. 식량 거래가 막히면 생존에 위협을 느낀 야인들이 소요를 일으킬 것이고, 그럼 최헌은 도성 진군을 포기하고 그들을 막을 것이라 했다. 훌륭한 계책이었다.

화군은 거상들의 회합을 이끄는 행수이자 편수회를 이끄는 대편수로서의 면모를 유감없이 발휘했다. 세자를 위한 일이었으나, 편수회의 안전을 도모하는 일이기도 했다. 이번 일로 그녀를 같잖게 여겼던 편수회원들의 시선이 달라졌다. 편수회원들은 그녀가 그녀의 아버지인 우재보다 훌륭한 지략가이자 통솔가임을 인정했다.

모든 일이 순조롭게 마무리되었다. 대비가 준비했던 거사는 흐지부지되었고, 무덥기만 했던 여름도 지나갔다. 초록의 나뭇잎들은 점점 가을의 시취(詩趣)를 더해갔다. 화군은 이따금씩 울고 싶도록 서글픈 상념에 빠져들었다. 그 상념 속에는 언제나 세자가 있었다. 그를 떠올릴 때마다 그녀는 막연한 우수에 젖어들었다. 만약 그가 그녀의 정체를 알게 된다면 어떻게 될까? 생각만으로도 절망스러웠다. 죽을 때까지 바라만 봐야 한단 말인가. 벼랑 끝에 핀 꽃처럼, 결코 그를 가질 수 없을 거라는 생각이 들면, 화군은 얼굴이 빨갛게 달아오를 때까지 숨을 참았다. 육체의 고통으로 마음의 고통을 이겨내기 위함이었다. 간혹 곤의 깊은 한숨 소리가 들려 왔으나, 그녀는 끝

끝내 모르는 척했다. 곤의 마음까지 추스를 여유가 없었다.

가을비가 부슬부슬 내리는 날이었다. 쉬지 않고 내리는 가을비에 나무가 몸을 부르르 떨며 이파리들을 바닥으로 떨궈내고 있었다. 화군은 우울한 기분을 떨치며 편수회당으로 나갔다.

편수회원들이 격식에 얽매여 부자연스러운 모습으로 그녀를 맞이했다.

"새로운 중전을 간택해 내명부의 수장을 바꿀 것이니, 모두 그리 알고 준비하시오."

화군은 도열해 앉아 있는 늙수그레한 편수회원들을 바라보며 말했다. 부원군에 욕심이 있는 편수회원들의 눈빛이 음흉하게 빛났다.

"대편수 어르신. 우리 쪽 중전 후보는 누구로 세우시렵니까?"

축 처진 양 볼에 욕심이 그득그득 붙은 좌의정 허유건이 제일 먼저 입을 열었다.

"혹 좌상에게 여식이 있소?"

"예, 딸자식이 하나 있습니다."

"영상에게도 분명 딸이 있었지요?"

화군은 영의정 주진명을 바라보며 물었다.

"예, 대편수 어르신."

자식뻘인 화군에게 고개를 숙여 대답하던 주진명이 '에취!' 하며 크게 재채기를 했다. 화군은 그런 주진명을 향해 선웃음을 지었다.

허유건이 안달하는 표정으로 주진명과 화군을 번갈아 바라보았다.

잠시 고민하는 표정으로 좌중을 둘러보던 화군의 시야에 우재가 들어왔다. 우재는 침울한 얼굴로 구석 자리에 묵묵히 앉아 있었다. 불현듯 화군의 머릿속에 기억 한 자락이 펼쳐졌다. 세자빈이 되겠다며, 우재의 소맷부리를 잡고 조르던 기억이었다. 기가 세고 고집불통인 대목과 화군 사이에서 우재는 이러지도 저러지도 못하고 난감했을 것이다. 그때나 지금이나 그를 불편하게 하는 사람은 대목과 그녀이리라. 그 생각을 하자 화군은 바늘로 찔리는 듯한 아픔을 느꼈다.

창문을 두드리는 빗소리를 뚫고 우당탕 요란한 소리가 들려왔다. 회당에 모여앉은 모든 이의 시선이 일제히 소란이 이는 문 쪽으로 향했다. 문이 부서질 듯 큰 소리를 내며 열렸다. 무복을 입은 사내 하나가 경비들을 뿌리치며 안으로 들어왔다. 그러나 비장한 기세와 달리 사내의 몰골은 비참할 정도로 말라 있었다. 사내의 얼굴과 손에는 검붉은 반점들이 뒤덮여 있었다.

"무엄하구나. 이 자리가 어디라고 함부로 들어오는 게냐?"

허유건이 비틀거리며 들어오는 사내에게 호통을 쳤다. 사내는 당장이라도 쓰러질 듯 한발 한발 다가와 우재 앞에 엎드렸다.

"도편수 어르신, 소인이 잘못했습니다. 제발 짐꽃환을 주십시오."

"네 이놈! 아이 하나 못 찾는 놈이, 무슨 낯짝으로 여길 왔단 말이냐?"

우재가 고개를 휙 돌리며 사내의 시선을 피하자, 사내가 애걸복걸하기 시작했다.

"소인이 잘못했습니다. 살려주십시오, 어르신."

"저자가 무슨 죄를 지었습니까?"

보다 못한 화군이 우재에게 물었다.

"경비가 허술한 틈을 타, 짐꽃밭에서 아이가 도망쳤습니다. 해서 경고하는 의미로 짐꽃환을 주지 않은 것입니다. 짐꽃밭을 관리하는 것이, 얼마나 중요한 일인지 똑똑히 알아야 할 것이야!"

"예, 어르신…… 제발…… 짐꽃환을……."

사내는 이제 혼절할 지경에 이른 듯 몸을 부들부들 떨었다. 죽어가는 사내의 처참한 모습에 편수회원들이 불편한 기색을 드러내며 웅성거렸다.

"한 번만 더 관리를 허술하게 했다간, 내 용서치 않을 것이야!"

우재가 눈을 부라리며 성을 낸 후, 품에서 짐꽃환을 꺼내 빈사 상태인 사내에게 건넸다. 그때였다. 바람처럼 나타난 대목이 우재의 손에서 짐꽃환을 가로챘다.

"짐꽃환이 나가는 날이 언제이더냐?"

대목이 싸늘한 표정으로 우재를 노려보며 물었다.

"초하루와 보름, 한 달에 두 번입니다."

잔뜩 긴장한 우재는 어깨를 움츠리며 대답했다.

"그 외의 경우엔 어찌 되느냐?"

"어떠한 경우에도, 어떠한 이유로도 짐꽃환을 내어줄 수 없습니다."

"나랏님이라면 어찌 되느냐?"

"나랏님이라도 내어줄 수 없습니다."

"그걸 어기고 사사로이 짐꽃환을 내어주면 어찌 되느냐?"

"살려주십시오, 대목 어르신!"

우재가 그 자리에 납작 엎드리며 사정했다.

"내가 조금만 늦게 나왔어도, 널 살리지 못했겠구나."

대목은 손에 쥔 짐꽃환을 짓뭉개며 읊조리듯 중얼거렸다. 우재의 얼굴이 순식간에 창백해졌다. 화군은 할아버지의 비정함에 다시금 치를 떨었다.

"크허허헉!"

사내가 공허한 비명을 지르며 숨을 거두었다. 편수회당에 음산한 정적이 흘렀다. 창문을 때리는 빗소리가 더욱 거세졌다. 마치 누군가의 죽음을 비통해하는 듯 서글픈 소리였다.

희끄무레한 어느 날 오후, 한껏 치장한 화군은 세자를 만나기 위해 한강나루터로 갔다. 세자는 노랗게 변한 억새풀을 바라보며 골똘히 생각에 빠져 있었다. 마치 그의 주변만 빛 무리가 에워싸고 있는 듯 눈이 부셨다. 멀찌감치에서 세자를 멀거니 바라보던 화군은 옷매무새를 가다듬고 그에게 다가갔다.

"어서오십시오, 행수님."

그녀를 발견한 세자가 공손히 인사했다.

"오래 기다리셨습니까?"

화군이 해사한 미소로 인사를 받았다.

"아닙니다. 지난번 최헌 장군의 일로 신세를 크게 져놓고 인사가 늦었습니다. 진심으로 고맙습니다."

"두령님께 도움이 되었다면 저 또한 기쁠 뿐입니다."

"사실 오늘 제가 뵙자고 한 것은, 염치없게도 행수님께 또 도움을 청할 일이 있어섭니다."

"말씀하시지요."

"혹 이런 물건을 보신 적이 있으신지요?"

세자가 품에서 고이 접힌 손수건 한 장을 꺼내 펼쳤다. 핏빛이 도는 환약 한 알이 모습을 드러냈다. 짐꽃환이었다. 화군은 놀람을 감추려 애쓰며 입을 열었다.

"이게…… 무엇입니까?"

화군은 세자가 어디까지 알고 있는지 떠보듯 물었다.

"독입니다."

세자가 가차 없이 대답했다.

"독이라고요?"

"조선에서 의술에 능하기로 손꼽히는 분도 이 독의 정체와 해독제에 대해서 모른다 하더군요. 그래서 답답한 마음에 혹, 외국과 거래를 하시는 행수님이라면 알지도 모를까 싶어 뵙기를 청했습니다."

"글쎄요…… 죄송합니다만, 저도 본 적이 없는 물건인데…… 어디서 얻은 물건인지요?"

"편수회가 만든 독입니다."

세자는 차분한 목소리로 짐꽃환을 얻은 경로에 대해 설명했다. 짐꽃환을 만드는 곳에서 도망쳐 나온 어린 여자 아이가 손에 쥐고 있던 환이라고 했다. 아이의 목숨이 경각에 달려 있었기에 자세한 내용은 들을 수 없었지만, 여러 가지 정황을 놓고 보았을 때, 편수회가 만든 독이 분명하다고 했다. 그의 설명을 묵묵히 듣던 화군은 짐꽃밭에서 도망쳤다는 어린 아이를 찾지 못해 끝내 죽고 만 사내를 떠올렸다.

"행수님도 모르신다니, 아무래도 다른 방도를 찾아봐야겠군요."

세자는 짐꽃환을 손수건에 도로 넣으며 말했다.

"저, 괜찮으시다면, 오늘 왜관으로 떠나는 상단편에 보내 제가 거래하는 왜상들에게 이 약을 보여주겠습니다. 그들이 알까 모르겠습니다만…… 혹시 또 모르니까요."

"그럼 부탁드립니다, 행수님."

세자는 선뜻 짐꽃환을 내주었다. 그의 표정 어디에도 그녀를 의심하는 구석은 없어 보였다.

4
가짜를 살린 진짜

가례도감을 설치하고 중전을 간택하라는 상소가 빗발쳤다. 대비
도 조만간 금혼령을 내리겠다고 했다. 이선은 아무런 감흥이 없었
다. 그가 원하는 것은 오직 가은뿐이었다. 가은이 중전이 되지 않는
한, 모든 것은 공허한 허식에 불과했다. 가은의 아비를 신원시켜 주
고, 그녀에게 후궁 첩지를 내려주겠다던 대비는 탄신연 이후 말이
없었다.

이선은 불안했다. 가은 곁을 맴도는 세자가 불안했고, 그들이 주
고받는 눈빛이 불안했다. 가은의 마음이 세자를 향해 있지 않을까
생각하자 심장이 비틀리는 듯한 절망감에 미칠 것 같았다. 그를 아
버지의 원수라 믿으며 증오하는 가은을 볼 때면, 금방이라도 진실을
토해내고 싶은 충동에 시달렸다.

'난 아가씨의 원수가 아닙니다. 당신이 은애하는 눈빛으로 바라보는 천수라는 자가 바로 아가씨의 원수인 진짜 왕입니다. 자, 보십시오. 저는 이선입니다. 아가씨가 직접 이름까지 지어 주었던 백정의 아들, 이선. 제가 바로 그 이선입니다.'

번민으로 점철된 나날들을 보내던 어느 날 밤, 이선은 변함없이 싸늘한 침묵을 지키며 시중을 드는 가은을 보며 무겁게 입을 열었다.

"대비마마께서 약조하셨지. 마마의 탄신연 날, 네 아비를 신원해 주겠다고."

"……기억하고 계셨습니까?"

가은은 이선의 머리에서 익선관을 벗겨 한쪽에 내려놓으며 되물었다.

"너무 낙심 마라. 네 아비의 신원은 과인이 기회를 보아 마마께 다시 청을 넣어주마."

"어째섭니까? 전하께선 왜 매번 소인을 도와주시는 겁니까? 소인께 전하는……"

"네 아비를 죽인 원수더냐?"

"……!"

가은의 일렁이는 눈동자에 분노가 스쳐 지나갔다.

"내가 아니다. 네 아비를 죽인 건…… 내가 아니다."

"그럴 리 없습니다. 소인이 직접 보았습니다."

"가면 뒤 얼굴까지 보았느냐?"

그녀의 눈빛이 흔들렸다. 이선은 애써 침착한 어조를 유지하며 말을 이었다.

"나는! 네 아비를 죽이지 않았다. 때가 되면 진실을 말해줄 테니, 당분간 비밀을 지켜다오."

가은은 혼란스러워 보였지만, 다행히 더는 묻지 않고 조용히 돌아갔다. 그날 밤, 이선은 한잠도 이룰 수 없었다.

"전하…… 전하……."

동이 틀 무렵에야 겨우 잠이 든 이선의 어깨를 누군가 흔들어 깨웠다. 눈을 떠보니 현석이 그를 내려다보고 있었다.

"이런…… 내가 늦잠을 잔 게로구나……."

이선은 무거운 몸을 억지로 일으켰다.

"송구합니다. 한데, 전하. 아직 짐꽃환을 드시지 않으셨사옵니까?"

현석이 이선의 손등에 올라오는 검붉은 반점들을 보며 걱정스레 물었다.

"짐꽃환을 먹어야겠구나……."

이선은 대수롭지 않다는 듯 대꾸하고 양수청장 태호가 가져오는 화분으로 고개를 돌렸다. 그런데 죽통이 보이지 않았다.

"전하?"

"짐꽃환이…… 보이지 않는다. 분명 어젯밤까지 화분에 꽂혀 있었는데……."

이선은 경악한 얼굴로 일어나 사방을 둘러보았다. 죽음의 사자가 코앞으로 다가온 느낌이었다.

"제가 대목 어르신을 찾아가 다시 받아오겠습니다."

현석이 두 손으로 얼굴을 감싸며 절망적으로 주저앉는 이선을 붙잡고 말했다.

"대목을 모르느냐! 편수회의 짐꽃환에 대한 규칙을 모르느냐? 다시 줄 리가…… 없지 않느냐……."

이선은 동궁 온실에 틀어박혀 고통의 하루하루를 보냈다. 시간이 지날수록 고통은 극심해졌다. 그는 악다문 이 사이로 무의식적인 비명을 지르며 통증을 견뎌냈다. 때때로 발작이 너무 심해져서 모든 생각이 사라졌고, 오직 고통을 느끼기 위해서 존재하는 것 같았다.

"으아악!"

죽기 직전의 불안과 공포로 절규하는 이선의 어깨를 누군가가 세차게 붙잡았다.

"이선아!"

세자였다. 이선은 세자의 얼굴을 보는 순간 맹렬한 분노가 치솟았다. 자신을 파멸시킨 남자, 그의 유일한 희망인 가은의 마음마저 가로챈 남자. 그를 향한 격렬한 증오심이 솟구쳤다.

"어찌 된 일이냐? 혹…… 독에 당한 것이냐? 대체 누가!"

"대목입니다. 대목이 절…… 짐꽃환으로 중독시켰습니다."

"짐꽃환?"

"왜 이제야 오신 겁니까? 제가 저하의 대역이 된다고 했을 때, 왜 저를 말리지 않으셨습니까? 왜 저를 두고 가셨습니까?"

이선은 최후의 안간힘으로 몸부림치며 울부짖었다.

"이선아……."

"하루도 편히 자본 적이 없습니다. 대목이 짐꽃환을 주지 않으면 어떡하나…… 조금만 늦어져도, 이대로 죽는 건 아닌가 매번 조바심이 났습니다."

"설마…… 대목이……. 짐꽃환을 주지 않은 것이냐? 아! 내가 행수님께 약을 건네지만 않았어도!"

세자는 알아들을 수 없는 말들을 중얼거리며 초조해했다.

"저하 때문입니다. 제가 이리 보름에 한 번 죽음의 공포를 느끼는 것도, 꼭두각시 왕이라 손가락질받는 것도…… 모두 저하 때문입니다."

"미안하구나…… 네가 이리 아픈 줄도 모르고 내가……"

세자의 눈시울이 붉어졌다.

"금방 오신다 하지 않았습니까? 크헉!"

심장이 끊어질 듯 아파왔다. 이선은 가슴을 부여잡고 주르륵 미끄러지듯 주저앉았다.

"이선아, 이선아!"

"저하……."

"내가 가서 그 짐꽃환을 구해 오마."

"어디서 그 귀한 환을 구해 오시겠습니까? 대목의 집이라도 가시게요?"

"대목 집이 아니라, 지옥에라도 가서 구해 오마. 잠시만 기다리거라."

세자는 비아냥대는 이선을 뒤로한 채 다급히 온실을 빠져나갔다.

"저하…… 제가 죽으면……. 이 가면을 쓰고 다시 왕좌로 오르셔야 합니다……."

이선은 사라진 세자의 빈자리를 바라보며 맥없이 중얼거렸다. 눈물이 흘렀다. 그를 걱정하는 세자의 진심에 죄책감이 일었고, 동시에 화가 났다.

'도대체 당신은 왜 마음껏 미워할 수조차 없게 만드는 것입니까! 왜!'

격발하는 통증으로 이선은 까무룩 정신을 잃었다.

얼마쯤 지났을까. 의식을 회복한 이선이 힘겹게 눈을 떴다. 강녕전이었다. 혼절해 있던 그를 현석이 옮긴 모양이었다.

"정신이 좀 드십니까? 내의원에 통기하겠습니다, 잠시만."

가은의 목소리였다. 이선은 고개를 돌려 그림자가 어른거리는 발을 바라보았다. 발 밖에 앉아 있던 가은이 부스럭 치맛자락 소리를 내며 자리에서 일어났다. 이선은 자신도 모르게 발 밖으로 팔을 뻗어 가은의 손을 붙잡았다.

"불러도 소용없으니, 이대로 곁에 있어다오."

가은은 이선의 손을 뿌리치지 않은 채 자리에 다시 앉았다.

"전하와 똑같은 증상을 보인 아이가 있었습니다."

가은의 목소리가 사뭇 떨려왔다.

"그 아인 어찌 되었느냐?"

이선은 가은에게서 손을 거두고 자리에서 부스스 일어나 앉았다.

"죽었습니다."

가은의 침통한 목소리에 실컷 울고 싶은 욕구가 이선의 가슴을 짓눌렀다. 그녀와의 사이를 가로막는 발을 걷어치우고, 그녀를 부둥켜안고 고통을 호소하고 싶었다. 오열이 목구멍까지 차올랐다.

"나도 곧…… 그리되겠구나. 어차피 죽을 거라면…… 참았던 말 한 마디, 하고 가도 되겠느냐? 연모한다…… 내가…… 널…… 연모한다."

마음을 무겁게 짓누르는 침묵이 길게 이어졌다. 이윽고 가은이 침묵을 깨며 무겁게 입을 열었다.

"저는…… 전하의 마음을 받아들일 수 없사옵니다."

"혹…… 연모하는 사람이 있더냐?"

"……."

"그자가…… 보부상 두령이더냐? 어째서…… 일국의 왕이 아닌, 보부상 두령인 것이냐? 사대부가의 여식에겐, 보부상보다는 왕이 더 걸맞은 상대가 아니더냐?"

"그분과 전, 같은 꿈을 꿉니다. 전…… 그것으로 충분합니다."

"같은 꿈을 꾼다……. 겨우…… 그걸로 되는 것이었느냐? 내게도 꿈이 있었는데…… 다르게…… 살고 싶었다. 태어날 때부터 매인 굴레를 던지고 싶었다. 내게 용기가 있었다면…… 그 꿈을 누군가에게 얘기 했을 텐데……. 그랬다면, 어쩌면 많은 것이 바뀌었을 텐데. 이리 죽을 줄 알았다면…… 좀 더 일찍 고백할걸 그랬구나."

그의 눈물겨운 고백에도 가은은 아무 대답을 하지 않았다.

"이만 물러가거라……."

깊은 패배감과 함께 다시금 짐꽃환의 고통이 엄습했다. 이선은 죽음이 목전에 닿았음을 깨달았다.

"으ㅎㅎㅎ……."

휘파람 같은 신음이 저절로 터져 나왔다.

"괜찮으시옵니까? 전하…… 어의를……."

안절부절못하는 가은의 모습이 눈에 아른거렸다.

"물러가라지 않았느냐……."

이선은 베개로 입을 틀어막으며 소리쳤다. 그때였다. 문이 드르륵 열리는 소리가 들려왔다. 누군가 급히 달려와 거칠게 발을 걷어 올렸다. 초점을 잃은 이선의 시야에 세자의 얼굴이 어른거렸다. 세자가 이선을 부축해 보료에 눕히며 입안에 쓰디쓴 약을 밀어넣었다. 짐꽃환이었다.

"저…… 하…… 저를 살리신 겁니까?"

이선의 물음에, 세자는 조용히 미소를 지어 보였다.

5
진실이 열리다

거칠던 숨소리가 점점 고르게 들려왔다. 세자는 안정을 찾은 이선이 잠들 때까지 곁을 지키다가 강녕전을 빠져나왔다. 강녕전 문 앞에 서 있던 가은이 그를 향해 천천히 다가왔다.

"아까 주상전하께 드린 환, 말입니다. 혹시…… 이것과 연관 있는 것입니까?"

가은이 소매에서 죽통을 꺼내며 말을 이었다.

"편수회가 전하께 보름마다 보내는 죽통입니다."

"이 죽통은……."

죽통을 보는 세자의 뇌리로 잊고 있던 장면 하나가 번개처럼 스쳤다. 아바마마의 침전에서 본 연산홍 화분과 화분에 꽂혀 있던 죽통이었다. 호기심에 죽통을 만졌다가 아바마마에게 호되게 혼났던 기억이 떠올랐다. 세자는 가은이 준 죽통을 만지작거리며 기억 속 죽통과 비교해 보았다. 죽통에 새겨진 미세한 무늬까지 흡사했다.

'아바마마께서도 짐꽃환에 중독되어 계셨던 게 분명하다. 이건 필시 편수회가 왕을 중독시켜, 왕실을 조종하고 있음이야!'

드디어 수수께끼가 풀리는 기분이었다.

"도련님, 말씀해주세요, 이 죽통과 그 환약이 연관되어 있는 건가요?"

가은이 골똘히 생각에 잠긴 그를 바라보며 물었다. 세자가 무겁게 고개를 끄덕이자, 가은의 표정이 순식간에 굳어버렸다.

"왜, 무슨 일이냐?"

"아무것도 없었습니다. 결단코…… 죽통에 아무것도 없었습니다."

가은이 겁에 질린 어린아이처럼 중얼거렸다.

"하면…… 혹, 이 죽통을 네가 빼갔던 것이냐?"

세자가 눈살을 찌푸리며 묻자, 가은이 말없이 고개를 끄덕였다.

"필시 이 죽통에는 짐꽃환이 들어 있었을 게다. 그런데 네가 열어봤을 땐, 비어 있었다?"

"제가 주상전하를 죽게 만들 뻔했습니다."

가은의 커다란 눈에 눈물이 그렁그렁 맺혔다. 세자가 자책하며 떨고 있는 가은의 어깨를 살포시 그러쥐었다.

"궁은 위험천만한 곳이다. 누군가 널 함정에 빠뜨린 것이야. 도대체 넌 왜 궁녀가 된 것이냐?"

"아버지 신원을 약조하셨습니다. 제 아비의 억울함을 풀고, 편수회를 무너트리기 위해 궁녀가 된 것입니다."

"누가…… 말이냐?"

"예서 뭐 하는 게요? 지난번에 큰 벌을 받을 뻔했던 일을, 벌써 잊은 모양이구나."

느닷없이 나타난 상선이 도령과 가은을 못마땅한 듯 보며 엄하게 꾸짖었다. 가은은 얼른 고개를 숙여 인사하고 달아나듯 자리를 피했다. 끝내 대답을 듣지 못한 세자는 답답한 마음에 한숨을 푹 쉬고 돌아섰다. 등 뒤로 상선의 집요한 시선이 느껴졌으나, 대수롭지 않게 생각하며 뒤돌아보지 않았다. 생각할 것이 너무 많아서 상선까지 신경 쓸 여유가 없었던 것이다.

━◈━

"대목 집에 숨어들다니! 네놈이 지금 제정신이냐!"

이선을 살리기 위해 대목의 집에서 짐꽃환을 빼내왔다는 말에 우보는 서까래라도 무너뜨릴 듯 크게 호통쳤다. 세자는 노발대발하는 우보의 잔소리를 묵묵히 들으며 딴생각에 빠져 있었다. 우후죽순으로 터지는 많은 일들에 머릿속이 과부하 상태였다.

몇 시진 전, 세자는 이선이 짐꽃환에 중독되어 죽어간다는 사실을 알았고, 그를 살리기 위해 대목의 집으로 숨어들었다. 원래는 화군에게 가려고 했었다. 양이가 남긴 짐꽃환을 그녀에게 맡겨 두었기 때문이었다. 하지만 왜관에 간다는 화군의 말이 떠올랐고, 급한 마음에 대목의 집으로 발길을 돌린 것이었다.

대목의 집은 요새처럼 높은 담벼락에 둘러싸여 있었다. 곳곳에 무장한 살수들의 모습이 보였다. 세자는 담벼락에서 가까운 나무 등걸을 밟고 올라 담벼락을 뛰어 넘었다. 서슬 퍼런 살수들의 눈을 피하기가 쉽지 않았다. 살수들도 살수들이었지만, 집이 지나치게 넓어 어디가 어디인지 갈피를 잡을 수가 없었다. 건물 하나를 지나면 또 다른 건물이 앞을 가로막았다. 세 번째 건물을 지날 무렵, 뒷간을 다녀오는 길인지 바지춤을 추스르던 살수와 눈이 마주쳤다. 놀란 두 사람은 누가 먼저랄 것도 없이 서로를 향해 달려들었다. 세자의 발차기가 조금 더 빠르고 정확했다. 급소를 맞은 살수는 검 한번 뽑지 못 하고 기절했다. 세자는 살수를 건물 뒷마당 구석으로 옮기고 옷을 벗겼다.

살수 옷으로 변복한 세자는 남의 눈에 띄지 않도록 얼굴을 숙인 채 마당을 가로질렀다.

"자리를 지키지 않고 여기서 무얼 하는 게냐."

낯선 사내의 걸걸한 목소리가 세자의 뒷덜미를 잡아챘다. 세자가 걸음을 주춤거리자, 사내가 군호를 대라며 엄하게 소리쳤다.

"무얼 하느냐? 어서 군호를 대지 못하겠느냐?"

세자가 머뭇거리는 사이, 사내가 한 걸음 두 걸음 다가왔다. 세자는 그대로 사내의 왼쪽 옆구리를 발등으로 힘껏 내리쳤다. 사내가 윽, 소리를 내며 바닥으로 꼬꾸라졌다. 세자는 사내를 쓰러뜨리자마자 부리나케 뛰었다.

"침입자다!"

사내의 날카로운 고함 소리에 살수들이 우르르 몰려왔다.

"침입자가 들어왔다!"

"침입자를 잡아라!"

이곳저곳 흩어진 살수들이 횃불을 들고 세자를 쫓기 시작했다. 살수들을 피해 도망치던 세자는 마지막 건물 앞에 이르렀다. 막다른 곳이었다. 더는 도망칠 곳도 없었다. 후회막심이었다. 급한 마음에 짐꽃환이 어디에 있는지도 모르고 무작정 숨어든 것부터가 잘못이었다. 살수들의 발소리가 점점 가까워졌다. 세자는 침을 꿀꺽 삼키고 건물 안으로 성큼 들어갔다. 삐거덕거리는 마루 끝에 방 하나가 보였다. 불이 꺼진 것으로 보아 사람이 없는 것 같았다. 세자는 방문을 살며시 열고 안으로 들어섰다. 그 순간 날카로운 칼날이 찌를 듯 날아왔다.

"헙!"

흑립의 사내가 세자의 목에 칼을 겨눈 채 서 있었다. 어둠속이라

얼굴을 식별할 수 없었다.

"무슨 일이냐?"

칠흑 같은 어둠 속에서 귀에 익은 여인의 목소리가 들려왔다.

"……행수님?"

세자는 자기도 모르게 입을 열었다. 그 순간 '탁' 하는 부싯돌 부딪히는 소리가 들림과 동시에 방 안에 빛이 들어왔다. 세자는 설마 아니겠지, 싶으면서도 고개를 들어 등불 아래 서 있는 목소리의 주인을 확인했다. 화군이었다.

"행수님께서 왜 여기 계신 겁니까?"

세자가 혼란스러운 눈빛으로 화군을 바라보며 물었다.

"전……."

화군은 세자의 시선을 피하며, 흑립의 사내에게 칼을 거두라 명했다. 흑립의 사내가 내키지 않는 듯 세자를 노려보며 천천히 칼을 거두었다. 그때 밖에서 대목의 목소리가 들려왔다.

"화군이 안에 있느냐? 내 지금 들어가마."

"잠시만요! 할아버지!"

화군이 다급하게 말하며, 세자의 팔을 잡아끌었다.

"여기에 숨어 계십시오!"

세자는 화군이 시키는 대로 병풍 뒤에 몸을 숨겼다. 드르륵 문이 열리고 대목이 방 안으로 들어섰다.

"책을 읽고 있었느냐?"

대목의 목소리가 적나라하게 들려왔다.

"예, 어쩐 일이십니까? 할아버지."

대목을 부르는 화군의 목소리에 세자의 안색이 급속도로 어두워졌다. '진정 화군이 대목의 손녀란 말인가?' 두 귀로 듣고도 믿기지 않았다.

"침입자가 있다기에 걱정이 돼 와 봤다. 아무 일 없느냐?"

"곤이가 있지 않습니까."

곤이라면, 아까 세자의 목에 칼을 겨누던 흑립의 사내를 칭하는 것 같았다. 흑립의 사내는 화군을 지키는 호위무사가 분명했다.

"곤아."

대목이 나긋나긋한 목소리로 흑립의 사내를 불렀다.

"예. 대목 어르신."

"대편수를 잘 지키거라."

대편수라는 말에 너무 놀란 세자가 손으로 입을 틀어막았다. '대목의 손녀딸로도 모자라, 편수회의 대편수라니! 그럼 그동안 화군이 그에게 보여준 호의는 다 무엇이란 말인가!' 혼란스러운 세자의 귓가에 대목의 목소리가 계속 들려왔다.

"감히 나 대목의 집에 숨어들다니…… 보부상 두령이라……. 그 담력만큼은 칭찬해줘야겠구나. 그럼 쉬거라."

드르륵 문을 여닫는 소리가 들리고, 삐거덕거리는 발소리가 멀어졌다. 모든 소리가 사라지고 정적이 찾아온 순간, 세자는 스스로 병풍을 열고 밖으로 나왔다. 화군이 고통스러운 얼굴로 그를 바라보고 서 있었다. 문 앞에 서 있는 곤의 표정은 갓에 가려 보이지 않았다. 세자는 의혹이 가득 담긴 눈빛으로 화군을 응시했다. 묻고 싶은 말이 너무 많아서 차마 아무것도 묻지 못했다.

"무슨 일로 이곳에 오셨습니까?"

화군이 세자에게서 시선을 거두고 담담한 목소리로 물었다.

"……짐꽃환을 구하러 왔습니다."

세자의 말에 화군은 고개를 끄덕이고 일어나 서랍장 앞으로 걸어갔다. 서랍장에서 잘 접힌 손수건 한 장을 꺼내 세자에게 내밀었다.

"두령님께서 주셨던 짐꽃환입니다. 나중에…… 다 설명드리겠습니다. 지금은 몸부터 피하십시오. 이자가 길을 안내해줄 겁니다. 제 사람이니 믿으셔도 됩니다. 서두르십시오."

결국 세자는 화군에게서 아무 말도 듣지 못한 채 대목의 집을 빠져나올 수밖에 없었다. 편수회를 무너트리고 아버지의 신원을 회복하기 위해 궁녀가 되었다는 가은, 대목의 손녀딸이자 편수회 대편수 신분으로 그를 돕는 화군, 짐꽃환에 중독되어버린 이선. 무엇 하나 쉬운 게 없었다.

"네놈 목숨은? 열 개더냐 스무 개더냐?"

우보의 우레 같은 목소리가 세자의 상념을 쪼개며 들려왔다.

"일단 앉으십시오. 의논드릴 게 있습니다."

우보는 화가 가라앉지 않은 얼굴로 씩씩거리며 자리에 앉았다. 세자가 얕은 한숨과 함께 말문을 열었다.

"이선이도 양이도, 모두 편수회가 만든 짐꽃환이란 독에 중독된 것입니다. 편수회가 짐꽃환을 만드는 비밀 장소. 양이가 바로 그곳에서 도망친 것 같습니다. 양이가 했던 말, 기억하십니까? 매일 수십 명의 아이들이 수백 개의 짐꽃환을 만든다고⋯⋯. 편수회가 그 짐꽃환을 어디에 쓸 거라 생각하십니까?"

"설마⋯⋯."

"예, 이선뿐만이 아닐 겁니다. 조정 대소신료들이 대목 손에 놀아나고 있는 것이, 그 짐꽃환 때문인 것 같습니다. 아이들을 구하고, 대목이 조정을 좌지우지하는 것을 막기 위해선, 반드시 이곳을 찾아야 합니다. 보부상 조직망을 총동원해 찾고 있으니, 곧 기별이 올 것입니다. 그리고 짐꽃환의 해독제가 필요합니다. 그래야 이선이를 포함해 중독된 사람들을 살릴 수 있습니다."

"짐꽃환의 해독제라⋯⋯. 약도 없는데 어떻게 해독제를 만드느냐?"

"꼭 필요합니다."

"시간이 걸릴 게다."

"서둘러 주십시오."

우보가 무거운 얼굴로 고개를 끄덕였다. 세자는 복잡하게 엉킨 실타래일수록 차근차근 풀어내야 한다는 것을 알고 있었다. 모든 문제의 핵심은 편수회였다. 짐꽃환은 편수회의 약점이자 원천이 확실했다. 무슨 일이 있어도 해독제를 만들어 짐꽃환의 독성을 무용하게 만들리라. 조정이, 조선이 편수회에 의해 더는 농락당하지 않도록 하리라. 세자는 주먹을 불끈 쥐며 결의를 다졌다.

그로부터 며칠 후, 화군에게서 만나자는 전갈이 왔다. 세자는 그녀를 만나기 위해 한강나루터로 나갔다. 가을빛으로 물든 억새풀들이 바람에 몸을 흐느적거리고 있었다. 나루터에 묶여 있는 배 한 척이 은빛 물살에 출렁거렸다. 화군은 배를 바라보며 서 있었다. 세자는 무슨 말부터 꺼내야 할지 고민하며 천천히 다가섰다. 기척을 느꼈는지 화군이 고개를 돌렸다. 그녀의 표정은 가을에 물든 듯 몹시도 쓸쓸해 보였다.

"그저 이야기를 나누고 싶었습니다"라고 말한 화군은 세자를 향해 담담한 미소를 지어 보였다. 무슨 말이든 물어보라는 의미가 담긴 미소였다. 묵묵하게 바라보던 세자가 무겁게 입을 열었다.

"대목의 손녀, 맞으십니까?"

"예…… 맞습니다."

"편수회의 대편수인 것도, 맞으십니까?"

"예……. 두령님을 지켜드리기 위해, 대편수가 됐습니다. 두령님을 위해서라면, 대편수가 아니라 더한 것도 될 수 있습니다."

바람이 훅 불어왔다. 나루터에 묶인 배가 크게 출렁거리며 물소리를 냈고, 등 뒤에서 억새풀들이 몸을 눕히며 흐느끼는 소리를 냈다. 화군은 바람이 다 지나갈 때까지 기다렸다가 다시금 입을 열었다.

"그거 아십니까? 두령님을 처음 본 그때부터, 제 마음의 주인은 언제나 두령님이셨습니다. 저는…… 저일 뿐입니다. 할아버지와 상관없이, 저를…… 그저 저로서 봐주시면 안 되겠습니까?"

"행수님께서 절 해하려 하지 않았다는 건 압니다. 하지만 지금은…… 뭐라 답을 해야 할지 모르겠습니다."

"기다리겠습니다. 10년을 기다려도 안 되면, 다시 10년…… 두령님이 저를 돌아봐 주실 때까지 기다릴 겁니다."

애써 밝은 표정으로 세자를 보던 화군이 천천히 뒤돌아섰다. 그녀의 뒷모습을 바라보며, 세자는 그녀가 울고 있는 게 틀림없다고 생각했다. 그에게 눈물을 들키지 않기 위해 돌아선 그녀의 마음이 안쓰럽고 짠했으나, 그가 그녀를 위해 해줄 수 있는 일은 없었다.

6
가은의 처녀단자

"넌 아무 잘못 없다."

왕의 말에 가은은 하마터면 들고 있던 백자 주전자를 바닥에 떨어뜨릴 뻔했다.

"앞으로도 네가 올리는 차는 내, 남김없이 마실 것이다."

왕은 담담한 눈빛으로 가은을 바라보았다. 모든 것을 다 알고 있는 눈빛이었다. 가은은 발가벗겨진 기분이었다. 죽을 위기에서 겨우 살아난 왕의 창백한 안색보다 그녀의 얼굴이 더 파리했다.

'주상전하는 분명 알고 계셔. 내가 죽통을 훔쳐낸 것도, 죽통을 훔치기 위해 그에게 수면차를 마시게 한 것도 모두 알고 계신 게 분명해!'

두근두근 뛰는 심장 소리가 귀에 들릴 지경이었다.

가은이 왕의 죽통을 훔쳐낸 것은 대비의 부탁, 아니 명령 때문이었다. 대비는 그녀에게 아비의 신원을 회복시켜주겠노라 약조하며, 다시 한번 주상의 죽통을 가져오라 명했다. 가은은 썩 내키지 않았다. 하지만 대비의 명령을 어길 수는 없었다.

가은은 현석이 없는 틈을 노려 왕께 차를 올렸다. 수면을 유도하는 약초를 교묘하게 섞었다. 왕은 아무런 의심 없이, 오히려 흡족한 미소를 지으며 그녀가 만든 차를 남김없이 마셨다. 가면을 벗을 새도 없이 스르르 잠든 왕의 고른 숨소리를 들으며, 가은은 죽통을 찾아 강녕전을 나왔다.

소맷자락에 죽통을 숨겨 대비전을 향해 바삐 걸어가고 있을 때였다. 어디선가 불쑥 나타난 매창이 가은 앞을 막아섰다. 우연인 듯 보였으나, 가은은 매창이 그녀를 기다리고 있었음을 직감했다.

"가은 아가씨! 잠시 저와 얘기 좀 나누시겠습니까?"

"송구합니다. 제가 급히 가야 할 곳이 있어……."

"압니다. 대비전에 가시는 거."

매창은 모든 것을 다 알고 있다는 듯 엷은 미소를 지으며 가은을 바라보았다. 가은은 흠칫 뒤로 물러서서 매창의 눈을 뚫어질 듯 바라보았다. 매창이 믿을 수 있는 사람인지 아닌지 판단이 서지 않았다. 매창은 그런 가은의 속내까지도 꿰뚫은 듯 다정하게 웃어 보였다. 가은은 죽통을 감춘 소매를 등 뒤로 살며시 감추며 고개를 끄덕였다. 매창이 자신의 처소로 자리를 옮기자고 말하며 먼저 앞장섰다.

매창의 처소는 살풍경하다고 생각될 만큼 간소했다. 생각시 방에 있는 낮은 서랍장 하나 없었다. 가은은 난감한 표정으로 아무것도 없는 사방을 두리번거리며 방석 위에 앉았다. 잠시 후 매창이 다과상을 들고 들어왔다.

"드시지요."

매창이 약과와 차를 권했다.

"제가…… 시간이 없습니다."

"급할수록 돌아가라는 말도 있지요."

결국 가은은 죽통을 방석 아래쪽에 살짝 숨겨두고 차를 받아들었다. 그녀가 차를 한 모금 마시자 매창이 엷은 미소를 지으며 입을 열었다.

"궐에서는 다른 이가 내주는 차 한 잔도 조심해야 하지요. 아니 그렇습니까? 시간이 없으시다니, 바로 묻지요. 대비마마께서 시키시는 일에, 매번 그렇게 목숨을 거실 겁니까?"

"그걸 어떻게……."

"궐에는 수많은 눈과 귀가 있습니다. 아가씨를 생각해 드리는 말씀입니다. 더는 함부로 나서지 마십시오. 정말 목숨을 잃으실 수도 있습니다."

"마마님은 대체 누구십니까? 누구시기에 제게……."

"두령님께 호의를 품고 있는 사람입니다. 이 나라 백성을 위해, 그 분이 필요하다 생각합니다. 그래서 그분이 은애하는 아가씨를…… 염려하는 겁니다. 제 충고를 흘려듣지 마십시오."

애매모호한 대답이었다. 하지만 어쩐지 무시할 수가 없었다. 가은은 의혹이 짙은 눈빛으로 매창을 바라보았다. 매창은 그런 그녀의 시선을 고스란히 받으며 찻잔을 들어 마셨다. 청초하리만큼 다소곳한 모습 그 어디에도 음흉한 구석은 없어 보였다. 매창과 좀 더 깊은 대화를 나누며, 그녀의 정체를 알아내고 싶었지만 시간이 없었다. 가은은 찻잔을 마저 비우고 일어설 차비를 하였다. 그때 매창이 갑자기 덮치듯 다가왔다. 가은이 화들짝 놀라 뒤로 발라당 넘어지자, 매창이 활짝 웃으며 그녀의 어깨에서 실밥을 뜯어냈다.

"놀라셨습니까? 아까부터 실밥 하나가 거슬려서……."

"아, 아닙니다. 감사합니다. 전 이만……."

"예. 다음에 또 뵙겠습니다."

가은은 뭔가 석연치 않은 기분으로 매창의 처소를 나와 대비전으로 갔다. 왕의 죽통만을 기다리던 대비가 반색을 하며 가은을 맞았다. 가은은 공손한 자세로 대비에게 죽통을 내밀었다. 뚜껑을 열어 요모조모 확인하던 대비가 인상을 찌푸렸다.

"정말 그저 평범한 죽통이었던 말이냐?"

죽통 안에는 아무것도 없었다. 가은은 허탈했다. 별것도 아닌 죽통 하나를 훔치기 위해 왕을 속여 수면차를 먹였단 말인가. 대비는 괜스레 성이 났는지 죽통을 가은에게 내던지듯 건네며 이만 물러가라고 했다. 가은은 한시름 놓은 얼굴로 예를 갖추고 대비전을 나왔다.

7
재간택 심사

    이선은 초조한 마음으로 초간택 심사를 기다리고 있었다. 가은을 대비의 수양딸로 입적해 처녀단자를 올리게 한 것은 그의 뜻이 아니었다. 당연히 가은의 뜻도 아닐 터였다. 이 모든 것은 내명부의 수장 자리를 꿰차고 싶은 대비의 계략이었다.

    "이 어미에게 하루빨리 그 아일 후궁으로 달라 청한 건 주상이 아닙니까? 잘 생각해 보세요. 그 아이가 후궁이 될지, 궐 밖으로 쫓겨날지는 오직 주상 손에 달렸습니다. 아니면, 또 모르지요. 예전에 관용을 베풀었다 하더라도, 대역 죄인의 가족은 노비가 되는 게 법도이니, 누가 따지기라도 하면 다시 노비가 될지도 모르지요."

    대비는 안색 하나 변하지 않고 이선을 협박했다. 가은을 후궁으로 만들어줄 테니, 대비의 조카딸인 최연주를 중전으로 삼으라는 것이었다. 이선의 마음은 반반이었다. 가은이 대비의 욕심에 이용되는 것이 내키지 않았지만, 한편으로 그녀를 후궁으로 만들 절호의 기회이기도 했다.

"전하! 전하! 큰일 났습니다!"

강녕전 문밖에서 내관의 목소리가 들려왔다.

"무슨 일이냐?"

"전하. 대비마마와 왕실 어른들, 간택 후보자들까지 모두 독을 먹고 쓰러지셨다 하옵니다."

"뭐라?"

이선은 자리에서 벌떡 일어나 문밖으로 달려갔다. 머릿속이 하얘져서 아무것도 생각나지 않았다. 그는 신발도 제대로 꿰신지 못하고 대비전으로 다급히 뛰어갔다.

대비전은 난리도 아니었다. 이십 여명의 여인들이 쓰러져 있고, 어의와 의녀들이 바삐 움직이며 그들을 진맥하고 있었다. 이선이 들어서자, 진맥하던 어의와 의녀들, 상궁들이 자리에서 일어났다. 이선은 손사래를 치며 하던 일을 하라 이르고, 서둘러 가은을 찾았다.

가은은 한구석에 의식을 잃고 쓰러져 있었다. 그 곁에는 가례도감 별감 복색을 한 세자가 걱정스러운 표정으로 앉아 있었다. 이선의 안색이 순식간에 어두워졌다. 이선은 이런 상황에서도 질투하는 자신의 치졸함이 더없이 거북했다.

"전하! 대비마마께서 의식을 차리셨습니다."

어의의 말이었다. 이선은 가은을 향한 애타는 눈길을 거두고, 대비 쪽으로 시선을 돌렸다. 대비가 식은땀을 흘리며 힘겹게 눈을 떴다.

"마마, 정신이 드시옵니까?"

이선이 어의에게서 면포를 받아들고 대비의 이마에 맺힌 식은땀을 닦아주며 물었다.

"주상…… 대체 무슨 일입니까?"

"누군가 마마와 간택 후보들에게 독을 썼습니다."

"그럴 수가……."

대비는 충격을 받은 듯 또다시 의식을 잃고 말았다. 다소 연극적인 모습이었다. 이선은 뭔가 말로 표현할 수 없는 꺼림칙한 기분을 느꼈지만, 어의에게 대비의 건강을 잘 살피라 명한 후 다른 내색 없이 자리에서 일어섰다.

쓰러져 있는 여자들 사이를 지나 가은에게 다가갔다. 의녀가 진맥하고 있는 가은을 애타게 지켜보는 세자를 보고 있자니 다시금 질투가 치솟았다. 궁인들 앞에서 감정을 드러내면 안 된다는 것을 알면서도 끓어오르는 화를 주체할 수 없었다.

"너는 호위별감이면서, 어찌하여 사람들을 지키지 못했느냐!"

끝내 화를 참지 못한 이선이 성난 목소리로 그를 다그쳤다.

"송구하옵니다. 전하."

세자가 이선 앞에 머리를 조아렸다. 환자들을 진맥하던 어의와 의녀들이 세자와 이선을 힐끔거렸다. 이선은 화를 억누르듯 깊은 한숨을 내쉬며, 대비를 진맥하던 어의를 향해 고개를 돌렸다.

"어의는 이 여인부터 살피도록 하라!"

"예, 전하."

어의가 다소 어리둥절한 표정으로 일어나 가은에게 다가왔다. 의녀들이 눈길을 주고받으며 저희끼리 속닥거렸다. 나인을 대비마마보다 중히 여기는 왕을 이상하다 여기는 게 틀림없었다. 세자는 속을 알 수 없는 표정으로 이선을 빤히 바라보고 있었다.

"너는 물러가거라. 그대가 여기서 할 수 있는 일은 없다."

이선은 불꽃이 일렁이는 눈빛으로 세자를 쏘아보며 일갈했다. 할 말이 있다는 듯 입술을 달싹거리던 세자가 얕은 한숨을 내쉬며 자리에서 일어나 대비전을 나갔다. 상황만 놓고 보자면, 명백히 이선의 승리였다. 허나, 이선은 기쁘지 않았다. 오히려 마음이 몹시 불안하고 초조했다.

"응급조치가 끝나는 대로 이 여인을 별궁으로 옮겨 치료하도록 해라!"

이선은 어의에게 짜증스러운 목소리로 하명했다.

"예, 전하."

어의의 대답에는 아무런 감정이 없었다. 그저, 습관처럼 입술을 움직일 뿐이었다. 어의뿐 아니라 궐 안에 있는 모든 신하들이 마찬가지였다. 그들은 이선을 '전하'라고 부르지만, 거기에는 존경도 공경도 없었다. 이선은 모든 사람이 자신에게 반감을 느끼고 있다고 생각했다. 공손한 척 눈을 내리깔고 있을 뿐, 속으로는 자신을 멸시하고 있다고 느꼈다. 이선의 마음 깊은 곳에 잠자고 있던 열등감과 피해의식이 고개를 들기 시작한 것이다.

여러 날이 지났지만, 가은은 깨어나지 않았다. 이선은 가은이 깨어날 때까지 별궁 문턱이 닳도록 드나들었다. 세자가 밤낮으로 별궁 근처를 서성인다는 것을 알았지만 모른 척했다. 범인이 잡히지 않았기에 내금위들로 하여금 별궁 앞을 철저하게 지키게 했고, 별궁을 드나드는 의녀들과 나인들의 입단속을 단단히 시켰다. 이선은 최선을 다해 가은을 간호했다. 신열에 시달리는 가은의 얼굴을 물수건으로 닦아주고, 조선에서 제일 비싼 약재로 탕약을 만들라 지시했다.

그러던 어느 날 아침, 이선은 듣고야 말았다. 고열에 시달리던 가은이 무의식중에 중얼거리던 이름을.

"천수 도련님……."

그런 가은의 애달픈 모습에, 밤새 가은 곁을 지키느라 지치고 피곤한 이선의 마음에 늦가을 아침의 차디찬 서리가 하얗게 내려앉았다.

달포가 지나도록 음독 사건의 범인은 밝혀지지 않았다. 그러나 내명부 왕실 어른들과 간택 후보들이 모두 쾌차했기에 재간택 심사를 계속 진행시켜야 했다. 간택 심사자였던 숙선 옹주와 부부인 심씨가 중전을 뽑다가 죽고 싶지는 않다며 재간택 심사에는 참석하지 않겠노라 서면 통보를 해왔다. 이제 남은 심사위원은 대비뿐이었다. 이선이 난감한 얼굴로 어찌하면 좋겠느냐고 묻자, 대비는 묘한 미소를 지으며 이선에게 재간택 심사에 참석해달라 청했다.

그리하여 이선은 간택 후보자들을 앞에 두고 대비와 나란히 앉을 수밖에 없었다. 심사자와 후보자들 사이에 발을 내리긴 했으나, 이선은 자리가 불편하고 민망하였다. 어차피 중전 자리는 정해져 있었다. 대비의 조카이자 우의정의 딸인 최연주라는 아가씨가 중전에 오를 터였다. 나머지 후보자들은 들러리일 뿐이었다. 이선은 발 너머에 앉아 있는 후보자들을 안쓰럽게 바라보다가 가은에게 시선을 고정했다. 가은은 앓은 후에도 더 청초하고 아름다워 보였다. 다른 후보자들에 비해 화장도 옅고 장신구도 간소했으나, 그녀에게서는 빛이 났다.

"오늘 재간택을 거쳐, 너희 중 셋이 마지막 삼간택에 오를 것이다. 그럼 이제부터 재간택을 시작하겠다."

대비가 포문을 열 듯 말했다.

"대비마마."

밖에서 상궁의 목소리가 들려왔다. 대비가 못마땅한 듯 인상을 찌푸리며 대꾸했다.

"무슨 일이냐?"

"그것이…… 간택 심사를 돕겠다고, 누가 찾아왔습니다."

"그게 무슨 소리냐? 대체 누가 심사를 돕겠다는 것이야!"

그때 드르륵 문이 열리더니, 강렬하고 화려한 차림새의 여인이 들어섰다.

"제가 너무 늦은 것은 아니겠지요? 대비마마. 간택 심사를 도와드리기 위해 왔습니다."

여인은 공작새처럼 기품 있는 태도로 발을 걷고 대비 앞에 섰다.

"너는 화군이가 아니냐? 네가 무슨 자격으로 간택 심사에 나서겠다는 것이야!"

대비가 격노하며 화를 뿜어내듯 말했다.

"대편수의 자격으로 나설 것입니다. 그 정도면 자격이 되지 않겠습니까?"

화군의 말에, 대비의 안색이 급격히 어두워졌다.

"주상전하."

화군이 천연덕스러운 표정으로 이선을 바라보며 입을 열었다.

"전하께서 말씀해 보십시오. 제가 자격이 됩니까? 아니면 이 자리에 할아버지를 모셔 올까요?"

"아니오. 대편수라면…… 자격이 충분하오."

대목의 얼굴을 대면하고 싶은 생각은 눈곱만큼도 없었다. 이선은 대비의 눈치를 살피며 어정쩡하게 대답했다.

"이제야 공정한 심사가 이루어지겠습니다. 그렇지 않습니까?"

화군이 능청스럽게 말한 후, 대비 옆에 턱 하니 자리를 잡고 앉았다. 대비가 노기 가득한 눈빛으로 화군과 이선을 노려보았다. 이선은 그렇지 않아도 불편했던 자리가 더욱더 불편해졌다고 여기며 발너머로 시선을 회피했다. 가은이 날카로운 눈빛으로 정면을 응시하고 있었다. 그녀의 시선을 따라가자, 그곳에 화군이 있었다. 가은과 화군 사이에 보이지 않는 기류가 흐르고 있었다. 이선은 묘한 긴장감을 느끼며 그녀들을 주시했다.

"우상대감의 따님은 대비마마의 조카분이니, 분명 마마를 닮아 당차고 강인한 분이겠군요."

화군이 분위기를 환기하듯 최연주에게 말을 걸었다. 토실토실하고 둥글둥글한 인상의 최연주는 갑작스러운 질문에 몹시 당황한 듯 보였다.

"간택은 국모를 선택하는 자리이니, 백성의 삶을 이해하는 분인지 알아봐야겠지요. 그래야 만백성이 편안하지 않겠습니까? 그럼 우상대감의 따님께 묻겠습니다. 지금 쌀 한 섬의 가격은 얼마입니까?"

화군의 질문에 최연주의 동그란 얼굴이 홍시처럼 붉어졌다. 일생 다른 사람이 해준 밥만 먹으며 귀하게 살아온 최연주로서는 어쩌면 모르는 게 당연한 것이리라.

"첫 질문이라 아주 기본적인 것을 물은 것인데…… 이런, 설마 쌀 한 섬 가격도 모르시는 겁니까? 아무래도 우상대감이 고이고이 온실 속 화초로 키우셨나 봅니다."

화군은 최연주에게 창피를 주기로 작정한 듯 대놓고 비웃기 시작했다. 대비의 눈이 노여움으로 번뜩거렸다. 최연주는 홍당무처럼 빨개진 얼굴로 고개를 푹 숙여버렸다. 그때 가만히 앉아 있던 가은이 최연주에게 다가가 귓속말을 했다.

"지금 쌀 한 섬의 가격은 닷냥입니다."

가은에게서 답을 엿들었는지, 최연주가 떨리는 목소리로 입을 열었다.

"각 지역에서 왕실에 공물로 바치는 품목을 말씀해 보시지요."

"충청도, 전라도, 경상도에서는 무명을 평안도, 황해도에서는 명주를 함길도, 강원도에서는 베를 진상합니다."

이번에도 최연주는 가은의 도움을 받은 후에야 겨우 대답했다. 화군이 비소를 지으며 최연주와 가은을 번갈아 바라보았다.

"하늘 위의 태양과 중국의 장안(長安) 중, 어느 곳이 더 멀리 떨어져 있습니까?"

교활한 미소를 짓던 화군이 가은을 향해 질문을 던졌다. 발 너머에서는 한동안 아무 소리도 들리지 않았다.

"왜, 어렵……"

화군이 뭐라고 비아냥거리려는 순간, 발이 홱 젖히더니 가은이 자리에서 벌떡 일어났다. 생각지도 못한 돌발상황에 이선은 몹시 당황스러웠다. 대비 역시 놀란 듯 멍한 얼굴로 가은을 바라보고 있었다. 반면에 화군은 가은을 향해 비소를 지으며 앉아 있었다. 서로를 노려보는 가은과 화군은 마치 맞대결을 앞둔 장수들 같았다.

"방금 하신 것은 질문이 아니라 함정입니다."

가은이 도발하듯 말했다.

"함정?"

화군이 싸늘한 목소리로 되묻자, 가은이 자신만만한 표정으로 설명했다.

"어떤 답을 내놓든 그 답은 틀렸다, 그리 말할 수 있는 함정이지요. 장안이 더 가깝다 대답했다면…… 이리 답하셨을 겁니다. 머리를 들어 하늘을 보아라. 태양은 바로 눈앞에 있다. 허나 장안은 너무 멀어 눈으로는 볼 수 없다. 그러니 태양이 더 가까운 것이 아니겠느냐. 태양이 더 가깝다 대답했다면, 이번엔 이리 답하셨겠지요. 장안에서 온 사람은 만날 수 있다. 허나 태양에서 온 사람을 만난 적이 있느냐? 당연히 장안이 더 가까운 것이 아니겠느냐. 잘못된 질문에 그 누가, 바른 답을 할 수 있겠습니까?"

가은이 또박또박 문제의 오류를 짚어내자, 화군은 붉으락푸르락 해진 얼굴로 가은을 쏘아보았다. 이선은 그런 가은이 내심 걱정스러웠다. 대편수의 심기를 불편하게 해서 좋을 게 무어란 말인가! 이선은 혹시나 가은이 화를 입을까 마음이 조마조마했다. 그러나 다음 순간, 화군이 무슨 생각에서인지, 생긋 미소를 지으며 입을 열었다.

"소저의 말대롭니다. 제 질문이 잘못됐군요. 사죄의 뜻으로 이번엔 아주 명료한 질문을 하겠습니다. 누구든, 답을 아는 분이 맞추세요. 조선의 국법에 관해 묻겠습니다. 누군가, 감히 왕명을 사칭한다면, 이런 대역 죄인에겐 과연 어떤 벌을 내려야겠습니까?"

강단 있던 가은의 표정이 순식간에 무너져 내렸다. 가은은 차마 대답하지 못 하고 아랫입술을 깨물었다. 모멸감을 느끼는 듯했다. 이선은 할 수만 있다면 화군의 입을 틀어막고 싶었다. 도대체 무슨 악연이기에, 가은의 뼈아픈 상처를 헤집는단 말인가.

"잘, 못 들으셨습니까? 다시 묻지요. 왕명을 사칭한 대역 죄인에겐 어떤 처벌을 내려야 하냐 물었습니다."

화군의 잔인한 질문이 이어졌다. 그때, 최연주가 천진한 눈망울을 껌뻑거리며 크게 외쳤다.

"참수형을 내립니다. 대역죄를 지은 자에겐…… 참수형을 내립니다.”

　가은이 참담한 표정으로 눈을 질끈 감았다.

　“예, 맞습니다. 대역 죄인에겐 참수형을 내리지요. 서소문 밖 처형
장에서 목을 베고, 그 목은 장대에 꽂아 망루 높이 걸어놓는답니다.
지나가는 행인들은 모두 그 목을 향해 침을 뱉고요. 아니 그렇습니
까?”

　화군이 조롱하는 눈빛으로 가은을 빤히 노려보았다. 가은은 치맛
자락을 그러쥔 손을 바들바들 떨며 처연하게 서 있었다. 그 모습에
이선은 마음이 찢어질 듯 아파왔다.

8
음독 사건의 범인

　세자는 가은을 위험에 빠트린 음독 사건의 배후를 찾기 위해 혼신의 힘을 기울였다. 처음에는 편수회를 의심했었다. 그러나 곰곰이 생각해보니 이번 사건으로 편수회가 얻는 것이 없었다. 편수회 쪽 사람들인 숙선옹주와 부부인 심씨가 재간택 심사에서 빠짐으로써, 중전 간택의 주도권은 온전히 대비의 손으로 넘어갔다. 이쯤 되자, 편수회를 향한 의심은 자연스레 대비를 향했다. '대비마마는 잃으신 게 없어…… 이번 일로 오히려 큰 수확을 얻었음이야.'

　하지만 또 그렇게 확정짓기에는 뭔가 미심적은 부분이 있었다. 자기 쪽 심사위원을 모두 잃었음에도 편수회 쪽에서 아무 대책을 세우지 않는다는 점이었다. 이대로라면 필시 대비 쪽 처녀가 중전으로 간택될 것이다.

세자는 불안했다. 가은이 대비 가문의 수양딸로 입적하여 간택 후보가 되었기 때문이었다. 물론 대비가 밀고 있는 처녀가 우의정의 딸 최연주라는 것을 알고 있었다. 하지만 가은을 향한 이선의 마음을 알고 있기에, 세자는 마음을 놓을 수가 없었다.

"터졌어! 드디어 일이 터졌습니다!"

무하가 숨을 헐떡이며 가례도감 집무실로 뛰어와 소리쳤다.

"무슨 일입니까?"

가례 행사 일정표를 확인하고 있던 세자가 놀라 고개를 들었다.

"지금 간택 심사장에…… 편수회 대편수가 심사위원으로 왔습니다!"

그 말을 듣자마자, 세자는 자리에서 벌떡 일어나 간택 심사장으로 달려갔다.

세자가 대비전에 도착했을 때, 간택 심사는 벌써 끝나 있었다. 세자는 허탈한 마음으로 대비전을 나오는 간택 후보들을 바라보았다. 간택 후보 무리의 맨 끝에 가은의 모습이 보였다. 무슨 일이 있었는지 가은의 표정이 좋지 않았다. 세자는 멀찌감치에서 걱정스러운 눈빛으로 멀어지는 가은의 뒷모습을 멀거니 바라보았다.

"두령님!"

대비전에서 나오던 화군이 세자를 부르며 다가왔다. 무하의 말대로 화군이 편수회를 대표해 간택 심사를 본 모양이었다. 세자는 냉

랭한 표정으로 가볍게 묵례한 후 화군을 지나쳤다. 화군이 세자의 소매를 붙들었다.

"긴히 드릴 말씀이 있습니다."

애절한 눈빛으로 세자를 응시하던 화군이 잡고 있던 소매를 놓고 걸음을 옮겼다. 세자는 잠시 망설이다가 이내 마음을 돌려 그녀의 뒤를 따라갔다.

"간택 심사 때 누군가 독을 썼다 들었습니다. 하지만 그 일은 편수회가 한 짓이 아닙니다."

인적이 드문 후원에 도착하자, 화군이 무겁게 입을 열었다.

"짐작하고 있었습니다."

세자는 믿어달라는 듯 바라보는 화군의 시선을 피하며 냉담한 목소리로 말을 이었다.

"행수님, 고맙습니다. 그동안 저를 몇 번이나 도와주신 점, 진심으로 감사드립니다."

세자가 의식을 행하듯 화군 앞에 고개를 숙였다. 화군은 다소 당황한 듯 어쩔 줄 모르는 표정으로 세자의 다음 말을 기다렸다.

"허나 앞으론…… 이렇게 만나지 않는 게 좋겠습니다. 저와 편수회는…… 한쪽이 살아 있는 한, 다른 한쪽이 죽을 수밖에 없는, 그런 관계입니다. 행수님은 그 편수회의 대편수고요. 이런 말밖에 드릴 수 없어, 송구합니다……. 늘 건강하십시오. 그럼."

세자는 화군의 두 눈에 눈물이 차오르는 것을 보았지만, 냉정히
돌아섰다. 그때였다.

"세자저하!"

화군의 입에서 믿을 수 없는 단어가 튀어 나왔다. 너무나 놀란 상
황에 세자는 그대로 얼어붙었다. 두 사람 사이로 차가운 초겨울 바
람이 훅 지나갔다.

"……언제부터 알고 계셨습니까?"

세자가 마른침을 삼키며 물었다.

"5년 전, 온실에서 처음 본 그날부터 알고 있었습니다. 절벽에서
죽어가던 저하를 구한 것도 접니다! 굴서맥으로 저하의 심장을 멎
게 해…… 할아버지 눈을 속였지요. 제가 왜 저하를 구했는지 안 물
어보십니까?"

"……"

"저하를…… 좋아합니다."

"행수님 저는……"

"저하를 은애합니다. 저하가 아니면 안 됩니다! 대편수가 되는 조
건으로 할아버지께 약조를 받았지요. 절대 두령님을 해치지 않겠다
고…… 저하를 살리고 싶어서, 오로지 저하를 위해 대편수가 됐는
데……. 제가 대편수라서, 다신 만나지 말자고요? 제가 저하께 뭘
그리 큰 걸 바랐습니까? 절 멀리하지 말아달라. 제 앞에서 사라지지

말아달라! 이게 그리 큰 욕심입니까? 얼마나! 얼마나 더…… 노력해야 절 돌아봐주실 겁니까!"

화군은 끝내 울음을 터트리고 말았다. 그녀의 절절한 고백이 모두 진심임을 알았으나, 세자는 그녀를 위해 아무것도 해줄 수가 없었다. 그녀가 제 속을 갉아내며 눈물을 흘리는 이 순간에도, 그의 머릿속에는 가은의 상처받은 얼굴뿐이었다.

9
질투

세자는 음독 사건의 진범이 대비전 소주방의 정상궁이라고 했다.

"그자가 죄를 실토했습니까?"

이선이 묻자, 세자는 하얀 입김을 내뿜으며 낮으면서도 무거운 음색으로 입을 열었다.

"자신은 아무것도 모른다 끝까지 잡아떼더구나. 하지만 그자가 우리 손에 들어온 이상, 이제 대비마마를 움직일 수 있다. 정상궁의 신변을 너에게 넘기마. 대비마마께 가서 정상궁을 돌려받고 싶다면 가은일 풀어주는 데 협조해달라, 협상을 해다오."

"알겠습니다. 아가씰 풀어주지 않으면, 정상궁을 대목 손에 넘기겠다, 겁박을 하면 되겠군요."

이선의 말에 세자가 고개를 크게 끄덕였다. 그러더니 갑자기 이선의 손을 덥석 잡으며 간절한 목소리로 말했다.

"가은일 반드시 구해다오."

순간, 이선의 마음이 두 쪽으로 갈라졌다. 한쪽 마음은 세자와 마찬가지로 오직 가은의 안위만을 걱정하는 마음이었지만, 다른 쪽 마음은 세자를 향한 질투였다. 가은을 위하는 세자의 말과 행동에 불쑥 화가 치밀어 올랐다.

세자와 헤어진 이선은 가은을 보기 위해 의금부로 갔다. 가은은 벽에 기대어 잠들어 있었다. 쌀쌀한 새벽 공기 속에 잔뜩 웅크리고 있는 그녀의 모습은 처연하고 가련했다. 가은은 나장들에게 옥사 문을 열게 하고, 안으로 들어가 그녀 옆에 쪼그려 앉았다.

"전하!"

기척에 눈을 뜬 가은이 이선을 보자마자 바닥에 엎드렸다. 이선은 그녀의 어깨를 잡아 일으키며 부드러운 음성으로 말했다.

"더 일찍 와볼 것을…… 밤새 추웠겠구나."

"아니옵니다. 전하께서 은총을 베푸시어 고신도 받지 않았는걸요."

"고신이라니! 과인이 연모하는 여인을 고신할 사내로 보이더냐? 전에 말하지 않았느냐. 내가 널 연모한다고."

"송구하옵니다. 전에도 말씀드렸듯…… 소인은 전하의 마음을 받아들일 수 없사옵니다."

가은은 선고를 내리듯 힘주어 말했다. 미소 짓고 있던 이선의 얼

굴이 순식간에 굳어졌다. 이선은 침착하고 냉정한 시선으로 가은의
얼굴을 빤히 들여다보며 자리에서 일어났다.

"넌 궁녀다! 궁녀는 왕의 여자고, 내가 왕이야! 그러니 넌 내 사람
이 아니더냐!"

"전하, 제가 왜 궁녀가 된 줄 아십니까?"

가은은 상대에게 대답할 틈을 주지 않으려는 듯 급하게 말을 덧
붙였다.

"바로 전하 때문이었습니다. 전하를 제 아비의 원수라 여겨, 복수
를 하고자 궁녀가 된 것입니다. 허나, 전하는 제 아비를 죽이지 않았
다 하셨습니다. 지금도 전 혼란스럽습니다. 전하가 아니라면…… 대
체 누가 제 아비를 죽였는지…… 저의 진짜 원수는 누구인지……
말씀해주십시오. 진정, 전하께서 제 아비를 죽이지 않으셨습니까?
그렇다면…… 저는 전하를 원수로 여길 필요가 없습니다."

"내가 원수가 아니라면…… 궐을, 내 곁을, 떠나겠다는 것이냐?
두령이 그러더냐? 자기와 함께 떠나자고!"

"전하 제 말 뜻은 그것이 아니오라……."

"함께 떠나겠다? 널 원할 자격도…… 없는 주제에!"

이선의 가슴이 질투로 활활 타올랐다. 세자가 눈앞에 있다면 먹살
이라도 잡고 싶은 심정이었다. 그러나 가은은 화를 내는 이선을 냉
정히 바라보며 세자를 옹호했다.

"신분은 높지 않아도, 사내답고 훌륭한 분입니다."

이선은 가은이 모든 진실을 들은 뒤에도 지금처럼 세자를 연모할 수 있는지 궁금했다. 그럴 수 없으리라. 그는 당장이라도 진실을 쏟아내고 싶은 충동을 가까스로 참아내며 등을 돌렸다.

'두고 보십시오. 가은 아가씨, 내 정녕 아가씨를 세자저하에게 보내지 않을 것입니다.'

이선은 속엣말을 주워 삼키며 옥사 밖으로 나왔다. 어느새 희뿌연 아침이 밝아오고 있었다.

궐 마당에는 얼음장 같은 고요가 내려앉아 있었다. 잠 한숨 못 잤지만, 이선은 피곤하지 않았다. 오히려 시간이 지날수록 정신이 맑아졌다. 세상이 두 쪽 나더라도, 지금 당장 대비를 만나 담판을 져야 할 것 같았다. 그는 광기 어린 모습으로 대비전으로 달려갔다.

"전하, 지금 대비마마께선 문안을 받으실 수 없사옵니다."

대비전 앞을 지키고 있던 상궁이 깍듯하지만 완강한 목소리로 이선을 막아섰다. 이선은 상궁의 위아래를 차갑게 훑어본 후, 손으로 그녀의 어깨를 거칠게 밀고 대비의 방 안으로 들어섰다.

"아무리 지존이시라 하나, 자전(慈殿)께 무슨 횡포십니까?"

상궁이 쫓아 들어와 이선을 강하게 만류했다.

"모두 물러가거라."

지밀상궁의 도움을 받으며 몸단장을 하고 있던 대비가 차분한 목소리로 명했다. 방 안에 있던 상궁과 나인들이 일제히 물러갔다.

"주상. 무슨 일이십니까?"

대비가 손으로 가체를 만지작거리며 무심하게 물었다. 이선은 예를 갖추지도 않고 대비 앞에 털썩 주저앉아 입을 열었다.

"왕의 허락도 받지 않고, 몰래 출궁하려는 궁녀가 있어…… 마마께 고하려 왔습니다."

"또 한나인 일로 오신 겝니까?"

대비가 언짢은 기색을 내보이며 물었다.

"옥에 갇혀 있는 한나인이 어찌 몰래 출궁을 하겠습니까?"

이선은 핏발 선 눈으로 대비를 뚫어질 듯 노려보았다.

"그럼 누가 출궁을……"

"대비전 소주방 상궁. 정상궁 애깁니다. 몰래 출궁하는 걸, 제가 잡았습니다."

"이 사람의 허락도 받지 않고 출궁을 하려 하다니, 그럴 리가 있겠습니까? 정상궁은 지금 어디 있습니까? 이 어미 처소의 상궁이니 처벌을 해도 이 어미가 직접 해야지요. 정상궁을 돌려주세요. 주상."

"저와 거래를 하시지요."

이선은 뺨을 한 대 얻어맞은 사람처럼 벌게진 대비의 얼굴을 빤히 보며 말했다.

"부모자식 간에 거래라니요. 원하는 것이 있거든…… 그냥 이 어미에게 부탁을 하세요."

대비는 갑자기 달라진 이선의 태도에 조금 당황한 듯 보였다.

"부탁했습니다. 무릎을 꿇고 머리를 조아리며, 부탁을 드렸지요."

"거래를 하러 왔다 하셨지요. 조건을 말씀해보세요."

"한나인을 풀어주십시오. 음독을 하셨던 대비마마께서 한나인이 범인이 아니라고 하시면, 풀려날 수 있습니다."

"겨우 그 부탁을 하려고 이리 심각하셨습니까? 알겠습니다. 이 어미가 그 아이를 풀어주도록 손을 쓰지요."

대비가 한시름 놓았다는 듯 한숨을 내쉬며 대답했다.

"조건이 하나 더 있습니다."

이선이 승부수를 던지듯 말했다.

"욕심이 많으십니다. 이 어미가 거절하면 어쩌시려고요?"

"거절하지 않으실 겁니다. 마마와 저, 둘 모두가 원하는 것을 얻을 테니까요. 가은이를 삼간택 심사의 후보로 올려주십시오. 저 또한 우상의 딸이 중전이 되도록 돕겠습니다."

삼간택 심사에는 세 명의 후보가 오르는 게 법도였다. 세 명 중 한 명은 중전이 되고, 나머지 둘은 모두 후궁이 되어야 했다. 이선은 가은을 정궁으로 삼을 수는 없지만, 기필코 후궁으로 삼을 생각이었다. 대비가 고민하는 척 잠시 시간을 끌더니, 이내 회심의 미소를 지으며 고개를 끄덕였다.

"어찌 된 일이냐? 어찌 된 일이냐 물었다! 난 분명 정상궁을 이용하라 했다. 정상궁을 대비마마께 넘겨주는 대신, 가은일 풀어달라고!"

세자가 붉으락푸르락해진 얼굴로 으르렁거렸다. 가은이 삼간택 후보로 지명되었다는 사실에 분노한 것이다. 이선은 흐트러진 자세로 앉아 세자의 말을 듣는 둥 마는 둥 했다. 손으로 귀를 후비고, 가면을 벗어 손가락에 끼고 휙휙 돌렸다. 전과는 확연하게 달라진 이선의 태도에 세자는 몹시 당황스러웠다.

"그래서 풀어주셨지 않습니까. 아가씨가 아직 옥에 있습니까? 제게 이러지 마시고, 대비마마께 물으십시오. 누구를 삼간택에 올릴지는, 대비전에서 정하실 일이잖습니까? 전, 모르는 일입니다."

이선은 청동 가면을 아무렇게나 휙 던지며 비아냥거렸다.

"가은인 내 정궁이 될 여인이다! 후궁 따위가 되게 될 줄 아느냐!"

급기야 세자가 폭발해버렸다.

"그런 분이 왜 아가씨께 진실을 밝히진 못하십니까? 보위에 오르면 정궁으로 삼을 순 있어도, 지금! 내가 진짜 세자라 말할 자신은 없으십니까? 보부상 두령이 진짜 세자다! 아가씨 아버질 죽게 만든 사람이 바로 나다! 어서 밝히시란 말입니다!"

이선이 비릿한 미소를 지으며 세자의 말문을 막아버렸다. 세자가 날카롭고 뾰족한 시선으로 이선을 노려보았다. 그때, 밖에서 뭔가가 덜커덩 쓰러지는 소리가 들려왔다. 첨예한 시선을 주고받던 이선과 세자가 동시에 소리 나는 쪽으로 고개를 돌렸다. 이선은 서둘러 가면을 쓰고 자리에서 일어나 밖으로 나갔다. 강녕전 복도는 텅 비어 있었다. 예민한 시선으로 주변을 둘러보던 이선이 어두운 복도 구석을 향해 낮고도 날카로운 목소리로 현석을 불렀다.

"운검!"

"부르셨습니까. 전하."

현석이 스르르 나타나 이선 앞에 부복하고 앉았다.

"혹 누가 여기 들어왔었느냐?"

"소인이 계속 지키고 있었는데, 아무도 보지 못했습니다."

"그래? 알았다, 물러가거라."

이선은 뭔가 꺼림칙한 기분을 느끼며 다시금 방 안으로 들어갔다. 나갈 채비를 하던 세자가 이선을 돌아보며 한결 차분해진 음성으로 말했다.

"짐꽃환의 해독제는 백방으로 찾고 있으니, 구해지는 대로 보내주겠다. 조금만 더 기다려다오. 그리고…… 가은이는, 내가 데리고 갈 것이다."

"저하는 자격이 없으십니다."

이선은 가면을 벗으며 단호하게 말했다.

"가은이만은 양보할 수 없다."

세자가 이선 앞으로 한 걸음 다가서며 경고하듯 말했다.

"저 역시 양보할 수 없습니다."

"이선아!"

"이 가면을 원하십니까? 가지세요. 왕좌를 원하십니까? 내어드리지요!"

이선은 분통을 터트리듯 가면을 세차게 흔들며 말을 덧붙였다.

"제가 드릴 수 있는 게 있다면 모두 다 드리겠습니다! 허나 단 하나! 가은 아가씨만은, 아가씨만은 절대 내드릴 수 없습니다!"

며칠 후, 현석이 상자 하나를 들고 왔다. 보부상 두령이 보낸 상자라고 했다. 상자를 열자, 두 개의 환과 서찰이 들어 있었다.

이선아, 네가 짐꽃환에 중독됐단 사실을 안 날부터,
하루도 빼놓지 않고 해독제를 찾아 헤맸다.
마침내 해독제를 손에 넣었으니
이 환을 복용하고 부디 자유로워지길 바란다.

이선은 몇 번이고 서찰을 읽고 또 읽었다. 세자의 필체가 확실하긴 했으나, 어딘가 미심쩍은 부분이 있었다. 이렇게 중요한 일을 남에게 시키다니, 어쩐지 세자답지 않았다. 이선은 서찰을 내려놓고, 불안한 표정으로 환을 살펴보았다.

"짐꽃환의 해독제라는구나."

"예? 정말 이것이 해독제가 맞사옵니까?"

현석이 유달리 놀라며 물었다. 평소와는 달리 과민하게 반응하는 현석을 힐끔 보던 이선이 고개를 끄덕였다.

"두령이…… 그렇다는구나."

"전하, 짐꽃환 해독제 비방은 편수회 대목만 안다 들었습니다. 두령이란 자가 이걸 어떻게 손에 넣었단 말입니까."

"그건……."

이선이 대답을 못하고 머뭇거리자, 현석이 한발 가까이 다가와 속삭이듯 물었다.

"정말 그자를 신뢰하실 수 있사옵니까? 송구하오나 전하, 소신은 일전에 그자의 눈빛에서 전하에 대한 불충함을 느꼈나이다."

현석의 말 한 마디 한 마디가 이선의 불안을 가중시켰다.

"언제 그것을 느꼈느냐?"

"전하께서 한나인에게 용포를 덮어주시던 순간입니다."

그때 잊고 있던 한 장면이 이선의 뇌리를 스쳤다. 통행이 금지된 시간에 물에 흠뻑 젖은 채 나란히 입궐했던 세자와 가은의 모습이었다.

"전하, 환은 두 개입니다. 환을 드시려거든, 먼저 기미상궁을 부르십시오. 기미상궁이 전하께서 드실 약을 확인하는 것은, 당연한 절차입니다."

현석이 이렇게 적극적으로 이선에게 무언가를 권한 적은 없었다.

'그래, 조심해서 나쁠 건 없지.' 이선은 천천히 고개를 끄덕이며 기미상궁을 들이라 명했다.

잠시 후에 기미상궁이 은쟁반과 은침을 들고 들어왔다. 기미상궁은 이선에게 예를 갖춘 후, 상자 앞에 앉았다. 환을 꺼내 은쟁반 위에 올려놓고 은침으로 찌르는 모습이 마치 진맥하는 어의 같았다.

"변색되지 않았느냐?"

이선이 궁금증을 참지 못하고 다급히 물었다.

"예, 전하. 독은 아닌 것 같습니다."

기미상궁은 은침을 들어 보이며 대답한 후, 환 하나를 입에 넣고 천천히 음미했다.

"드셔도 괜찮을 것 같습니다."

환을 다 먹은 기미상궁이 안심해도 된다는 듯 미소 지으며 아뢰었다. '드디어 짐꽃환 중독에서 벗어날 수 있는 것인가!' 이선은 기대에 찬 눈빛을 빛내며 환을 집어 들었다. 그때였다.

"전하!"

현석이 갑자기 이선의 손목을 붙잡았다. 손에 들려 있던 환이 바닥에 떨어진 순간 기미상궁이 피를 토하며 쓰러졌다. 파르르 떨며 경련을 일으키던 기미상궁의 몸이 축 늘어졌다. 숨을 거둔 것이다.

"죽었습니다."

기미상궁의 맥을 짚어보던 현석이 무겁게 입을 열었다. 이선의 얼굴이 경악과 분노로 새파래졌다.

'이는 필시 나를 죽이려는 음모다. 세자저하가 나를 죽이려 저 환을 보낸 것이 틀림없어!'

이선은 바닥에 떨어져 있는 환을 노려보며 부르르 떨었다. 세자에 대한 분노로 정신이 혼미해질 지경이었다.

"나더러 동무라 했다…… 내 아비의 억울함을 풀어주겠다 했어. 그 말을 믿었는데…… 날…… 죽이려 하다니! 그자 역시 내 아비를 죽인 놈들과 다름없었음이야. 나 같은 건 언제든 죽일 수 있는 개돼지라 여겼겠지. 그래, 어쩌면 처음부터 날 살려둘 생각이 없었을지도 모르겠구나……."

이선은 해독제 상자와 세자의 서찰을 노려보며 중얼거렸다. 그러더니 급기야 해독제 상자를 들어 바닥으로 내팽개치며 "아악!" 하고 사자후를 터트렸다.

"고정하시옵소서. 전하."

현석이 부복하고 앉으며 이선을 걱정스레 바라보았다.

"현석아…… 날 믿느냐?"

이선이 이글이글 타오르는 눈빛으로 현석에게 물었다.

"예, 전하."

"나도 널 믿는다. 네가 아니었다면, 기미상궁이 아니라 내가 차가운 시신이 되었겠지. 현석아…… 너에겐 내가, 진짜 왕이라 했지?"

"예, 전하. 저에겐 전하 한 분만이, 진짜…… 왕이십니다."

"죽었다던 세자. 그자가…… 살아 있어도? 보부상 두령이…… 진짜 세자다. 원래 이 용상의 주인이 되어야 할 진짜 세자."

이선의 갑작스러운 고백에 현석의 눈빛이 흔들렸다.

"내가 가봐야 할 곳이 있구나. 나를 호위하여라!"

이선은 결연한 눈빛을 번뜩이며 자리에서 일어섰다.

늦은 밤, 갑작스럽게 나타난 이선을 보고도 대목은 눈 하나 깜짝하지 않았다. 오히려 흥미롭다는 시선으로 이선의 위아래를 훑어보았다. 가면을 벗고 미복을 입은 이선을 마치 골동품 감상하듯 바라보던 대목이 천천히 입을 열었다.

"이 시간에 주상전하께서 어인 행차이십니까?"

"왕이 되고 싶습니다. 제가…… 진짜 왕이 되고 싶습니다."

단도직입적인 이선의 말에, 대목이 입꼬리를 올리며 비릿하게 웃었다.

"진짜…… 왕이 되겠다?"

"예! 저를 진짜 왕으로 만들어주시면, 편수회를 위해 시키는 건 무엇이든 하겠습니다!"

　마음을 다잡았으나 자꾸만 목소리가 떨렸다. 이선은 대목의 뱀 혓바닥 같은 시선을 피하며 간신히 말했다.

"너는 이미 왕이 아니더냐?"

　대목이 웃음기를 거두고 떠보듯 물었다.

"저는…… 가짜이지 않습니까?"

"흠……. 가짜가…… 진짜가 되고 싶다? 어떻게 말이냐? 그 가면을 벗고, 만천하에 네 진짜 얼굴을 보이고 싶으냐? 아니면…… 나를 밟고 올라서서, 허수아비가 아닌 진짜 왕이 되고 싶으냐?"

"그런 것이 아니오라…….."

"그런 것이 아니면, 뭐란 말이냐!"

　대목이 어서 말해보라는 듯 날카롭게 쏘아붙였다.

"제가 가짜가 아니려면…… 진짜가 죽어야 합니다."

　대목의 기세에 덜덜 떨던 이선이 마지막 용기를 내듯 고개를 쳐들고 덧붙였다.

"대목 어르신, 진짜 세자가 살아 있습니다!"

10
벗겨진 가면

옥사에서 풀려난 가은은 별궁에 갇혔다. 내금위들이 철통같이 지키고 있는 별궁은 그야말로 창살 없는 감옥이었다. 만날 수 있는 사람도 한정되어 있었다. 시중을 드는 나인 두어 명과 상선, 그리고 매창이었다.

"제가 삼간택에 오르다니요! 뭔가 잘못된 겁니다. 제발 대비마마를 뵙게 해주십시오."

가은은 상선을 만날 때마다 매달리듯 빌었다.

"송구하오나, 지금은 대비마마를 알현하실 수 없사옵니다."

상선의 대답은 한결같았다. 아무리 애걸복걸해도 소용없었다. 상선은 아무 감정 없이 제 역할에만 충실한 가구 같았다.

가은이 두 발로 걸을 수 있는 곳은 별궁 후원뿐이었다. 그러나 그

조차 쉽지 않았다. 고뿔에 걸리면 큰일 난다며 나인들이 극구 말리기 때문이었다. 가은은 답답한 마음을 풀 길이 없었다.

그러던 어느 날, 가은이 나인들의 만류를 뿌리치고 후원을 산책하고 있을 때였다. 매창이 털 조끼와 커다란 상자를 들고 천천히 다가왔다. 그녀는 날씨가 차갑다며 가은의 어깨에 털 조끼를 입혀주면서 의미심장하게 물었다.

"전혀 예상치 못하셨습니까?"

"몰랐습니다. 대비마마께서 분명, 재간택까지만 있으면 된다 하셨습니다. 이대로 후궁이라도 되는 날엔…… 어떻게든 대비마마를 만나야겠습니다."

"아직도 대비마마를 믿으십니까? 자기 잇속을 위해, 사람을 이용하는데 능하신 분이십니다. 예전에 협경당에서 두령님을 죽이려한 사람도, 대비마마이시고요."

"아버지를 신원해주시겠다 하셨는데…… 그 말을 믿고 따랐는데……. 다…… 거짓이었단 말입니까?"

"아가씨, 두령님을 믿으시지요?"

매창은 가은을 안타까운 듯 바라보며 물었다. 가은은 고개를 세차게 끄덕이며 강하게 긍정했다. 그러자 매창이 소맷부리에서 무언가를 꺼내 내밀었다.

"두령님께서 이 서찰을 전해달라 부탁하셨습니다."

가은은 서둘러 서찰을 펼쳐 읽었다. 천수의 필체가 확실했다.

오늘 밤, 진시(辰時)에 데리러 가마.
상자에 든 옷과 출입패를 이용해, 궐 중문까지만 와다오.

가은은 천수의 서찰을 소중한 보물인 양 품에 안았다. 매창이 엷은 미소를 지으며 들고 있던 상자를 내밀었다. 상자 안에는 궁녀 옷과 출입패가 들어 있었다.

시간이 좀처럼 지나지 않았다. 가은의 마음은 벌써부터 별궁을 빠져나가 천수와 만나고 있었다. 그녀의 신경은 온통 자격루(自擊漏) 소리에 쏠려 있었다. 혹시나 시중을 드는 나인들에게 들킬까 싶어, 평소처럼 행동하려 애쓰느라 온몸에 쥐가 날 지경이었다.

드디어 해가 저물었다. 일찌감치 저녁상을 물린 가은은 혼자서 쉬고 싶다며 나인들을 물러가게 했다. 다행히 나인들은 별 의심 없이 물러갔다. 혼자 남게 된 가은은 병풍 뒤에 숨겨둔 상자를 꺼내 재빨리 궁녀복으로 갈아입고 중문으로 달려갔다.

중문을 지키고 있던 군사들이 출입패를 요구했다. 가은은 쓰개치마로 얼굴을 가린 채, 출입패를 내밀었다.

"얼굴을 보여라."

출입패를 확인한 군사가 가은에게 쓰개치마를 내리라 명령했다.

가은은 조마조마한 마음으로 조심스럽게 쓰개치마를 내려 얼굴을 보였다. 군사들이 서로 눈빛을 교환하는가 싶더니, 다짜고짜 그녀의 팔을 붙잡았다.

"왜 이러십니까!"

가은이 소스라치게 놀라 소리치던 순간, "무슨 일이냐?" 하는 남자의 굵직한 목소리가 들려왔다. 가면 쓴 왕이 호위무사를 대동하고 그녀 쪽으로 걸어오고 있었다.

"전하. 이 여인이, 나인들의 출궁을 막는다는 어명을 어겼습니다."

가은의 팔을 잡고 있던 군사가 왕께 고해바쳤다.

"수고했다."

속내를 파악할 수 없는 얼굴로 가은을 뚫어질 듯 보던 왕이 마침내 한마디를 내뱉었다.

"과인을 따라오너라."

꿈

이대로 모든 것이 물거품으로 끝나는 걸까. 왕을 뒤쫓아가는 가은의 머릿속은 천수에 대한 걱정과 앞으로 일어날 일들에 대한 불길한 예감으로 가득 찼다. 왕이 걸음을 멈춘 곳은 동궁 온실 앞이었다. 가은은 온몸이 굳어버릴 듯한 긴장감에 숨조차 제대로 쉬지 못한 채, 왕을 따라 온실 안으로 들어섰다.

온실 안은 춥고 어두웠다. 왕은 고개를 푹 숙이고 서 있는 가은을 가만히 내버려둔 채, 아궁이에 불을 지폈다. 오직 해야 할 일은 그것 뿐인 양, 왕은 좀처럼 뒤돌아보지 않았다. 가은이 뒤에 서 있다는 것 조차 잊은 채 묵묵히 불만 지폈다. 서서히 차오르는 온기를 느끼며, 가은은 마침내 먼저 입을 열었다.

"어떤 벌이든…… 달게 받겠습니다."

그녀의 목소리를 들었음에도 왕은 말이 없었다. 쪼그리고 앉아 불을 지피는 왕의 등은 어쩐지 쓸쓸하고 초라해 보였다. 가은은 용기를 내어 한발 다가섰다.

"전하……."

그때 왕이 자리에서 일어나 등을 휙 돌렸다.

"아가씨……."

가은은 제 귀를 의심하며 가면 쓴 왕을 바라보았다.

"어쩜 이리도 절 몰라보십니까? 저와 아가씨가 함께한 세월이 얼마인데……."

"전하?"

영문을 모르겠다는 듯 고개를 갸웃거리는 가은을 물끄러미 바라보던 왕이 천천히 가면을 벗었다.

"아직도…… 모르시겠습니까?"

왕의 맨얼굴을 본 사람은 무조건 죽는다는 것이 궐의 불문율이었

127

다. 가은은 본능적으로 눈을 감고 부복해 앉았다.

"전하, 어찌 이러십니까?"

"아가씨…… 저…… 이선입니다."

가은은 제 귀를 의심했다. 왕이 농담을 하는 거라고 생각했다. 그러면서도 한편으로 왕이 어떻게 이선을 알고 있는지 의아했다. 왕이 갑자기 가은 앞에 한쪽 무릎을 꿇고 앉더니, 손으로 그녀의 턱을 가만히 들어 올렸다. 왕의 손길에 흠칫 놀란 가은이 눈을 번쩍 떴다. 왕의 맨얼굴이 눈앞에 떡하니 보였다.

"정말 절…… 몰라보시겠습니까?"

옥음은 떨리고 있었고, 눈에는 눈물이 가득 고여 있었다. 가은은 왕의 말이 농이 아님을 깨달았다.

'정말로 이선이란 말인가?'

가은은 기억 속에 묻어두었던 이선의 얼굴을 떠올려 보았다. 옅은 눈썹, 크고 부리부리한 눈매와 검고 큰 눈동자, 높이 치솟은 콧날, 도톰한 입술, 다부진 인상을 남기는 굵은 턱선. 그것이 열일곱 살 풋풋했던 이선의 얼굴이었다. 그리고 그 얼굴은 그녀 앞에 앉아 있는 왕의 얼굴이기도 했다. 놀란 가은의 눈빛이 세차게 흔들렸다.

"이선…… 이선아, 내가…… 꿈을 꾸는 것인가."

"꿈이…… 아닙니다."

이선이 그녀의 손을 다정하게 붙잡으며 대답했다.

"정말…… 이선이야?"

"예……. 아가씨가 아는…… 그 이선이가 맞습니다."

"얼마나 기다렸는데…… 나도, 유모도, 꼬물이도…… 널 얼마나 기다렸는데……."

"저도…… 기다렸습니다."

"그런데 왜…… 네가 여기 있는 거야? 이선이 네가, 왜 가면을 쓰고 여기 있어?"

가은은 혼란스러웠다. 코흘리개 시절부터 알고 지내던 백정의 아들 이선이 거북스럽기만 했던 왕이었다는 사실이 쉽게 받아들여지지 않았다.

"5년 전…… 진짜 세자가, 제게 이 가면을 씌우고…… 도망을 쳤습니다. 그날 이후 전…… 대목 손에 목숨을 위협당하며, 가짜 왕 노릇을 해야 했고요."

이선의 대답은 더없이 충격적이었다. 그럼 지금까지 이선이 대목의 볼모로 잡혀 꼭두각시 노릇을 했다는 말인가.

"세자가…… 아버지를 참수한 것도 모자라, 네게 그런 짓까지 했단 말이냐?"

가은이 분노와 원한에 사무쳐 부르르 떨며 물었다.

"예…… 세자가…… 그리했습니다."

"왜 진작 말하지 않았어! 난 그것도 모르고 널 아버지 원수로 대했는데…… 어찌 그간 말하지 않은 것이야!"

"세자저하가 아가씨께 말하지 말아 달라 부탁을 했습니다."

"세자가…… 네게 부탁했다고?"

"예, 아가씨가 아는 자입니다."

"설마……."

가은은 듣고 싶지 않았다. 이선의 대답을 듣고 나면, 견딜 수 없이 불행해질 것만 같았다. 이선이 굳은 표정으로 심각하게 입을 열었다.

"아가씨, 보부상 두령 그자가…… 진짜 세자입니다. 아가씨가 천수라 알고 있는 그자가…… 규호 어르신을 참수한 자입니다!"

이선의 말 한 마디 한 마디가 그녀의 심장을 비틀었다. 가은은 둔탁한 절망감이 온몸에 스며드는 느낌을 받으며 간신히 입을 열었다.

"천수 도련님이…… 진짜 세자라고? 설마, 뭔가 오해가 있을 거야. 천수 도련님이 세자라니…… 이선이 네가 뭔가 잘못 알았겠지. 아니야. 천수 도련님은…… 보부상 두령님이셔. 내가, 내가 연모하는……."

이선은 절망에 사로잡혀 횡설수설하는 그녀의 어깨를 조심스럽게 끌어안으며 속삭였다.

"더 빨리 모든 진실을 털어놓았어야 했는데…… 용서하십시오."

"정말…… 천수 도련님이…… 세자라고?"

가은은 비탄에 잠겨 중얼거리다가, 갑자기 이선의 품에서 빠져나와 단호하게 덧붙였다.

"천수…… 아니 세자를 만나야겠어."

"네?"

"이선아. 중문을 통과시켜줘."

이선은 당혹스러운 표정으로 그녀를 바라보다가 이내 고개를 끄덕였다.

～

세자는 약조대로 중문 앞에서 기다리고 있었다. 가은은 파탄 나버린 현실에 환멸을 느끼며 세자 앞으로 다가갔다. 추위로 인해 세자의 코끝이 빨개져 있었다.

"가은아. 무사했구나."

세자가 환하게 웃으며 가은을 반겼다.

"어릴 적 동무를 만나…… 무사히 빠져나올 수 있었습니다."

가은이 선웃음을 지으며 의미심장하게 말했다.

"그렇구나. 가은아, 날이 밝기 전에, 서두르자."

세자는 그녀의 말을 대수롭지 않게 받아넘기며, 그녀의 손을 덥석 잡았다. 가은은 슬픔과 역겨움을 동시에 느끼며, 의도적으로 그의 손을 피해버렸다.

"가은아. 혹시 무슨 일이 있었느냐?"

세자가 의아한 눈빛으로 바라보며 물었다.

"중요한 물건을 잊고 와서요. 잠깐 저와…… 함께 가주시겠습니까?"

가은은 세자의 대답을 기다리지 않고 앞장섰다. 다시금 중문을 통과해 입궐한 가은은 묵묵히 동궁 온실로 향했다. 등 뒤에서 세자가 자박거리는 발소리를 내며 따라왔다. 동궁 온실을 지키고 있던 금군들이 한 명도 보이지 않았다. 이선이 그녀의 부탁을 들어준 것이었다. 텅 빈 온실 문 앞에 선 가은은 소매에서 온실 열쇠를 꺼내 문을 열고 들어갔다.

"중요한 물건을 두고 왔다더니…… 온실 열쇠는 어떻게 얻은 것이냐?"

그녀를 따라 온실 안으로 들어온 세자가 불꽃이 활활 타오르고 있는 아궁이를 바라보며, 이상하다는 듯 물었다. 가은은 대답 없이 책상 앞으로 다가가, 책상 위에 놓여 있는 서찰을 집어 들었다.

"여기 있네요……. 제겐 목숨보다 소중한 물건인데, 도련님도 보시겠습니까?"

세자는 잠시 망설이다가 그녀의 서찰을 받아들고 펼쳐 읽었다.

한성부 서윤 한규호와 참군 박무하는
지금부터 양수청 수로 공사에 대해 철저히 수사하라!

가은은 세자의 표정 변화를 단 하나도 놓치지 않겠다는 듯 뚫어
질 듯 바라보았다. 세자가 서찰을 든 손을 맥없이 떨어뜨렸다.

"아버지의 원통함을 풀어드릴 유일한 증거지요. 아버지가 저하의
명을 사칭한 게 아니라…… 저하의 명을 따랐다는 증거!"

가은은 비수와 같은 눈빛으로 세자를 노려보며 말을 이었다.

"아버지는 이 나라에 충성을 다 바친 신하였는데…… 억울한 죄
를 뒤집어쓰고 돌아가셨지요. 그날 이후 제 인생도 바뀌었고요. 그
런 제가 하루하루 버틸 수 있었던 것은…… 도련님과…….."

순간, 가은의 머릿속에 세자를 천수 도령으로 알고 지내온 시절들
이 주마등처럼 지나갔다. 그토록 연모하던 사람이 죽이고 싶도록 미
워하던 사람이었다니!

"가은아……."

가은은 애끓는 세자의 말을 끊으며, 사납게 말을 이었다.

"그리고 아버지의 복수를 하겠다는 결심이었지요. 천수 도련님,
도련님이 이 온실의 진짜 주인이십니까? 도련님이…… 정녕, 제 아
버지를 죽인 세자저하입니까?"

세자의 검은 눈동자에 눈물이 가득 차올랐다.

"도련님이 세자가 맞냐 물었습니다!"

세자의 눈에서 눈물이 주르륵 흘러내렸다. 가은은 침묵하는 세자의 팔을 붙잡고 세차게 흔들며 처절하게 소리쳤다.

"어서 아니라 말씀해주세요. 오해다, 나는 세자가 아니다……. 그리 말씀해주세요. 제발…… 도련님이 제 아버질 죽인 세자가 아니라고 말해주세요."

"가은아…… 내가…… 내가…… 세자가 맞다……."

세자의 울음 섞인 고백이 가은을 나락으로 떨어뜨렸다. 그녀는 인연의 끈을 놓아버리듯 세자를 붙들고 있던 손을 놓았다.

"가은아……."

세자가 울먹이며 다가왔다. 가은은 멍하니 굳은 표정으로 뒷걸음질 쳤다.

'고작 이렇게 되려고, 그렇게 그리워했던가. 고작 이렇게 되려고, 그렇게 사랑했던가.'

뭔가에 발이 걸려 휘청거리는 순간, 세자가 빠르고 민첩하게 다가와 그녀를 끌어안았다.

"저리 치워!"

가은은 세자의 손을 거칠게 뿌리치며 비명을 지르듯 외쳤다.

"당신이 진짜 세자라면…… 지금까지 천수인 척, 두령인 척, 날…… 속인 겁니까? 내 아버지를 죽인 것도 모자라! 이제껏 날……

기만한 겁니까?"

"내가…… 널 속였다. 널 잃을까 두려워, 여지껏 진실을 말하지 못했어. 미안하구나……. 가은아…… 부디 나를 용서해다오."

"용서라고? 감히 어디서 용서를 말해! 네놈은 내 아버질 죽이고 날 기만했어! 한데 난…… 이 칼로 널 구했구나."

가은은 저고리에서 은장도를 꺼내 흔들며 허탈하게 소리쳤다.

"가은아, 규호 어르신 일은……"

"닥쳐! 내 손으로 널 죽이고, 내 아버지 원수를 갚을 것이야!"

심장이 터질 듯한 분노로 이성을 잃은 가은은 은장도를 치켜들고 세자를 향해 달려들었다. 세자는 피하지 않았다. 오히려 그 칼을 달게 받겠다는 듯 초연한 모습으로 그녀를 슬프게 바라보았다.

"아아악!"

가은은 끝내 세자를 찌르지 못하고 통곡에 가까운 절규를 내지르며 주저앉았다. 세자는 그녀의 절규가 칼에 찔리는 것 보다 더 고통스럽다는 듯 그녀 앞에 무릎을 꿇고 앉아 오열했다.

"아버진 널 원망하지 말라 했어. 아버지가 죽는 건 세자저하 탓이 아니라고…… 널 살려 보내는 건…… 널 용서해서가 아니야. 내 아버지의 죽음을 헛되게 할 수 없어서…… 널 위해 죽은 아버지 희생을! 헛되게 할 순 없으니까!"

가은은 목에 걸고 있던 경갑 목걸이의 끈을 은장도로 거칠게 끊어냈다. 그 순간, 모든 것이 눈부시게 아름다웠던 기억으로부터 분리되는 것 같았다. 그녀는 들고 있던 경갑 목걸이를 힘껏 내던졌다. 세자 앞에 떨어진 경갑 목걸이가 쩽강 소리를 내며 깨져버렸다. 찬란했던 과거와 절망뿐인 현재가 두 동강으로 갈라지듯.

"사라져! 두 번 다시 내 눈앞에 나타나지 마! 당장 사라져!"

그녀의 고통스러운 외침에 세자가 마침내 등을 돌렸다. 가은은 힘겹게 걸어가는 세자의 뒷모습을 보며 소리 없이 울었다. 가슴이 조각조각 찢어지는 듯했다.

'운명은 강과 같다. 강이 분노하면, 모든 것이 잠기고, 무너지고, 쓸려가버린다. 인간은 결코 그것을 멈출 수 없지. 그저 가혹한 운명이 지나가도록, 기다릴 수밖에.'

가은은 어린 시절 들었던 우보의 가르침을 떠올리며, 가슴을 쥐어뜯었다.

'그래, 다 지나갈 것이다. 이 뼈아픈 고통도 가슴 시린 절망도 다 지나가겠지……'

11
피 묻은 칼날

추운 밤이었다. 도랑물은 얼어붙고 처마에도 고드름이 매달렸다. 세자는 이선을 만나기 위해 궁술 연습장으로 갔다. 횃불이 밝혀진 궁술 연습장에는 활시위를 당기는 이선과 호위무사 현석뿐이었다. 세자는 바닥에 떨어져 있는 화살들을 쳐다보며 이선에게 다가갔다. 현석이 세자를 향해 예를 갖춰 인사한 후 자리에서 물러났다. 이선은 세자를 본체만체하며 활시위를 당겼다. 공중으로 쏘아진 활은 번번이 과녁판을 벗어나 바닥으로 떨어졌다.

"가은이한테…… 내가 세자라, 얘기한 사람이 너냐?"

세자가 거북스러운 침묵을 깨며 무겁게 입을 열었다.

"예, 접니다."

이선이 활을 내려놓으며 태연하게 대답했다.

"내가…… 편수회를 물리친 후, 가은이에게 직접 얘기하고 싶으니 기다려 달라지 않았느냐."

"저는 이제 저하의 말을 믿을 수가 없습니다. 저하를 믿고 좋은 꼴을 본 적이 없어서요. 기억하십니까? 저하께선 5년 전 미천한 제 아비에게 자비를 베푸셨지요. 한데 그 자비의 결말이 어찌 되었습니까? 제 아비는…… 비참하게 살해당했습니다. 규호 어르신은 또 어땠습니까? 저하를 믿고 양수청을 수사하다, 저하 손에 참수를 당하셨지요. 왜 변명하지 않으십니까? 내 손으로 죽이지 않았다. 변명을 하셔야지요."

"내 잘못으로 죽은 것이니…… 내 손으로 죽인 것이나 진배없다."

세자는 억울했지만 변명의 여지가 없었다. 이선이 세자를 경멸 어린 시선으로 노려보았다. 그의 시선은 온통 세자를 향한 적의로 가득 차 있었다.

"이런 모습에…… 제가 속은 것이지요. 우정이라 믿었습니다. 저하는 선왕과 달리, 백성을 위하는 성군이 되실 거라 믿었습니다. 그래서 저하 대신, 가면을 쓰고 입단식에 갔지요. 저하의 조선은 다를 거라 믿어서…… 그리했습니다. 허나, 아니었어요. 나한테 가면을 씌운 이유는 대목이 무서워서였고, 나를 두고 도망친 이유는 혼자 살아남기 위해서였어! 날 대목 앞에 미끼로 던져두고 쓸모없어지면, 언제든 죽이면 된다 생각했겠지!"

"아니다. 이선아! 내가 빨리 널 만나지 않은 것은⋯⋯."

세자는 이선에게 지난했던 지난 5년간의 삶을 모두 이야기하고 싶었다. 또한 이선을 향한 미안함과 고마움도 전하고 싶었다. 무엇보다 처음 사귄 동무에게 이해받고 싶었고 오해를 풀고 싶었다. 그러나 이선은 세자의 말을 냉정히 끊어버렸다.

"변명은 필요 없습니다! 오늘이 저하와 저의, 마지막 만남이 될 테니까요."

"그게 무슨 소리냐?"

"이제 이곳은 저하의 집이 아니니, 두 번 다시 돌아오지 마세요."

이선은 활대를 바닥에 내던지며 단호하게 말했다.

"이선아, 너 설마⋯⋯."

세자는 가만히 이선의 눈을 들여다보았다. 그 눈에는 음험한 욕망이 도사리고 있었다.

"예, 맞습니다. 이제는 저하께 보위를 돌려드리지 않을 생각입니다. 참! 제가 대목에게, 세자저하가 살아 있다 고했는데⋯⋯ 이제 곧 저하를 잡으려고, 군사들이 포위망을 좁혀올 것입니다."

이선이 광기 어린 눈빛을 번뜩이며 덧붙였다.

"아직도 모르시겠습니까? 제가 저하를⋯⋯ 함정으로 유인한 겁니다. 그러니⋯⋯ 어서 도망치세요. 건춘문, 영추문, 광화문은 이미 병사들이 막아섰고, 곧 신무문까지 막힐 것입니다. 대목이 저하를 잡기 전에 어서 도망치세요. 이것이 저하께 드릴 수 있는…… 제 마지막 우정입니다. 살아서 나간다 해도, 다신 돌아오지 마세요. 다시 돌아오면! 그땐 제 손으로 저하를 죽일 것입니다."

세자는 떨리는 주먹을 움켜쥐었다. 이선과의 관계가 돌이킬 수 없을 만큼 틀어졌음을 인정하지 않을 수 없었다. 서글픈 시선으로 이선을 바라보던 세자는 힘없이 돌아섰다.

경회루를 지나 궐문으로 향하는 세자 앞으로 별감 복색을 한 청운이 달려왔다. 청운은 긴장한 표정으로 어둠에 잠긴 주위를 살피며 말했다.

"저하! 궐 밖 움직임이 심상치 않아, 걱정이 돼 들어왔습니다. 괜찮으십니까?"

"대목이 내가 살아 있다는 걸 알았습니다. 어서 신무문 쪽으로 달아나야 합니다."

세자와 청운은 소리 없이 눈빛을 교환하고, 신무문을 향해 다급히 달려갔다.

이선의 말대로 신무문은 아직 뚫려 있었다. 세자와 청운은 군사 하나 없이 텅 비어 있는 신무문으로 다가가 빗장을 열었다. 그 순간, 숨어 있던 금군들이 모습을 드러내며 세자와 청운에게 창을 겨눴다.

"반역자다! 잡아라!"

"함정입니다!"

청운이 재빨리 허리에 찬 검을 세자에게 넘겨주고, 발목에서 단도를 꺼내들었다. 그들은 날렵하고 민첩하게 움직이며 창을 든 금군들을 상대했다. 예상치 못한 반격에 놀란 금군들이 뒤로 주춤하는 사이, 무언의 눈빛을 교환한 세자와 청운은 신무문 반대쪽으로 내달렸다. 그들을 뒤쫓는 금군들의 수가 갈수록 늘어났다.

막다른 길목, 더는 도망칠 곳이 없었다. 금군들은 문이란 문은 모두 막고 있었고, 각 처소마다 경비를 서고 있었다. 그때였다. 길목 끝에 있는 창고 문이 삐그덕 소리를 내며 열렸다. 상선이었다.

"닮았구나. 네놈은 역시, 왕좌를 훔친 역적 놈과 닮았어……."

상선의 싸늘한 말투에 세자가 미간을 찌푸렸다.

"그게 무슨 소립니까?"

상선은 아무 대꾸도 하지 않고 창고에서 내관복 두 벌을 꺼내 그들에게 건넸다. 내관복으로 갈아입고 궐을 빠져나가라는 의미였다. 세자는 상선이 자신을 향해 드러낸 감정이 적의인지 호의인지 분간할 수 없었다. 상선의 태도는 늘 애매모호했다. 하지만 지금은 그런 것을 따질 때가 아니었다. 우선 궐을 빠져나가는 게 급선무였다.

첫눈이 내리는 겨울 초입, 세자는 꽃잎처럼 날리는 눈을 맞으며 검술을 연마하고 있었다. 챙챙! 검이 격렬한 쇳소리를 내며 허공을 갈랐다. 시퍼렇게 날선 검 위로 흰 눈이 내려앉았다가 사라졌다.

'모든 것이 내 탓이다! 가은을 고통스럽게 만든 것도, 이선을 잔인하게 만든 것도 모두 내 탓이야!' 세자의 가슴속에 자책감과 절망감, 상실감이 소용돌이쳤다. 독보다도 더 쓰디쓴 감정들이었다.

검술 연습을 마치고 우보의 집으로 걸음을 옮기던 세자의 시야에 쓰개치마를 쓰고 달려오는 매창의 모습이 들어왔다.

"이 추운 날, 여기까지 어쩐 일이십니까."

"큰일 났습니다. 가은 아가씨가, 대목 손에 납치됐습니다!"

"납치라니! 대목이 왜 가은이를 납치한 겁니까!"

매창은 다급한 말투로 밤새 있었던 일들을 설명했다. 며칠이나 식음을 전폐하고 앓아누워 있던 가은을 억지로 앉혀서 미음을 먹이고 있는데, 양수청장 태호가 나타나 가은을 끌고 갔다고 했다.

"세자저하께 전하라 했습니다. 가은 아가씨를 데려가니, 돌려받고 싶으면 혼자 대목을 찾아오라고……."

매창이 머뭇거리는 시선으로 세자를 보며 말끝을 흐렸다.

"제가 세자인 걸…… 어찌 아셨습니까?"

세자가 의혹이 가득한 눈빛으로 매창을 견제하듯 바라보자, 매창이 차분한 목소리로 고백했다. 그녀는 왜관에서 세자를 처음 봤을 때부터, 그가 세자임을 알고 있었다고 했다.

"저는 유년 시절, 양이처럼 짐꽃밭에서 짐꽃환을 만들었습니다.

양이가 남긴 지도, 의궤지산, 기억하시지요? 제가 있던 곳이 바로
그곳입니다. 저는 양이처럼 용기 있고 의리 있는 아이가 아니었습니
다. 짐꽃밭을 도망쳐 나온 순간부터 아주 오랫동안 방관자로 살아왔
지요. 그런 저의 마음을 움직인 아이가 바로 양이었습니다. 친구들
을 구해야 한다는 그 아이의 간절함과 절실함이 제 마음을 움직였
습니다. 세자저하, 편수회는 저의 적이기도 합니다. 저는 세자저하
가 조선의 진정한 군주가 되실 분임을 의심치 않습니다."

"예, 알겠습니다. 자세한 이야기는 나중에 더 듣겠습니다. 우선은
가은이를 먼저 구하러 가야겠습니다."

"정녕…… 구하러 가실 것입니까?"

매창이 세자 앞을 막아서며 물었다.

"그게 무슨 소립니까?"

"이대로 가시면 틀림없이 대목 손에 목숨을 잃으실 겁니다."

"그럼 가은일 그냥 대목 손에 내버려 두란 말씀입니까!"

"저 역시 가은 아가씨를 구하고 싶습니다. 허나 당신은…… 왕이
되실 분이 아니십니까. 가은 아가씨의 목숨과, 세자저하의 목숨을
맞바꿀 순 없지 않습니까. 가은 아가씨 한 분을 위해, 조선 백성 모
두를 저버리시겠습니까. 저하는 조선의 백성 모두의 목숨을 짊어진
분이십니다."

"소저께서, 무슨 말씀을 하시는지 알겠습니다. 허나, 저는…… 갈

것입니다! 만일 지금, 내 목숨을 지키고자 가은일 저버린다면……
저는…… 이전의 제가 아닐 겁니다. 편수회와 맞서 조선의 백성을
지키려던, 원래의 내가 아닐 겁니다!"

"저하…… 하지만……."

"연모하는 여인 하나 지키지 못하는 자가…… 조선의 만백성을
어찌 지키겠습니까?"

세자는 결연한 눈빛으로 매창을 바라보다가 이내 돌아섰다. 등 뒤
로 매창의 안타까운 시선이 느껴졌으나, 그는 돌아보지 않았다.

'이 길 끝에 뭐가 있는지 아무도 모른다. 그러나 나는 갈 것이다.
그곳에 그녀가 있으므로.'

편수회당 누마루에 앉아 있는 대목 뒤에는 무장한 살수들이 병풍
처럼 서 있었고, 대목의 좌우에는 영의정 주진명과 좌의정 허유건,
양수청장 태호가 앉아 있었다. 그리고 가은은 오라에 묶인 채 누마
루 아래 땅바닥에 앉아 있었다.

"내 그렇게 널 찾고, 죽이려다 실패했는데…… 겨우 여자 하나 때
문에 내 앞에 나타난 것이냐?"

대목이 가은을 바라보는 세자를 향해 이죽거렸다.

"힘없는 여인을 납치해 날 불러내다니…… 천하의 대목답지 않으

십니다. 원하는 대로, 내가 왔으니 이 여인은 그만 풀어주시지요.”

고집스럽게 정면만 응시하고 있던 가은이 세자를 돌아보았다. 그녀의 핏발 선 눈에는 차마 전하지 못할 많은 말이 담겨 있었다. 세자와 가은이 복잡한 시선을 주고받고 있는데, 대목이 살수들에게 가은을 별채에 가두라는 명을 내렸다. 살수들은 명이 떨어지기 무섭게 가은을 붙잡아 끌고 갔다.

“저 여인을 풀어주시오!”

세자가 얼음장처럼 차가운 눈빛으로 대목을 노려보며 소리쳤다.

“저 계집을 풀어줄지 말지는, 네가 어찌하느냐에 달렸다. 끌고가거라!”

대목의 짙은 눈썹이 사납게 치켜 올라갔다.

“정중히 모시거라. 너희가 함부로 할 여인이 아니다!”

세자가 살수들을 향해 고함을 질렀다. 그런 세자를 혼란스러운 눈빛으로 바라보던 가은이 살수들의 손을 뿌리치고, 이를 악다문 채 걸음을 옮겼다. 당당하려 애쓰는 그녀의 모습에 세자의 가슴은 더욱더 타들어 갔다.

잠시 후, 세자는 술상을 가운데 두고 대목과 마주 앉았다. 병풍처럼 서 있던 살수들과 편수회원들은 모두 자리를 비운 상태였다. 대목은 묘한 침묵을 지키며 술잔을 비워나갔다. 그 침묵에는 상대의 기세를 꺾고 분위기를 압도하려는 책략이 숨어 있었다. 그러나 세자는 기가 눌리지 않았다.

"어떤 꽃을 피우고 싶으냐?"

이윽고 침묵이 깨졌다. 대목은 누마루 한쪽 구석에 놓여 있는 화분에 시선을 던지며 뼈가 있는 질문을 보탰다.

"궐 밖에서 눈보라 찬바람을 실컷 맞았으니…… 꽃을 피울 때가 되지 않았느냐?"

세자는 5년 전 대목에게 선물했던 수선화 화분을 바라보며 당당하게 대꾸했다.

"나의 꽃은…… 대목과 편수회가 사라진 조선에서, 피워볼 생각이오."

대목은 더없이 올곧고 강인한 눈빛의 세자를 유심히 바라보다가 실소를 터트렸다.

"나 대목과 편수회가 사라진 조선이라……. 네가 진정, 나를 쓰러트려 얻고 싶은 것이 무엇이냐? 천하를 발아래 둘 권력? 천세에 남을 명성? 그도 아니면, 그저…… 부모의 복수?"

"편수회를 무너트리고, 새 시대를 열 것이오."

"새 시대라…… 나와 목표가 같구나. 너한테 조선은 어떤 나라냐? 나한테 조선은…… 가난한 나라다. 풍요로운 삶을 사는 건 국왕과 소수의 양반들뿐인, 가난한 나라. 이런 나라가 올바른 나라일 리 없지 않느냐? 이대로 간다면 조선이 도대체 얼마나 버티겠느냐. 궁핍

한 백성이 얼마나 살아남겠느냐는 말이다. 나 역시, 새 시대를 열고 싶구나. 나와 손잡고, 조선을 부강하게 만들 성군이 되어보지 않겠느냐?"

"부강한 조선……. 그대가 말하는 목표는, 나와 다르지 않소. 허나 문제는, 그 과정과 결과에! 그대는 책임을 지지 않는다는 것이오. 그대가 꿈꾸는 조선을 위해, 어린 아이들이 죽어가도…… 그대의 사익을 위해, 만백성이 착취를 당해도…… 그대는 그저 막후실세일 뿐. 그 모든 일에 책임을 지려하지 않소. 책임지지 않는 권력은, 전쟁보다 무서운 것. 그대가 막후실세로 있는 한, 그대는 새 시대를 말할 자격이 없는 사람이오."

"자격? 자격이라……. 운이 좋아 왕자로 태어난 것밖에 없는 놈한테, 자격이란 말을 듣다니. 너야말로 왕좌에 앉을 자격도, 새 시대를 말할 자격도 없는 놈이다."

"그게 무슨 말이오?"

"정녕 아무것도 모른단 말이냐? 죽은 네 아비는 원래 나의 동지였다. 나와 손잡고 선대왕을 시해했지. 그래……. 내가 선대왕을 시해하고, 네 아비를 왕으로 만들었다. 한데 네 아비는 은혜도 모르고 나를 베려 하더구나. 사냥이 끝나자 필요 없어진 사냥개를 죽이려 한 것이지. 이제 말해 보거라. 누가 자격이 있고 누가 자격이 없는지, 진정 역적이 누구이고 누가 누구에게 복수를 해야 하는지!"

세자는 대목의 입에서 나오는 충격적인 말들을 믿을 수 없었다. 그러다 불현듯 그가 왕좌를 훔친 역적과 닮았다던 상선의 말이 떠올랐다. 심장이 덜컥 내려앉았다. 차디찬 깨달음이 그의 마음속으로 스며들었다. 대목이 충격에 얼어붙어 있는 세자에게 술을 따라주며 입을 열었다.

"세상을 바꿀 수 있는 힘은…… 권력자들이 가지고 있지. 허나…… 일단, 권력을 쥔 자들은 자신에게 유리한 세상을 바꿀 까닭이 없다. 그러니 현실에서 네 포부를 이루길 원한다면! 그 힘과 결탁하던지, 그 힘을 빼앗아야 해. 세상을 바꾸고 싶다면 타협도 필요한 법. 왕좌로 돌아가 새 시대를 열고 싶거든…… 내 손을 잡아라. 네가 화군이와 혼례를 치르고 내 손을 잡으면, 내 너를 왕으로 올려주마. 입단식을 하고, 편수회의 일원이 되어라. 그럼 나의 꿈과 미래가 바로, 너의 것이 될 것이야."

하마터면 깜박 속아 넘어갈 뻔했다. 화군과 혼례를 치르고 편수회의 일원이 되라는 말에, 세자는 모욕을 당한 사람처럼 얼굴을 붉혔다.

"북방에서 겨울에, 늑대를 어찌 잡는지 아십니까? 피 묻은 칼을 얼려, 늑대가 지나는 길에 꽂아둡니다. 그럼 피 냄새에 취한 늑대가 칼날을 핥기 시작하고…… 혀가 마비된 늑대는, 칼에 베이는지도 모르고 계속 핥다가 결국 죽고 말지요."

세자의 유려한 말솜씨에 대목이 감탄스럽다는 듯 웃음을 터트렸다. 그러더니 이내 싸늘하게 돌변하며 물었다.

"내 제안이…… 피 묻은 칼날 같다?"

"권력이란 달콤함에 미혹돼 다가가면…… 내 결국 그리되겠지요."

"내 제안을 받아들이지 않겠다……?"

"이제, 날 죽일 것이오?"

"아니. 먼저, 네 눈앞에서 가은이 그 아일 죽일 것이다! 그 아이를…… 사람이 겪을 수 있는 최악의 고통을 겪게 하다 죽일 것이다. 그리고 네놈을 죽여주마."

대목과 세자가 서로를 첨예하게 노려보았다. 그 순간, 화군이 종복들의 손을 뿌리치며 누마루로 달려왔다.

"안 됩니다! 할아버지! 할아버지 제발…… 저하를 살려주세요."

화군은 대목 앞에 머리를 조아리며 눈물로 호소했다. 대목이 크게 격노하며 화군을 몰아쳤다.

"대편수! 이놈이 누구냐? 누구라고 생각하느냐? 이놈은 선왕의 아들, 편수회 제일의 적이다! 그래도 이놈을 품어보려 했건만…… 이놈은 우리 편수회의 일원이 되기도, 내 사위가 되기도, 나와 손잡고 왕이 되기도 싫다는구나. 어찌하면 좋겠느냐?"

"……."

화군이 눈물을 글썽이며 대목과 세자를 번갈아 바라보았다. 세자는 그런 그녀가 몹시 거북스러웠다. 그가 화군의 시선을 피해버리자, 대목이 혀를 끌끌 차며 자리에서 벌떡 일어섰다.

"좋다! 대편수에게 마지막 기회를 주마. 네가 이놈을 설득해 보거라. 그래도 소용이 없다면…… 다신 이 할애비 앞에서 이놈을 살려 달라 빌지 말거라!"

대목이 사라진 자리에 화군이 앉았다. 어느새 날이 저물었고, 편수회당 곳곳에 등불이 밝혀졌다. 세자는 화군을 마주보기 부담스러워 연신 술잔을 기울였다. 화군 역시 쉽사리 말문을 열지 못하겠는지, 그의 술잔만 채우며 앉아 있었다. 술잔 속에 달빛이 내려앉았다. 세자는 달빛이 스며든 술잔을 단숨에 비우고 고개를 들었다. 그제야 화군이 입을 열었다.

"저하, 조선보다 유구한 역사와 전통을 가진 편수횝니다. 그런 편수회를 완전히 없애는 것은…… 불가능합니다. 허니 편수회를 없애려고 하지 마시고, 편수회를 가지십시오. 편수회에서 나오는 돈을 저하의 든든한 토대로 삼으시고, 편수회가 가진 권력으로 저하의 조선을 통치하십시오. 그러시면 됩니다."

"행수님……."

"저하…… 저를 가지셔서 편수회를 가지세요. 그리하셔서…… 이 힘든 싸움을 그만 끝내세요. 편수회를 위해서가 아니라, 저하를 위해섭니다! 제발…… 할아버지 손을 잡고, 왕이 되세요. 보위에 올라, 저하가 꿈꾸시는 세상을 만드세요. 제가 저하 곁에서 돕겠습니다."

"행수님, 저는 이미 연모하는 여인이 있습니다. 그러니 절 위해 이리 애쓰지 마세요."

"저하…… 중전도, 저하의 여인이 되겠다는 것도 아닙니다. 저하의 옆자리엔, 원하시는 여인을 앉히세요. 전 대목이 되어 저하께 편수회를 바치겠습니다. 그러니 저하께선 그저…… 저를 받아주시겠다, 할아버지와 손을 잡겠다…… 그리 말씀만 하시면 됩니다."

화군은 속이라도 꺼내 보이고 싶다는 듯 자신의 가슴을 두드리며 애타게 말했다. 세자는 그런 화군의 모습에 가슴이 아팠다. 사랑 앞에서 모든 것을 내려놓는 그녀의 솔직한 용기가 부럽기도 했다. 그녀의 마음도 제안도 받아들일 수 없었지만, 그녀의 진심만은 존중하리라 마음먹었다.

"송구하지만…… 전, 그리할 수 없습니다."

세자의 단호한 거절에 화군의 눈에서 눈물이 주르륵 흘러내렸다.

"저하의 마음을 바라는 것이 아니지 않습니까? 그저 그리하겠다……. 말씀만 해주세요! 모르시겠습니까? 전 그저 제 모든 것을 다해, 저하를 연모하는 것입니다……."

"그러니까요……. 저는 행수님의 진심을 받았는데…… 거짓으로 둘러댈 순 없잖습니까?"

세자는 쓰게 웃으며 빈 잔을 들어 화군 앞에 내밀었다. 화군이 눈물을 뚝뚝 흘리며, 그의 빈 잔을 채워주었다.

12
때늦은 후회

"너 때문이야! 너 같은 걸 구하려다 저하께서 목숨을 잃으시게 됐
어."

가은은 느닷없이 나타나 뺨을 올려붙이며 패악을 부리는 화군을
멍하니 바라보았다. 편수회에 납치되어 감금되어 있는 것도 어이없
는데, 한때 연적이었던 여자에게 뺨까지 얻어맞다니, 기가 막힐 노
릇이었다.

"그자가…… 죽습니까?"

"그자? 저하께선 널 위해 목숨을 거셨는데…… 그자?"

화군이 또다시 가은의 뺨을 때리려 손을 올렸다. 한 번은 참았지
만, 두 번은 참을 수 없었다. 가은은 화군의 팔목을 붙들어 거칠게
뿌리쳤다.

"그자는 내 아버지의 원수입니다! 그자가 죽든 말든, 나와는 상관 없는 일입니다."

"네년은 정말…… 아무것도 모르는구나! 너 같은 것 때문에 저하 가!"

화군은 위악을 떠는 가은을 노려보며 부들부들 떨었다.

"내가 뭘 모른다는 것입니까?"

가은이 눈을 부릅뜨고 화군을 쏘아보며 물었다.

"저하가 네 아비를 죽인 원수라고? 그래…… 평생 그렇게 믿고, 저하를 미워하며 살거라."

화군은 가은을 죽일 듯 노려보더니 홱 돌아 나가버렸다. 다시금 밀실 문이 굳게 잠겼다.

"내 아버지를 죽인 게, 세자저하가 아니라고? 그럼 도대체 누구란 말인가……."

가은은 헛웃음을 터트리며 혼자 중얼거렸다. 그때였다. 밀실 벽에 붙어 있는 조그마한 쪽창에서 인기척이 났다. 처음엔 참새가 날아든 줄 알았다. 가은은 경계하는 눈빛으로 쪽창을 바라보며 조용히 다가 갔다. 덜컹, 소리가 들림과 동시에 쪽창을 가리고 있던 나무 창살이 부서졌다.

"헉!"

깜짝 놀란 가은이 한쪽 벽으로 도망치듯 달아나는데, 부서진 창에

낯익은 얼굴이 나타났다. 청운이었다.

"모시러 왔습니다."

청운이 쪽창으로 넘어오라는 듯 가은에게 손을 내밀었다.

"어찌 저하가 아니라…… 절 구하러 오신 겁니까?"

"저하께서, 아가씨를 구해달라 하셨습니다. 지체하실 시간이 없습니다. 어서 서두르십시오."

청운이 손을 흔들며 재촉했다.

"저 혼자 빠져나갈 순 없습니다! 세자저하께 들어야 할 이야기가 있습니다."

가은의 고집에, 청운이 한숨을 내쉬며 쪽창을 넘어 들어왔다. 그는 혹시나 살수들의 눈에 띌까 싶어, 부서졌던 나무 창살로 쪽창을 가린 후 가은 앞으로 다가왔다.

"아가씨, 세자저하께서는 모든 것을 미리 알고 계셨습니다."

청운이 한껏 낮은 목소리로 말을 이었다.

"저하께서는 대목이 아가씨를 순순히 풀어주지 않을 거라 말씀하셨습니다. 아가씨는 전하를 잡을 수 있는 미끼이기도 하지만, 주상전하를 꼼짝 못 하게 하는 미끼이기도 하다며, 대목이 그런 좋은 미끼를 포기할 리 없다 하셨습니다. 저하는 편수회에서 살아나오기 어려울 거라시며, 소인에게 아가씨를 구하라 하명하셨습니다. 저하는, 아가씨를 안전한 곳으로 모신 후에 제가 구하러 가겠습니다. 이제 일어나십시오. 이곳을 빠져나가야 합니다."

가은이 일어나려는 청운의 소매를 다급히 붙잡았다.

"한 가지만, 한 가지만 대답해주세요. 제 아버지는…… 누가 죽였나요?"

청운이 하얀 입김을 한숨처럼 뱉으며, 어쩔 수 없다는 듯 가은 앞에 무릎을 꿇었다.

"규호 어르신을 참수한 건, 세자저하가 아니라…… 접니다. 저하의 가면을 쓰고 제가 어르신을 참수했습니다. 저하께선 끝까지 어르신을 살리기 위해 노력하셨습니다. 진작 말씀드렸어야 했는데…… 저하께서 말하지 말라 하셔서…… 너무 늦게 용서를 구해 송구합니다."

"당신이…… 아버질 참수했다고요?"

"용서해주십시오."

"저하가…… 제 아버지의 원수가 아니란 거군요."

"저하가 아니십니다."

청운의 대답에, 가은의 마음은 기쁨과 슬픔이 한데 뒤엉켰다.

"자, 이제 서둘러 주십시오. 아가씨."

청운이 충격에서 벗어나지 못하는 가은의 손을 잡아 일으켰다. 가은은 허깨비처럼 일어나 청운에게 끌려 쪽창을 넘었다. 그 순간이었다. 온몸에 소름을 돋게 하는 목소리가 들려왔다.

"역시, 너희가 뛰어 봐야 대목 어르신의 손바닥 위다. 이놈들아!"

두 번 다시 보고 싶지 않은 얼굴, 양수청장 태호가 의기양양하게 서 있었다.

양수청장 태호와 살수들에게 잡힌 가은과 청운은 대목의 집무실로 끌려갔다. 놀랍게도 이선과 세자가 대목 앞에 나란히 앉아 있었다. 그들은 오라에 묶여 끌려온 가은과 청운을 보고 눈이 휘둥그레졌다. 세자는 마지막 희망조차 잃어버린 사람처럼 얼굴을 일그러뜨렸다. 그런 그의 얼굴을 보자 가은의 가슴이 아릿하게 저려왔다. 괜찮다고, 걱정하지 말라고 말해주고 싶었다. 대목은 이 상황이 재미있다는 듯 교활하게 웃으며 입을 열었다.

"내 눈을 속이면 될 줄 알았더냐?"

대목은 태호가 들고 있던 검을 빼앗아 크게 휘둘렀다. 순간 시간이 정지된 듯한 정적이 흘렀다. 따뜻하고 축축한 무언가가 가은의 발을 적셨다. 역겨운 피 냄새가 훅 끼쳐왔다.

"사우!"

세자의 비명 같은 외침에 정적이 깨졌다. 모두의 시선이 청운에게 쏠렸다. 검붉은 피가 청운의 눈에서 뚝뚝 떨어졌다. 대목의 칼이 순식간에 청운의 한쪽 눈을 베어버린 것이다. 청운은 손으로 눈을 감

쌀 뿐 신음 한번 내지 않았다. 가은은 공포에 사로잡혀 손가락 하나 까딱할 수 없었다.

"망설이다, 또다시 네 충성스러운 신하를 잃겠구나."

대목이 피 묻은 칼을 공중으로 치켜들며 냉소적인 한마디를 내뱉았다. 가은은 불안한 눈빛으로 세자를 살폈다. 세자는 금방이라도 폭발할 듯 분노에 휩싸여 있었다. 대목이 음험한 눈빛을 번뜩이며 칼을 휘두르려는 찰나, 세자가 대목의 발 앞에 엎드렸다.

"대목 어르신! 입단식을…… 치르겠습니다! 편수회의 일원이 되겠습니다! 원하시는 대로 다 할 테니…… 사우를 살려주십시오. 가은이를 풀어주십시오!"

대목 앞에 머리를 조아리는 세자의 모습에, 가은은 심장이 비틀리는 아픔을 느꼈다.

"가은이 저 아이는, 세자의 입단식이 끝나면, 그때 보내주마."

대목은 태호에게 가은을 다시 밀실에 가두라고 명했다.

"가은아!"

태호에게 거칠게 끌려가는 동안, 세자의 절절한 외침이 가은의 귓속으로 파고들었다.

다시금 밀실에 갇힌 가은은 초조함에 몸서리를 치며 방 안을 서성거렸다. 세자와 청운에 대한 걱정으로 머리가 터질 지경이었다. 이 모든 사단이 자기 때문인 것만 같아 심장이 녹아내릴 듯 자책감이 밀려왔다.

그렇게 두 시진 쯤 지났을 무렵, 밀실 문이 드르륵 열렸다. 깜짝 놀라 돌아보자, 이선이 무표정한 얼굴로 성큼 다가왔다.

"이선아!"

"괜찮으십니까, 아가씨?"

이선이 아주 자연스럽게 손을 뻗어 그녀의 어깨를 어루만졌다. 가은은 흠칫 놀라며 그의 손길을 피했다. 그러자 이선의 얼굴이 순간적으로 험악하게 구겨졌다.

"네가 여길 어떻게? 어째서 대목의 집무실에 있었던 거야?"

가은은 이선의 표정 변화를 못 본 척 넘기며, 내내 궁금했던 질문을 던졌다.

"아가씰 모시러 왔는데…… 조금만 기다리십시오. 제가 반드시 아가씰 풀어드리겠습니다."

이선이 비장하게 말했다.

"이선아, 나보다 먼저 세자저하를 구해야 해. 나 때문이야. 날 구하려다 저하가 대목에게 붙잡히셨어. 부탁이야. 저하를 구할 방법을……."

"벌써 잊으셨습니까? 세자가 규호 어르신을 죽였단 것을! 아가씨 아버질 죽인 세자를 왜 구하자는 겁니까! 세자, 그자는 아가씨 원수가 아닙니까?"

"원수가 아니야. 저하는 아버질 죽이지 않았어. 아버질 죽인 사람은 저하가 아니라, 청운이었어. 이선아, 대목은 잔인한 자야. 너도 아까 보았지? 그자가 청운에게 칼을 휘두른 것을. 저하를 구해야해. 부탁이야. 제발 날 좀 도와줘."

"……알겠습니다. 제가…… 어떻게든 방법을 찾아 볼 테니, 절 믿고 기다려주십시오."

가은이 믿을 곳은 이제 이선뿐이었다. 이선이 세자에게 적의를 품고 있다는 것은 알고 있었지만, 그 원인이 질투 때문이라는 것은 알지 못했다. 만약 그녀가 조금만 더 세심하게 이선의 마음을 헤아렸다면, 그녀와 세자, 이선이 겪어야 할 미래는 조금 달라졌을지도 모른다.

한파가 몰아치는 날, 세자의 입단식이 거행되었다. 편수회당 마당으로 끌려나온 가은은 제일 먼저 세자를 찾아 두리번거렸다. 맞은편 건물에서 세자가 살수들에 의해 끌려나오고 있었다. 피죽도 못 먹은 듯 핼쑥해진 세자의 얼굴을 보자마자 가은의 눈에 눈물이 고였다. 세자는 아무 염려 말라는 듯 희미하게 웃어 보였다. 그들이 애틋하고 애끓는 시선을 주고받는 사이, 의식용 예복을 갖춰 입은 대목이 나타났다. 대목은 가은과 세자를 비릿하게 바라보다가, 마당을 가로

질러 걸어갔다. 이에 살수들이 일제히 그 뒤를 따랐다. 가은과 세자도 어쩔 수 없이 대목의 뒤를 따랐다.

편수회 신실은 동굴처럼 어둡고 눅눅했다. 무엇보다 쾌쾌한 냄새가 구역질을 유발시켰다. 8인의 원로들이 마치 지옥문을 지키는 사자(使者)처럼 도열해 있었다. 그 괴이한 모습을 보자마자 가은은 덜컥 겁이 났다. 너무나 지독하고 격렬한 공포에 가슴이 두방망이질 쳤다. 그녀와 달리 세자의 표정은 아무 변화가 없었다. 대목이 오죽으로 만들어진 발 뒤에 앉자, 살수들이 세자를 끌고 정중앙에 꿇어 앉혔다. 뒤이어 가은은 세자와 마주보이는 곳에 꿇어앉게 했다.

양수청장 태호가 술잔과 상자를 담은 커다란 쟁반을 가져왔다. 원로들이 고개를 끄덕이자, 대목이 발을 걷고 나와 세자 옆에 섰다. 태호가 부복하고 앉아 쟁반을 머리 위로 올리자 대목이 상자 속의 짐꽃환을 꺼내 술잔에 담그며 음울한 목소리로 입을 열었다.

"이것이 짐꽃환이다. 보름에 한 번, 달이 차오를 때마다 이 짐꽃환을 먹지 않으면…… 심장이 찢기는 고통을 느끼다 죽게 되지. 이제야 진짜 세자를 입단시키게 됐구나. 마셔라!"

세자는 대목이 내미는 핏빛 짐꽃주를 받아 들었다.

"안 됩니다!"

그 순간 가은은 저도 모르게 자리에서 벌떡 일어나 외쳤다. 8인의 원로들과 대목, 살수들의 시선이 가은을 향했다. 가은은 공포에 바들바들 떨면서도 세자를 향해 절박하게 소리쳤다.

"그걸 마시고, 저들의 충성스러운 개가 될 생각이십니까! 제발…… 마시지 마세요. 나 때문이라면 더더욱 마시지 마세요. 당신이 나와 무슨 상관입니까! 당신 때문에 내 아버지가 죽었습니다. 난 평생 당신을 원망하고 증오할 거란 말입니다!"

"나 때문에…… 아버질 잃게 해 미안하다. 가은아……."

체념한 듯한 세자의 목소리에 가은은 울음을 터트리고 말았다. 세자의 목소리가 계속해서 들려왔다.

"대목, 약조해주시오. 이 잔을 마시면…… 가은이를 살려주겠다고."

"약조하지."

대목이 야비한 목소리로 대답했다.

"안 돼……! 안 됩니다 도련님! 안 됩니다! 저하! 제 아버질 죽인 사람이 저하가 아니란 걸 압니다. 제발…… 저 때문에 그 잔을 마시지 마세요. 저하…… 제발……."

몸부림치며 울부짖는 가은을 살수들이 거칠게 붙잡았다. 대목이 시끄럽다는 듯 짜증을 버럭 내며, 짐꽃주를 빨리 마시라고 세자를 다그쳤다.

세자는 가은에게 마지막 인사를 하듯 슬픈 미소를 짓더니, 짐꽃주를 한 번에 들이켰다. 모든 것이 끝나버린 상황, 편수회 신실은 적막으로 뒤덮였다. 시간이 어떻게 흘러가는지도 모를 만큼, 끊임없이 요동치는 심장 소리에 가은은 숨이 막힐 듯했다. 그 순간, 쨍강 소리와 함께 술잔이 바닥으로 떨어졌다. 세자가 갑자기 가슴을 움켜쥐더니 고통으로 몸부림쳤다. 가은은 그런 그의 모습에 미칠 것만 같았다.

"본명을 밝히시오."

대목이 우렁찬 목소리로 말했다.

"나는…… 조선의 세자…… 이선……."

세자가 말을 끝맺지도 못한 채 피를 울컥 토하며 바닥으로 엎어졌다.

"너에겐 특별히 짐꽃환 세 개를 선물했다. 짐꽃환 하나는 사람을 중독시키나, 세 개라면 그 누구도 살아남지 못하지."

대목이 소름 끼치는 웃음소리를 내며 말했다.

"대목! 처음부터…… 날…… 죽일 작정이었……."

세자가 고통스러운 신음을 내뱉으며 대목을 향해 고개를 들었다.

"왜……. 내가 괴물 같아 보이느냐? 아니, 난 이 지옥 같은 세상에 정면으로 맞선 백성일 뿐이다. 백성을 절망의 구렁텅이로 밀어넣는 이 나라가, 나 같은 괴물을 키웠음이야."

대목이 음산하게 웃으며 편수회 신실을 나갔다. 그 순간, 세자가 가슴을 움켜쥔 채 쓰러졌다.

"안 돼!"

가은의 절규하는 소리가 동굴 벽에 부딪혀 메아리처럼 울려 퍼졌다. 살수들이 그 기세에 놀란 듯 그녀의 팔을 풀어주었다.

"도련님! 정신을 차려보세요, 도련님!"

세자에게 달려간 가은은 그를 품에 안고 오열했다.

"가은아…… 내가 죽는 것은…… 너 때문이 아니다. 그러니…….'

세자가 마지막 혼신의 힘을 다해 눈을 뜨며 그녀를 향해 말을 이었다.

"곁에 있어주겠단 약속을 지키지 못해…… 미안하구나. 처음 만난 순간부터…… 널…… 진심으로 연모…… 했다."

그 말을 끝으로 세자는 혼절하고 말았다. 가은은 슬픔을 주체하지 못하고 엉엉 울며 세자를 품에 안았다. 살수들이 무섭게 다가와 그녀의 품에서 세자를 끌어냈다.

"안 됩니다! 도련님…… 도련님!"

살수들은 울부짖으며 매달리는 그녀를 발로 걷어찬 뒤, 세자의 시신을 끌고 나갔다.

'도련님을 원망한 절…… 용서하세요. 도련님, 저도 연모합니다. 도련님을…… 진심으로 연모합니다. 도련님…….'

미처 전하지 못한 말들이, 때늦은 후회로 밀려들었다.

第四部

"신의를 지키고, 자신의 권력에 책임을 지는 군주?
그런 군주가 조선에서 살아남을 성싶으냐?
백성들과 위정자들의 뼛속까지 바꿔야 할 것이야."
"스승님…… 그런 건 두렵지 않습니다.
제가 두려운 건, 제가 진짜라는 확신이 없다는 겁니다.
누가 진짜 왕이고, 누가 가짜 왕입니까?
역모를 꾸민 선왕의 아들인 제가 진짜입니까?
대목의 꼭두각시가 된 이선이가 가짜입니까?"

13
뒤바뀐 세상

하루아침에 대비의 세력이 무너지고 대목의 세상이 되었다. 이선이 대목과 거래를 한 결과였다. 세자를 죽이고 가은을 살리는 조건으로 대비에게 짐꽃환을 먹인 것이다.

며칠 전 이선은 대비의 환심을 사기 위해, 우의정 최성기의 딸이자 대비의 조카인 최연주를 중전으로 최종 간택했다. 기고만장해진 대비는 성대한 연회를 열어 여러 중신들을 초대했다. 연회에 참석한 사람들 중 즐거워하는 이는 대비와 최성기뿐이었다. 부원군이 되지 못한 영의정 주진명과 좌의정 허유건은 못마땅한 낯빛이었고, 세자의 생사를 모르는 이조판서 우보와 대사헌 광열, 이조정랑 무하는 우울한 얼굴로 앉아 있었다.

"마마, 오늘은 참으로 좋은 날이 아니옵니까. 감축드리옵니다."

이선은 술기운이 올라 기분이 한껏 고조된 대비에게 아첨하듯 말했다.

"주상, 주상께서 어여쁜 색시를 맞이하게 되셨으니 감축을 받으셔야지요."

대비가 함박 미소를 지으며 대꾸했다. 입에서 술 냄새가 훅 끼쳐왔다. 기회가 온 것이다. 이선은 상 밑으로 손을 뻗어 미리 감춰둔 술병을 들어 올렸다.

"마께 술 한잔 올리겠사옵니다."

"좋고말고요."

대비의 잔에 짐꽃주를 가득 채운 이선은 최성기 쪽으로 고개를 돌렸다.

"사위로서 장인 되실 분께 술 한잔 올리겠소."

"성은이 망극하옵니다, 전하."

최성기의 잔에 핏빛 짐꽃주가 가득 채워졌다. 이선은 술병을 들고 일어나 좌중을 향해 위엄 있는 목소리로 말했다.

"오늘은 참으로 기쁜 날이오. 과인이 오늘 이 자리의 모든 이에게 어사주를 하사하리다."

"성은이 망극하옵니다, 전하."

좌중에 앉아 있던 대신들이 일제히 술잔을 치켜들었다. 구석 자리에 앉아 있던 우보와 무하, 광열만이 술잔을 들지 않았다.

"과인은 반드시, 어진 임금이 되어 이 나라의 태평성세를 이룰 것이오. 경들이 과인을 잘 보필하길 바라오."

말을 마친 이선은 시원하게 술을 마시는 척 입술로 가져갔다. 그것을 신호로 대비와 성기를 포함한 대소신료들 모두가 술잔을 비우고 내려놓았다. 그제야 이선은 회심의 미소를 지으며 들고 있던 잔을 내려놓았다. 술이 가득 차 있었다.

그때였다. 대목이 우재와 태호를 대동하고 연회장에 나타났다. 일순 연회장이 술렁거렸다. 주진명과 허유건을 포함한 편수회원들이 일어나 대목에게 예를 갖추는 반면, 대비와 성기를 비롯한 대비 쪽 신하들은 경계하는 눈빛으로 대목을 노려보았다. 극명하게 두 편으로 갈린 상황 속에서 대목이 여유로운 미소를 지으며 대비 앞으로 가서 섰다.

"예고도 없이 이리 들이닥치다니…… 무슨 일입니까, 대목."

대비가 불쾌하다는 듯 언성을 높였다.

"마마께 알려드릴 일이 있어, 소인이 직접 찾아뵈었습니다."

대목의 능글맞은 표정에 대비의 인상이 구겨졌다. 그 순간 곁에 앉아 있던 최성기가 심장을 부여잡고 바닥으로 쓰러졌다.

"으윽!"

동시에 대비 쪽 신하들이 신음을 내며 연달아 쓰러졌다.

"너희는 모두! 짐꽃주를 마셨다. 이제 보름에 한 번씩 편수회에서 보내는 짐꽃환을 먹지 않으면 목숨을 잃게 될 것이다!"

대목의 말과 동시에 대비가 심장을 붙들고 바닥으로 쓰러졌다. 그녀는 숨을 헉헉거리며 대목과 이선을 노려보았다. 이선은 죽일 듯 노려보는 대비의 시선을 자신만만하게 받아쳤다.

"상선! 마마께서 옥체 미령하신 모양이다. 어서 마마를 서궁으로 모셔라!"

화려하고 웅장했던 대비전과 달리 서궁은 단청도 칠해지지 않은 낡고 초라한 처소였다. 이제 대비는 그곳에서 여생을 보내게 될 터였다. 그녀가 그렇게도 끔찍해 했던 뒷방 노인, 그것이 그녀에게 주어진 새로운 직책인 것이다.

"네 이놈들! 용서치 않을 것이다! 절대로 대목, 네놈을 용서치 않을 것이야."

상선과 궁녀들의 부축을 받으며 연회장을 나가던 대비가 분노의 절규를 내뿜었다. 이선은 대비의 피맺힌 저주를 들으며 앞에 놓인 술잔을 바닥으로 내던졌다.

이로써 대목의 세상이 열린 것이다. 이선은 대목이 요구하는 것은 무엇이든 들어주었다. 대비를 서궁에 유폐시키고, 중전 간택을 무효화시켰다. 우보와 광열, 무하를 삭탈관직시켜 입궐을 금했고, 조폐권을 양수청에 넘겨주었다. 꼭두각시니 뭐니 하는 자괴감도 더는 없었다. 대목이 원하는 것은 조선의 권력이었고, 이선이 원하는 것은 가은이었다. 둘 사이에는 접점이 없었기에 싸울 일도 없었다. 그렇게 생각하니, 이선은 대목조차 두렵지 않았다.

⚜

가은은 세자의 죽음을 쉽게 받아들이지 못하는 듯했다. 절망감과 상실감에 사로잡힌 듯 식음을 전폐하고 누워 있는 그녀를 볼 때마다 이선은 참을 수 없는 무력감에 시달렸다. 가은은 별궁에 틀어박혀 지냈다. 밖으로 나가지도, 움직이지도 않았다. 이선이 아침저녁으로 찾아가 우스갯소릴 건네거나, 화를 내거나 울어도 보았지만 아무 소용이 없었다.

그러던 어느 날, 생각지도 못한 일이 일어났다. 어머니 유선댁과 여동생 꼬물이가 입궐한 것이다.

"저하의 공을 치하하는 의미에서, 저하께 드리는 선물이라고 대목이 전하라 하옵니다."

유선댁과 꼬물이를 데려온 현석의 말이었다. 이선은 보료를 박차고 일어나 유선댁과 꼬물이에게 달려갔다. 그들은 고개를 들지도 못하고 바닥에 납작 엎드려 벌벌 떨고 있었다. 얼마나 그리웠던 가족인가. 이선은 감격에 젖은 눈으로 그들을 아프게 바라보다가 유선댁 앞에 무릎을 꿇고 앉았다.

"고개를 드십시오……."

이선의 목소리는 눈물에 젖어 있었다.

"전하! 미천한 것이 어찌 감히⋯⋯."

유선댁은 더욱더 몸을 움츠리며 말했다. 그 모습에 목이 메었다. 이선은 천천히 가면을 벗고, 유선댁의 가녀린 어깨를 일으키며 말했다.

"그간 고생 많으셨지요. 너무 오래 기다리게 해서⋯⋯ 죄송합니다. 어머니⋯⋯."

그제야 유선댁이 조심스레 고개를 들어 이선의 얼굴을 바라보았다. 그녀는 믿을 수 없다는 듯 떨리는 손을 들어 이선의 얼굴을 쓰다듬었다. 세월의 흔적이 역력한 그녀의 주름진 눈가에 눈물이 그렁그렁 맺혔다.

"접니다, 어머니⋯⋯ 저 이선입니다."

이선은 자신의 얼굴을 쓰다듬는 유선댁의 손을 잡으며 울먹였다.

"이선아!"

유선댁이 왈칵 눈물을 쏟으며 이선을 끌어안았다.

"엄마⋯⋯ 나야, 이선이⋯⋯."

어머니의 품에 안기자, 그간의 설움이 봇물처럼 터져 눈물이 멎지 않았다.

"맞네⋯⋯. 우리 이선이가 맞아⋯⋯ 흐흑! 우리 아들⋯⋯ 다신 못 볼 줄 알았는데. 흑⋯⋯."

유선댁이 이선의 등을 쓸어주며 기쁨의 하염없이 눈물을 흘렸다. 어머니의 폭풍 같은 오열에 놀란 꼬물이가 혼란스러운 표정으로 이선을 바라보았다.

"꼬물아……."

이선이 꼬물이를 향해 손을 뻗었다. 꼬물이는 이선을 잔뜩 경계하며 유선댁 뒤로 숨어버렸다.

"꼬물아, 오라버니야. 이리 와서 인사해……."

유선댁이 꼬물이를 앞으로 끌어당기며 타일렀다. 꼬물이는 어쩔 수 없다는 듯 고개를 들어 이선을 낯설게 바라보았다.

"나, 아저씨 아는데……."

"지난번에 만난 것을 기억하느냐?"

"응. 아저씨가…… 진짜 임금님이야?"

꼬물이가 이선이 입은 곤룡포를 조심스럽게 만지며 물었다.

"그래, 내가 이 나라의 왕이다."

이선이 자신감 넘치는 환한 미소로 유선댁과 꼬물이를 바라보았다. 유선댁이 눈가에 맺힌 눈물을 손등으로 쓱쓱 닦고, 이선에게 바싹 다가와 목소리를 한껏 낮추며 물었다.

"이선아. 네가 왜 임금님 행세를 하고 있는 것이냐. 그것이 얼마나 큰 죄인지 모르는 것이야? 어서 일어나자. 이 어미와 함께 나가자."

"어머니, 임금님 행세를 하는 것이 아니라, 제가 진짜 이 나라의 왕입니다. 어머니는 아무 걱정 마시고, 이제 편안하게 사시면 됩니다. 제가 속히 아랫것들을 시켜 어머니와 꼬물이가 편히 지내실 수 있는 처소를 마련하겠습니다."

유선댁은 이선의 말을 다 듣고도 불안함을 거두지 못했다. 어차피 시간이 해결하리라. 이선은 유선댁이 이 상황을 받아들일 때까지 기다리자 마음먹으며, 그녀와 꼬물이를 가은의 처소로 안내했다.

유선댁과 꼬물이를 만난 가은은 크게 기뻐했다. 그녀는 유선댁의 품에 안겨 울기도 했고, 꼬물이의 손을 잡고 후원을 거닐면서 웃기도 했다. 세자의 입단식 이후 처음 있는 일이었다. 이선은 유선댁과 꼬물이 덕에 나날이 기력을 회복해가는 가은을 보며 안심할 수 있었다.

그로부터 며칠 후, 가은이 동궁 온실로 그를 찾아왔다. 그녀의 어깨에 하얀 눈이 내려앉아 있었다. 이선은 읽고 있던 책을 내던지고 일어나, 그녀의 어깨에 있는 눈을 털어주고, 빨갛게 얼어 있는 손을 입김으로 녹여주었다. 가은은 웬일인지 별다른 저항 없이 그의 행동을 받아주었다. 그런 그녀의 침묵에 당황한 것은 오히려 이선이었다. 얼굴에 열기가 확 치솟으면서 빨갛게 달아올랐다. 이선은 붉어진 얼굴을 감추려 고개를 돌린 채 딴청을 피웠다. 가은은 눈에 띄게 어색해하는 그를 물끄러미 바라보다가 낮은 목소리로 입을 열었다.

"이선아…… 이렇게 왕으로 사는 것이…… 예전으로 돌아가는 것보다 좋은 거야? 대목이 시키는 대로 꼭두각시 왕으로 사는 것이…… 힘들지 않니?"

고작 그걸 물어보려고 눈길을 헤치며 왔는가. 찬 물줄기가 등을 타고 흘러내리는 기분이었다. 그녀의 뜻하지 않은 방문에 설레던 자기 자신이 바보처럼 느껴졌다.

"꼭두각시가 아닙니다. 어머니도 아가씨도…… 무엇을 걱정하시는지 압니다. 허나! 전, 이제 예전의 제가 아닙니다!"

"이선아…… 난 아버지를 잃었고, 또…… 소중한 사람마저 잃어버렸어. 이제, 너마저 잃고 싶지 않아. 혹시라도 네가…… 대목 손에 잘못되면, 유모나 꼬물이가 얼마나 슬프겠니. 나도 아버지를 잃고 나서 하루하루가 정말 끔찍했어. 지옥 같았어."

"아가씨…… 전, 이제 대목 손에 놀아나지 않을 겁니다. 제가! 규호 어르신의 원수도 대신 갚아드리고, 어르신 신원도 꼭 해내겠습니다."

이선이 열망 가득한 눈빛을 번뜩이자, 가은의 얼굴에 짙은 그늘이 드리워졌다.

"이선아……."

"왜, 세자저하가 하시던 일을, 제가 못할 것 같아 그러십니까? 고작 보부상 두령이 하려던 일을, 일국의 왕인 제가 못할 것 같아 그러십니까? 아가씨를 위하는 일이라면, 저는 뭐든지 다 합니다."

"이선아! 하지 마…… 아무것도."

"……!"

"유모와 꼬물이를 생각해."

"아가씨…… 세자저하께도 이렇게 말하셨나요? 아무것도 하지 말라고? 아가씨는 그저 제 곁에 있어 주시기만 하면 됩니다. 제가 아가씨 원수를 갚는 모습을 지켜봐주세요."

안타까운 눈길로 이선을 보던 가은이 체념하듯 등을 돌렸다. 그를 등지고 선 그녀의 뒷모습은 결코 넘을 수 없는 철벽같았다. '보여주리라. 내 기필코, 나의 진면목을 그대에게 보여주리라. 해서, 내 그대가 쌓은 마음의 벽을 허물어뜨리고 말리라!' 이선은 주먹을 부르르 떨며 소리 없는 다짐을 했다.

편전에서 대소신료를 대하는 이선의 태도는 확연히 달라졌다. 전보다 더 당당했고 자신감이 넘쳤다. 이선은 이제 자신의 감정쯤은 언제든 위장할 수 있었다. 가면으로 얼굴을 가리듯 그는 사람을 대할 때마다 자신이 품고 있는 생각을 감쪽같이 숨겼다. 그러다 보니 인간의 진짜 모습이 보였다. 번쩍번쩍한 비단옷 뒤에 가려진 인간의 추악한 내면이 훤히 들여다보였다. 겉으로는 복종하는 체하면서도 내심 배반하는 것이 인간이었다. 사리사욕을 위해 동족을 죽일 수 있는 이들도 오직 인간뿐임을 깨달았다.

동지섣달이 지난 어느 날, 이선은 강녕전으로 좌의정 허유건을 불러들였다. 그는 편수회원 중에서 가장 박쥐 같은 인간이었다.

"전하, 어찌 독대를 청하신 것이옵니까? 심중에 무슨 뜻이 있는지 모르나, 섣부른 농간은 부리지 마십시오. 아시지 않습니까? 이제 조정은 저희 편수회가 장악하였사옵니다."

허유건은 노골적으로 이선을 무시했다. 이선은 모욕감을 숨기고 호기롭게 웃으며 말했다.

"그 편수회가 조정을 장악하도록, 대비께 짐꽃주를 직접 따라준 사람이 누구지요? 전 그저 좌상께 호의를 보인 것뿐입니다. 어쩌면 제 장인이 되실지도 모르는 분이기에……."

"그 말뜻은…… 중전 자리를 제 여식에게…… 이미 영상의 딸이 중전이 되기로 했는데……."

"힘없는 왕이라도 왕은 왕. 저만이 할 수 있는 일이 있지 않겠습니까? 어차피 대목 어르신께는 편수회 사람이 중전이 되는 게 중요할 뿐, 누가 중전이 되느냐는 중요치 않습니다. 이번에 대비의 세력을 꺾은 일로, 저도 공을 세웠으니…… 중전을 고르게 해달라, 청을 넣어볼까 합니다. 지난번 간택 때 보니 좌상의 여식이 기품이 있고…… 미색 또한 뛰어나더이다. 하하."

허유건은 점점 이선이 주도하는 분위기에 압도되는 듯 보였다. 불

량스러운 자세를 깍듯하게 고치고, 치켜들었던 눈을 내리깔며, 공손하게 웃는 폼이 그러했다.

"한데 그 전에, 과인이 좌상에게 부탁할 게 있소이다."

"하명하십시오, 전하."

"내 따로 빚을 청산해야 할 사람이 있는데…… 좌상께서 도와주시겠소?"

이선은 허유건에게 양수청장 태호를 잡아오라고 했다. 허유건은 살짝 망설이는 듯 보였다. 그러다 돌연 야심이 들어찬 눈빛을 빛내며 고개를 조아렸다.

다음 날, 양수청장 태호는 입에 재갈이 물린 채 이선 앞으로 끌려왔다. 태호를 보자, 가슴속에 묵혀두었던 증오심이 격발했다. 이선이 눈짓을 하자, 현석이 태호 입에 물렸던 재갈을 풀어주었다.

"내가 누군지 알겠느냐?"

이선은 맹렬히 타오르는 복수심을 꾹 누르며, 부드럽게 물었다.

"누구긴? 가짜 왕이지! 가짜 주제에…… 감히 날 이리 취급하다니! 난 오랫동안 대목 어르신께 충성을 바친 몸! 대목 어르신께서 이 일을 아시면……."

태호가 오라에 묶인 사지를 흔들며 반항조로 소리쳤다. 이선의 표정이 금세 차갑게 돌변했다.

"시작해라!"

어명이 떨어지자 현석이 검은 천으로 태호의 얼굴을 덮고, 그 위에 물을 붓기 시작했다. 태호가 고통스러운 듯 숨을 헉헉거리며 사지를 비틀었다. 물고문은 시작에 불과했다. 골반 뼈가 으스러질 때까지 주리를 틀었고, 뜨겁게 달군 인두로 허벅지를 지졌다. 마침내 태호가 바닥을 벅벅 기어 이선의 발 앞에 엎드렸다.

"대체 왜…… 이러십니까? 소인이 무슨 잘못을 했습니까?"

침과 눈물로 뒤범벅된 태호의 얼굴을 멀뚱멀뚱 보던 이선이 천천히 가면을 벗었다.

"이제 내가 누구인지 알겠느냐?"

태호가 더러운 손으로 눈물을 닦으며 이선을 바라보았다. 그러다 이내 고개를 가로저었다.

"날 기억하지 못 한다? 난 네놈이 한 짓을 생생하게 기억하는데……."

이선의 살벌한 말투에 놀란 태호가 바닥에 머리를 조아렸다.

"무…… 무슨 일인지 모르나…… 소인은 편수회, 대목 어르신 사람입니다! 저를 이리 다룬 일을 대목 어르신께서 아시면……."

"너나 나나 똑같이 대목이 기르는 개. 어느 쪽이 더 쓸모가 있을까? 가짜이지만, 난 왕이니 너보단 더 귀한 개가 아니겠느냐? 똑바로 봐라! 내 얼굴이 기억나지 않느냐!"

이선은 비열한 눈빛을 번뜩이며 태호의 머리채를 잡고 제 얼굴을 들이밀었다.

"모, 모르옵니다. 살, 살려주십시오!"

"네놈이 내 아버질 죽였다. 겨우 물 한 동이를 훔쳤다고…… 죽을 때까지 구타한 후, 당산나무에 걸어두었지."

이선이 이를 바득바득 갈 듯, 한 마디 한 마디에 힘을 주어 말하자 태호의 눈빛이 흔들렸다.

"그때 그…… 물 도둑놈 아들! 사, 살려주십시오. 제발…… 소인, 뭐든 시키는 대로 하겠습니다. 개가 되라면 개가, 돼지가 되라면 돼지가 될 테니…… 목숨만 살려주십시오. 정말입니다. 앞으론 대목 어르신이 아니라 전하를 섬기겠습니다!"

"대목이 아니라 날 섬기겠다?"

"물론입니다. 이제부터 이놈의 주인은 전하이십니다."

비굴하게 머리를 조아리는 태호를 보며, 이선의 마음은 무거운 짐을 떨친 듯 가벼워졌다. 당장이라도 가은과 유선댁, 꼬물이에게 달려가 말해주고 싶었다.

'내가 해냈어! 5년 전에 못했던 아버지의 복수를 지금에서야 했어!'

14
화군의 서시(序詩)

　햇불을 들고 편수회 신실을 미친 듯이 찾아 헤맸지만, 세자의 시신은 그 어디에도 없었다. 우울하고 서글픈 애도의 나날들이 지나갔다. 화군은 점점 말수를 잃어갔다. 세자가 갇혀 있던 밀실을 지나칠 때마다, 그를 지키지 못했다는 자책으로 가슴이 쓰라렸다. 그가 누웠던 자리에 눕고, 그의 손길이 닿았을 벽을 매만지며 그가 느꼈을 고통과 절망, 고독을 떠올렸다. 살인 도구나 다름없는 입단식 술잔을 보며, 그를 죽게 한 할아버지를 미친 듯이 저주했다.

　'내 소중한 사람을 빼앗아간 할아버지에게서, 나는 그 이상을 빼앗을 것이다!'

　책상 앞에 앉아 생각에 잠겨 있던 화군 앞에 곤이 나타났다.

　"무슨 생각을 하고 계신 겁니까?"

곤이 아득한 눈빛으로 그녀를 응시하며 말을 이었다.

"무슨 생각이시든, 무슨 일을 하시든 제가 돕겠습니다."

화군은 말없이 곤을 바라보았다. 곤의 마음이 서글프고, 어여뻤다.

"내가 명하면 할아버지를 배신할 수 있느냐?"

"무엇이 진정 아가씨를 위하는 길인지…… 수없이 생각했습니다. 하지만 결국 답을 찾지 못했습니다. 그러니 무엇이든 하명하십시오. 그저…… 따를 것입니다."

곤이 이렇듯 자기의 속내를 보인 것은 처음이었다. 화군은 잠시 아득한 시선으로 곤을 바라보다가 이내, 자신의 결심을 털어놓았다.

"곤아, 난 짐꽃밭을…… 전부 불태울 것이다. 할아버지가 가장 소중히 여기시는 것을, 나도 빼앗을 것이야. 따를 것이냐?"

사무치는 시선으로 그녀를 보던 곤이 천천히 고개를 끄덕였다.

화군은 대목에게 짐꽃환에 중독된 대비의 일족과 신하들 핑계를 대며, 갑자기 생산량이 늘었으니, 도편수인 우재를 도와 짐꽃밭을 관리하겠다고 했다. 어쩐 일인지 대목은 쉽사리 허락해주었다.

화군과 곤은 우재 일행과 함께 짐꽃밭에 당도했다.

쪽빛으로 물든 하늘 아래, 짐꽃밭은 새하얀 눈에 뒤덮여 있었다. 하얀 눈밭에 피어난 붉은 꽃은 너무도 선명해서, 오랜 시간 바라보면 현기증을 유발시켰다. 화군은 짐꽃밭이 훤히 내려다보이는 망루에 서서 어린 여자아이들이 맨손으로 눈을 헤치며 꽃잎을 따는 광경을 지켜보았다. 혹독한 추위에 동상이 걸린 아이들의 손은 파랗게 죽어 있었다. 짐꽃밭을 삼엄하게 감시하는 기찰단들은 아이들이 잠시라도 한눈을 팔면 가늘고 긴 채찍을 휘둘렀다. 그 잔인한 광경에 화군은 눈살을 찌푸렸다.

"화군아, 몸은 좀 어떠냐?"

등 뒤에서 우재의 목소리가 들려왔다.

"괜찮습니다."

화군이 뒤돌아보자, 우재가 빙긋이 웃으며 다가왔다.

"다행이구나. 짐꽃환 농장에 침입자가 들었다는구나. 전에도 가끔 사냥꾼이나 화전민들이 길을 잘못 드는 경우가 있어 크게 걱정은 하지 않는다만, 조심하려무나."

"예."

"오늘이 초하루라 짐꽃환 배달 때문에 가봐야 하는데……. 금방 감독만 하고 돌아올 테니 찬찬히 둘러보고 있어라."

"예, 다녀오세요."

우재는 따뜻한 손길로 화군의 등을 토닥거리더니 돌아서 망루를 내려갔다. 세자가 죽은 후, 화군을 대하는 우재의 태도는 달라졌다. 대편수 앞에서 주눅 들어 있던 도편수의 모습 대신, 딸을 사랑하는 아버지의 모습으로 충만해져 있었다. 화군은 자기가 결심한 일로 말미암아, 우재가 당할 고초를 생각하자 마음이 아팠다. 그러나 결심이 흔들리진 않았다.

'저하, 제가 이 싸움을 끝내드릴게요. 이것이 저하께 드리는 제 마지막 마음입니다.'

짐꽃밭 끝자락에는 창고처럼 보이는 허름한 농가가 있었다. 위장 건물이었다. 진짜는 볏짚으로 덮여 있는 비밀 통로를 열어야만 들어갈 수 있었다. 그 문 너머에는 지하로 통하는 나선형 계단이 이어져 있었다. 계단을 내려가면 길게 이어진 통로가 있고, 통로 사이로 양쪽에 세 개의 방이 있었다.

그중 하나는 짐꽃환을 만드는 제조방이었다. 그곳에서는 어린 여자 아이들이 밤낮없이 맨손으로 짐꽃환을 만들어 죽통에 넣는 작업을 했다. 제조방 한쪽 벽에는 김칫독만 한 구멍이 나 있었다. 기찰단들은 중독되어 죽어가는 아이들을 그 구멍에 집어넣었다. 제조방 옆에는 짐꽃환 저장고가 있었다. 그곳에는 아무나 들어갈 수 없었다. 대목과 화군, 우재만이 그곳을 출입할 수 있었다.

화군과 곤은 제조방과 저장고를 지나쳐, 또 하나의 방으로 들어갔다. 그곳은 또 다른 공간, 지하 감옥으로 연결되는 방이었다. 그녀는 짐꽃밭에 오기 직전, 한쪽 눈을 잃은 청운이 짐꽃밭 지하 감옥에 갇혀 있다는 소식을 들은 바 있었다. 그 소식을 듣자마자 그녀는 짐꽃밭을 불태우기 전, 청운을 구하기로 마음먹었다.

어두운 지하 감옥으로 막 내려서는 순간, 누군가 화군의 목에 칼날을 들이댔다. 횃불을 들고 앞장서 걷던 곤이 뒤늦게 검을 뽑아 들었다. 일촉즉발의 상황이었다. 화군은 곤을 향해 움직이지 말라는 신호를 보냈다.

"저 안에 갇혀 있는 자가 누구냐? 어서 대답해라!"

화군의 목에 칼을 들이댄 사내가 낮은 목소리로 물었다. 순간 심장이 덜컹 내려앉았다. 세자의 목소리였던 것이다. 화군은 목에 겨눈 칼은 아랑곳하지 않고, 사내를 향해 한걸음 다가섰다. 그와 동시에 곤이 검을 휘두르며 매섭게 달려들었다.

"곤아, 멈춰!"

곤이 들고 있던 횃불 아래로 세자의 얼굴이 드러나자 화군이 비명을 지르듯 소리쳤다.

"행수님?"

세자도 화군을 알아보았다.

"저하…… 살아 계셨군요…… 감사합니다…… 살아 있어 주셨어요……"

화군은 세자의 품에 와락 안겨 감격의 눈물을 흘렸다. 잠시 주춤거리던 세자가 그녀의 어깨를 살며시 토닥여주며 물었다.

"행수님이 여기 어떻게."

"청운이 그자를 구하러 오셨지요?"

화군의 말에 세자가 깜짝 놀란 듯 눈을 휘둥그렇게 떴다.

"청운이 이곳에 있단 말입니까?"

"절 따라오십시오. 곧 만나시게 될 겁니다."

화군은 곤에게 횃불을 비추라 명한 후, 세자를 이끌고 청운이 갇혀 있는 감옥으로 갔다.

오른쪽 눈에 붕대를 감은 청운은 벽에 연결된 쇠사슬에 두 팔이 묶여 있었다. 마치 죽은 듯 미동 없는 처참한 몰골에 세자가 눈물을 흩뿌렸다.

"사우…… 사우!"

"저하…… 정말 저하이십니까?"

청운이 힘겹게 눈을 뜨며 세자를 바라보았다.

"늦게 와서 죄송합니다."

"살아 계실 줄 알았습니다."

극적인 상봉을 마친 세자는 화군이 준 열쇠로 청운을 구속하고 있던 쇠사슬을 풀어냈다. 오랜 시간 묶여 있었는지 청운은 바닥으로 힘없이 무너져 내렸다.

"움직일 수 있겠습니까?"

세자가 청운을 부축하며 목 메인 목소리로 물었다.

"한쪽 눈은 이리됐어도, 저하보단 한 수 위일 테니 걱정 마십시오. 한데 여긴 어떻게 찾으셨습니까?"

"저도 잘 모르겠습니다. 눈을 떠보니 이곳 짐꽃밭이었습니다."

세자의 대답을 듣고, 화군은 모든 정황들을 파악할 수 있었다. 입단식에서 짐꽃주를 마신 세자가 죽은 줄 알고, 살수들이 그를 짐꽃밭에 버린 것이 분명했다. 그런데 한 가지 이상한 점은, 해독제를 먹었을 리 없는 세자가 어떻게 목숨을 건졌는가였다. 그것은 실로 기적에 가까웠다. 하지만 그 기적이 언제까지 세자를 지켜줄지 알 수 없었다. 불안하고 조급해진 마음에 화군이 서둘러 말했다.

"저하, 여긴 기찰단이 언제 들이닥칠지 몰라 위험합니다. 빨리 떠나시는 게 좋겠습니다."

"전, 혼자 갈 수 없습니다. 이곳 아이들을 모두 구해 떠나겠습니다. 짐꽃환을 만드는 아이들을 지켜보았습니다. 아이들이 맨손으로 독을 다루고 있더군요. 피부를 통해 중독돼, 치사량이 쌓이면 붉은 반점이 나타나고…… 그리된 아이들은 결국 모두 죽는다. 제 말이 맞습니까?"

세자의 입에서 나오는 말들이 화군의 가슴에 비수처럼 박혔다. 화군은 죄인처럼 고개를 숙일 수밖에 없었다.

"예……."

"죽으면 버리고…… 새로운 아이들을 데려오고요?"

"예……."

"왜 하필 어린 여자아이들인 겁니까?"

"최대한 짐꽃잎을 상하지 않게 하려고…… 작고 고운 손으로 꽃잎을 따게 한다 들었습니다."

"독주를 먹고 쓰러진 저를 숲에 버렸는데…… 그곳이 죽은 아이들을 내다버리는 곳이었습니다. 거기서 죽어가던 소녀가 제게 물을 줘서 살아났지요. 저는, 저 아이들이 죽음을 기다리게 둘 수 없습니다. 지금 구해야겠습니다."

세자의 결심은 확고해 보였다. 화군은 잠시 아득한 시선으로 세자를 물끄러미 바라보았다.

'그래, 원래부터 저런 남자였어. 자기 자신의 안위보다 어렵고 힘든 사람들을 위해 사는 남자. 그러기에 내 평생을 걸고 그를 사랑할 수 있는 거겠지. 이토록 심장이 아프게 사랑하는 거겠지.'

"알겠습니다. 아이들을 구하십시오. 제가 돕겠습니다."

✦

화군과 곤은 복면으로 얼굴을 가린 채 작업장을 급습해 경비를 서던 기찰단 두 명을 쓰러뜨렸다. 짐꽃환을 만들던 아이들이 두려움에 벌벌 떨며 한쪽 구석으로 몰려갔다. 이때 세자와 청운이 들어와 부드러운 목소리로 아이들을 달랬다.

"우린 기찰단원이 아니니 안심해도 된다. 우린 양이가 보낸 사람들이다. 양이가 너희를 구해달라 부탁했단다. 양이와 약조를 지킬 수 있도록, 우릴 믿고 따라와 주겠느냐?"

양이라는 아이의 이름을 말하자, 아이들이 경계를 풀고 하나둘 따라나섰다. 세자는 청운을 먼저 앞세우고, 그 뒤로 아이들을 한 명 한 명 내보냈다. 마지막 아이를 내보낸 뒤 밖으로 나가려던 세자가 돌연 뒤를 돌아 화군을 바라보았다.

"고맙습니다. 행수님……."

어쩐지 세자의 말이 작별인사처럼 느껴져, 마음이 울컥해졌다. 화군은 눈물을 꾹 참고, 애써 태연한 척 세자의 등을 떠밀었다.

"서두르십시오. 곧 기찰단들이 몰려올 것입니다."

"행수님은요, 같이 안 가시겠습니까?"

"전…… 이곳에 남아야지요."

"하지만 아이들을 도망시킨 것을 알면, 저들이 가만두지 않을 텐데요."

"명색이 대목 손녀인데, 설마 제게 무슨 일이 있겠습니까?"

"허나……."

"저를…… 걱정해주시는 것입니까?"

"행수님…… 이 은혜를 어찌 갚아야 할지……."

세자가 복잡한 눈빛으로 화군을 바라보았다. 화군은 그의 눈빛에서 그녀를 안쓰러워하는 마음을 읽었고, 그녀에게 고맙고 미안해하는 마음을 읽었다. 그녀는 그의 마음에 답을 보내듯 애달프고 처연한 미소를 지어 보이며 입을 열었다.

"소녀, 화군이라 합니다……."

"……."

"다시 만나는 날, 소녀의 이름을 불러주시겠습니까?"

"……무사해야 한다. 화군아……."

이렇게 가슴 떨리는 한마디를 남겨놓고, 세자가 서둘러 등을 돌렸다. 끝일지도 몰랐다. 이대로 두 번 다시 보지 못할지도 모른다는 무서운 예감이 그녀의 심장을 두드렸다. 화군은 다급하게 손을 뻗어 세자의 팔을 확 잡아 당겼다. 깜짝 놀란 세자가 주춤거리는 사이, 그녀는 세자의 입술에 입을 맞췄다. 외롭고 슬픈 입맞춤이었다.

"저하를 만나 행복했습니다……."

화군의 눈에서 또르르 눈물이 흘러내렸다. 세자는 어떻게 반응해야 할지 판단이 서지 않는다는 듯 멍한 눈으로 그녀를 바라보았다.

"화군아……."

"어서, 도망치십시오!"

화군은 손으로 눈물을 쓱 닦아내고, 부러 씩씩하게 세자의 등을 떠밀었다. 세자는 잠시 우물쭈물하다가 이내 결심한 듯 돌아서 작업장을 나갔다. 지하 통로를 빠져나가는 세자와 청운, 아이들의 발소리가 들려왔다.

"곤아."

"예, 아가씨."

"따라가서, 저하를 지켜줘. 저하가 무사히 이곳을 빠져나가시는 걸 확인하고 와."

"아가씨와 함께 있겠습니다."

"내 명을…… 거스를 셈이냐?"

화군이 단호한 눈빛으로 곤을 바라보았다.

'세자저하만을 위한 일이 아니야. 곤아, 너를 위해서야. 내 곁에 있으면, 너도 다쳐. 너까지 다치게 할 수는 없어. 곤아, 너에게 주는 처음이자 마지막 내 마음이야.'

말하지 못한 진심이 전해졌을까, 곤이 천천히 고개를 숙이며 목메인 목소리로 대답했다.

"예…… 명을 따르겠습니다."

⟪⟫

"잡아라! 침입자가 나타났다! 아이들이 도망친다! 잡아라!"

화군은 세자 일행을 잡으러 달려가는 기찰단들의 외침을 들으며 짐꽃밭으로 천천히 걸어갔다. 신기하게도 마음이 평온했다. 그녀를 괴롭혔던 모든 고뇌들이 말끔하게 사라진 듯했다. 애끓었던 마음도 고요하게 가라앉았다.

짐꽃밭 앞에 도착한 화군은 잠시 고개를 들어 하늘을 바라보았다. 하늘은 어두운 구덩이처럼 캄캄했다. 너무도 고요했다. 저 멀리 칼날 부딪히는 소리가 들려왔지만, 그녀가 느끼는 고요는 깨지지 않았다. 그녀는 들고 있던 홰에 불을 붙였다. 순식간에 어둠을 해갈하는 빛이 밝혀졌다.

'후회하지 않을 것이다. 편수회의 심장인 할아버지의 죄(罪)를 불태울 것이다. 그것만이, 내 사랑을 완성하는 길이므로.'

화군은 망설임 없이, 들고 있던 횃불을 짐꽃밭에 던졌다. 하늘이 바람을 내주어, 불길은 순식간에 밭 전체를 에워쌌다. 핏빛의 꽃잎들이 불꽃에 잠식되었다. 독이 퍼지듯 불이 번졌다. 사방이 대낮처럼 환해졌다.

"불이다! 불이야! 모두 짐꽃밭부터 지켜라! 어서 불을 꺼라!"

세자 일행을 쫓던 기찰단들이 황급히 물통을 지고 짐꽃밭으로 달려왔다. 불길은 쉬이 잡히지 않았다. 오히려 건들면 건들수록 더욱더 활활 타올랐다. 화군은 담담한 표정으로 하늘로 치솟는 불길을 응시했다.

"화군아…… 네가 결국……."

우재의 참담한 목소리가 그녀의 귓가에 들려왔다. 돌아보자, 우재가 망연자실한 얼굴로 그녀를 바라보고 있었다.

"대체 어쩌자고…… 어쩌자고 이런 일을 벌인 것이야!"

"아버지껜 송구합니다. 허나…… 제 선택을 후회하진 않아요."

화군은 고개를 돌려 불 속으로 사라져 가는 짐꽃밭에 시선을 던졌다.

15
기적

짐꽃밭에서 구조한 아이들을 제각각 집으로 돌려보낸 후, 세자와 청운은 우보의 집으로 갔다. 방 안에 앉아 세자의 죽음을 애도하고 있던 우보와 광열, 무하와 매창이 저승사자라도 본 듯한 얼굴로 그들을 맞았다.

"네놈도 참…… 대단하다. 매번 저승사자를 헛걸음질시키고……."

우보가 감격에 목이 메는지 말끝을 흐렸다.

"하늘이 우릴 버리지 않을 거라 믿었습니다."

무하가 기쁨을 감추지 못하며 엉덩이를 들썩거렸다.

"이놈들아…… 속 좀 그만 썩여라."

우보가 한쪽 눈을 잃은 청운을 측은하게 바라보며 볼멘소리를 했다. 그러더니 이내 세자와 청운을 끌어당겨 와락 품에 안았다. 아버지의 품처럼 넓고 따뜻했다.

감격적인 해후를 마친 후, 세자는 우보에게 그간 겪었던 일들을 차근차근 설명했다. 우보와 광열, 무하와 매창은 묵묵히 세자의 말을 경청했다.

"그런데 한 가지, 이상한 점은, 제가 어떻게 살아났느냐는 겁니다."

"혹시, 네 몸에 이상한 반응이 나타나지는 않았느냐?"

우보의 질문을 듣자마자, 세자는 짐꽃밭에서 정신을 차린 순간 뜨겁게 달아오른 어깨에 글자가 나타난 것을 기억해냈다.

"명현반응이다!" 하고 대답한 우보는 종이 위에 글자를 적었다. 세자의 이름인 '선(煊)'이었다.

"호골탕 의식 때, 선왕께서 네 어깨에 새긴 글자다. 원자였던 너는 스스로 독을 이겨냈었다. 기적인 줄만 알았는데, 네놈은 역시 독보다 더 독하고 강한 피를 타고난 게로구나! 네 몸은 이 명현반응을 나타내면서 스스로 해독된다. 그래서 네가 짐꽃환을 세 개나 먹고도 살아남을 수 있었던 것이야."

"그럼, 세자저하께서 스스로 독을 이겨내실 수 있단 말씀이신가?"

무하가 눈을 휘둥그렇게 뜨고 물었다.

"그것입니다! 이 글씨가 저하의 신분을 증명해줄 방도가 되지 않겠습니까?"

청운이 불쑥 끼어들었다.

"그래! 이걸로 신분을 증명할 수 있으면, 저하가 왕좌로 돌아갈 수 있는 거 아니야?"

무하가 손뼉을 치며 맞장구를 쳤다.

"어르신께서 증언해주시면 안 되겠습니까? 그럼 대목이 가짜를 왕좌에 앉힌 일을 문죄할 수 있을 겁니다."

청운의 말에 우보가 고개를 절레절레 흔들었다.

"그럴 수 있다면, 내 진작 말해줬겠지. 태항아리가 있다면 몰라도…… 내 증언만으론 증명하기 힘들 것이야."

"태항아리가 왜 필요한 겁니까?"

"선왕께서, 태항아리에 세자의 신분을 증명할 밀지(密旨)를 숨겨두셨다. 진짜 원자에게는 이 명현반응이 나타난다는 사실이 적혀 있지. 그때 분명, 태항아리를 궐 안 어딘가에 숨겨두셨다 들었는데…… 어디에 있는지 알 수가 없으니……."

"그렇다면 반드시! 태항아리를 찾아야 합니다."

"왕자로 돌아가실 수 있는 증거인데 찾아야지요!"

무하가 다시 한번 손벽을 치며 청운의 말에 맞장구를 쳤다. 그러나 희망에 들떠 있는 그들과 달리 세자의 낯빛은 점점 어두워졌다.

"그래, 이제 궐 밖에서, 편수회와 싸울 때가 아닌 듯하다."

우보가 비탄에 잠긴 목소리로 중얼거렸다.

"그게 무슨 말씀입니까?"

세자의 질문에, 우보는 무거운 표정으로 한숨을 쉬더니 궐 안팎에 일어난 근간의 일들을 설명했다. 대비 일파가 짐꽃환에 중독된 일과 우보와 광열, 무하가 삭탈관직된 일, 조폐권이 편수회에게 넘어간 일이었다. 무엇보다 심각한 것은 대목을 등에 업은 가짜 왕이 본격적으로 권세를 휘두르려 한다는 소식이었다.

"그러니, 이제 네가 궐 안으로 들어가야 한다. 궐 안에서 싸워야 할 때란 말이다!"

우보가 웅변조로 강하게 말했다. 일순간 방 안 전체에 전율이 일었다.

"그렇사옵니다! 이제 저하께서 친히! 왕좌로 돌아가셔서, 대목과 맞서는 방법밖엔 없습니다."

광열은 당장이라도 밖으로 뛰쳐나갈 듯 흥분하여 소리쳤다.

"이판 대감의 말이 맞습니다. 저하, 이젠 왕좌로 돌아가셔야 합니다."

묵묵히 앉아 있던 매창도 목소리를 냈다.

"가짜 왕을 몰아내고 적통의 임금이 되셔서, 이 나라의 사직을 바로잡으셔야 하옵니다!"

청운의 말을 끝으로, 모두의 시선이 세자에게 향했다.

"……여러분의 뜻은 잘 알겠습니다. 허나, 나는 왕좌로 돌아갈 수 없습니다."

세자의 말에, 모두가 찬물을 뒤집어쓴 듯 굳어버렸다.

"혹, 두려운 게냐?"

우보가 날카로운 눈빛으로 세자를 보며 물었다.

"나는, 이 나라 조선의, 왕이 될 자격이 없습니다. 대목이 그러더이다. 내 아버지인 부왕께서…… 대목과 손을 잡고, 선대왕을 시해했다고."

우보와 매창을 제외한 모두가 경악했다.

"저하, 대목 같은 자의 말을 어찌 믿으시옵니까! 분명 허무맹랑한 거짓일 것이옵니다!"

선왕의 충신이었던 광열이 격분했다.

"예! 그럴 리 없습니다. 대목 그놈이 또 무슨 계략을 꾸민 걸 겁니다."

무하 역시 크게 흥분하여 호들갑스럽게 말했다. 그때, 매창이 무겁게 입을 열었다.

"대목의 말은, 사실입니다. 저하의 부왕께서는 분명, 형님이신 선대왕을 시해하고…… 보위에 오르셨습니다."

"왕실에 편수회를 끌어들인 장본인도…… 내 아버지입니까?"

세자는 부정해주길 바라는 눈빛으로 매창을 바라보며 물었다.

"예."

매창의 가차 없는 대답은 세자를 참담하게 만들었다.

"하오나 저하, 저하는 틀림없는 제 군주이시옵니다. 서하께는 진실을 숨기는 길도 있었습니다. 실제로 저하의 부왕께서는 감추고 숨겨 오셨지요. 허나 저하는 결코 그런 길을 택하지 않으실 겁니다. 세상은 숨기고, 거짓말하는 자들에게 너무나 지쳐 있습니다. 진실을 밝히는 용기를 지닌 저하께서는 훌륭한 군주가 되실 겁니다!"

"훌륭한 군주라, 제가 생각하는 훌륭한 군주는…… 백성들과 함께하고, 자신의 권력에 책임을 지는 자입니다. 한데 제가, 선대왕을 시해한 선왕의 아들이라면…… 저 역시 선대왕이 흘리신 피로부터 자유로울 수 없지요. 이런 제가…… 진정, 왕이 될 자격이 있는 것입니까?"

숙연하고 무거운 정적이 흘렀다. 모두가 고뇌에 잠긴 세자를 망연히 바라볼 뿐, 섣불리 입을 열지 않았다.

"힘들 것이다."

우보가 생의 비밀을 다 알고 있는 사람처럼 무거운 한숨을 내쉬며 말을 이었다.

"백성들과 함께하는 군주? 네가 그런 군주가 된다면, 백성들은 널 무섭지 않다 여겨 끊임없이 너를 비판하고 비난하고, 하나를 주면 둘을 달라 악다구니를 부려댈 것이다. 그 모든 비난을, 진심으로 받아들일 자신이 있느냐? 신의를 지키고, 자신의 권력에 책임을 지는

군주? 그런 군주가 이 나라 조선에서 살아남을 성싶으냐? 백성들과
위정자들의 뼛속까지 바꿔야 할 것이야. 그 모든 것을, 견뎌낼 자신
이 있느냐?"

"스승님…… 그런 건 두렵지 않습니다. 제가 두려운 건, 제가 진짜
라는 확신이 없다는 겁니다. 누가 진짜 왕이고, 누가 가짜 왕입니
까? 역모를 꾸미고 형을 죽인 선왕의 아들인 제가, 진짜입니까? 내
대역이 되어 대목의 꼭두각시가 된 이선이가, 가짜입니까?"

그 누구도 함부로 답할 수 없는 문제였다. 오직 세자 스스로 답을
찾아야 했다. 모두가 먼 산을 바라보듯 고개를 돌렸다. 세자는 두 눈
을 지그시 감고, 자신을 괴롭히는 문제를 정면으로 응시했다. 불현
듯 가은의 아버지이자, 그의 충신이었던 한성부 서윤의 말이 떠올
랐다.

'저하께서 가시는 길은 멀고 험할 것입니다. 그렇다고 포기하지
마십시오. 소인은 저하의 그 길에 한 발자국이 된 것을, 영광으로 여
길 것입니다. 부디 끝까지 싸워주십시오.'

～◎～

다음 날, 세자는 한성부 서윤의 무덤을 찾았다. 눈이 소복하게 쌓
여 있는 산길을 오르자, 언젠가 가은과 함께 걷던 기억이 떠올랐다.
활짝 핀 들꽃을 꺾어 꽃다발을 만들며 해사하게 웃던 가은의 얼굴

을 떠올리자 그리움이 물밀 듯 밀려왔다. 짐꽃주를 마시고 쓰러지는 그를 향해 고통의 사자후를 내뿜으며 달려오던 그녀의 얼굴도 아른거렸다. 그때였다. 어디선가 뽀드득 눈 밟는 소리가 들려왔다. 세자는 막연한 예감으로 뒤를 돌아보았다. 기적처럼, 그곳에 가은이 있었다. 가은은 가슴시리도록 하얗게 야윈 얼굴로 멍하니 세자를 바라보고 있었다.

마음 같아서는 당장이라도 달려가 그녀의 가녀린 어깨를 끌어안고 싶었다. 하지만 차마 발길이 떨어지지 않았다. 아득한 시선으로 그를 바라보던 가은의 눈에서 눈물이 또르르 흘러내렸다. 뽀드득 뽀드득 소리를 내며, 가은이 한 걸음 또 한 걸음 다가왔다. 그러다 어느 순간 뜨겁게 달려와 그의 품에 안겼다.

"이게, 꿈은…… 아니겠지요?"

"가은아……."

"정말…… 살아 돌아오신 거지요?"

"미안하다…… 미안하다."

"꼭 하고 싶었던 말이 있습니다……."

"나 또한 어찌 살아 돌아왔는지, 얘기해줘야 하는데……."

"나중에요."

"오랫동안 널 속이고 진실을 말하지 못한 일, 사과하고…… 용서를 구해야 하는데……."

"나중에요."

"그래, 나중에…… 나중에 하자꾸나……."

"도련님……."

"응……."

"저도…… 도련님을…… 연모합니다…… 이 한마디가…… 가슴에 맺혀……."

서러움이 폭발해 말을 잇지 못하는 가은을 보자, 세자는 울컥하여 그녀를 격정적으로 끌어안았다. '아, 내 서글프고 가엾은 여인아. 다시는 놓치지 않을 것이다.' 세자의 입술이 눈물에 젖은 가은의 입술을 덮었다. 체취가 섞이고, 갈라졌던 영혼이 하나 되는 순간, 나뭇가지에 쌓여 있던 눈이 바람에 날리어 꽃잎처럼 휘날렸다.

"당신을 잃었다 생각한 순간…… 당신에 대한 마음을 깨달았습니다. 제 목숨보다도 더…… 당신을 연모합니다."

가은의 숨결이 세자의 목덜미를 뜨겁게 달궜다.

"나 또한 널 잃었다 생각한 순간…… 세상을 잃은 것 같았다. 이제 너를 다시 얻으니 더는 아무것도 두렵지 않구나."

세자의 더운 숨결이 가은의 귓불을 쓰다듬었다.

"저하……."

가은이 수줍은 얼굴로 몸을 떼어내며, 그를 올려다보았다.

"앞으론 저하라 부르겠습니다. 계속 천수 도련님이라 부를 순 없으니까요."

술에 취한 듯 발개진 그녀의 얼굴을 보자 절로 웃음이 났다. 가은이 갑자기 심각한 표정으로 목소리를 낮추며 물었다.

"저하께선 이 세상에 죽은 걸로 되어 있는 분이시죠? 이선이의 명으로 은밀히 절 따라온 자들이 있을지 모르니, 조심하세요. 왕좌로 돌아가기 전까지 각별히 조심하셔야 합니다. 이선이도 대목도."

세자는 가은을 물끄러미 바라보며 아득한 목소리로 물었다.

"가은아, 너도 내가 왕좌로 돌아가야 한다고 생각하느냐?"

"……"

"난…… 충직한 신하였던 네 아비를 죽게 만든 어리석은 세자였다. 게다가…… 아버지 선왕마저도 대목과 손잡고 선대왕을 시해한 바 있다. 이런 내가 왕좌로 돌아갈 자격이 있다 생각하느냐? 이제껏 편수회와 싸우면서, 한 번도 내 자격을 의심해본 적이 없었다. 허나 이제는 두렵구나. 정말 내게, 왕이 될 자격이…… 정통성이 있는 지……."

무연한 눈길을 던지며 묵묵하게 세자의 말을 경청하던 가은이 살며시 그의 손을 잡으며 입을 열었다.

"저하께선 백성들의 고초를 그냥 넘기신 적이 없지요. 기억하십니까? 저하는 편수회에 삶의 터전을 빼앗길 위기에 처했던 서문시장 사람들을 구해주셨지요. 만약 저하가 도와주시지 않았다면, 시장 사람들은 죄다 길바닥에 나앉았을 것입니다. 그때 행복해하던 사람들 얼굴이 아직도 선합니다. 또한 저하께선 내전을 막기 위해, 대군을 포기하기도 하셨다 들었습니다. 쉽게 왕좌로 돌아갈 방도가 있음에도, 오직 백성을 위해 그 길을 포기하신 분이 저하이십니다. 왕이 될 자격이…… 정통성이 없다 하셨습니까? 정통성은 혈통이 아니라, 백성을 사랑하는 마음이 아닌지요? 백성을 위하는 저하의 마음, 그 정신이 정통성을 만드는 것이지, 저하가 적통의 세자이기에 자격이 있는 것은 아닙니다."

순간 주변 공기가 달라진 듯했다. 복잡했던 세자의 머릿속은 정연하게 정리되었고, 흐릿했던 마음은 선명하게 자리 잡았다. 기적처럼 나타난 가은이 만든 기적이었다.

16
곤의 선택

곤은 화군의 시신이 안치되어 있는 방으로 미끄러지듯 들어갔다. 우재가 꽃이 가득 장식된 관 앞에 넋을 잃고 앉아 있었다. 곤은 관 속에 잠든 듯 누워 있는 화군의 희푸른 얼굴을 뚫어질 듯 바라보았다. 그녀가 죽었다는 사실이 도무지 믿기지 않았다. 어느 순간 벌떡 일어나서, '곤아, 넌 나의 사람이지?' 하고 물어올 것만 같았다.

"대목 어르신이…… 화군 아가씨를 죽인 것이…… 사실입니까?"

곤은 자신이 말을 하고 있다는 자각도 하지 못한 채 우재에게 묻고 있었다.

"설마, 친손녀를 죽이실 줄이야……. 미안하다, 화군아…… 아버지가 지켜주지 못해…… 미안해……."

꺼이꺼이 목놓아 우는 우재의 울음소리가 낯설게 느껴졌다. 현실

감각이 모두 상실된 느낌이었다. 곤은 주변 공기가 더디게 움직이고 있다는 생각을 하며 멍하니 서 있었다.

"네놈은 울 줄도 모르는구나."

우재가 눈물 콧물이 범벅된 얼굴을 들어 곤을 불쌍하다는 듯 바라보았다. 그러더니 이내 자리에서 스윽 일어나 방을 나가버렸다.

방 안은 한없이 고요하고 침울했다. 천지가 슬픔으로 흠뻑 젖어 있는 것만 같았다. 곤은 화군의 주검 앞으로 바싹 다가갔다. 작고 하얀 그녀의 손이 배 위에 얌전히 포개어져 있었다. 흙장난을 하던 유년 시절 이후로는 잡을 수 없던 손이었다. 망설이고 망설이다가 그녀의 손을 향해 손을 뻗었다. 잡을 듯 잡을 듯 끝내 잡지 못하고 허공을 그러쥐었다. 울컥 눈물이 샘솟았다. 암살자로 키워진 까닭에, 곤은 많은 죽음에 관여하며 살았었다. 죽이라면 죽여야 하는 것이 그의 일이었다. 그 어떤 죽음 앞에서도 흔들리지 않을 자신이 있었다. 암살자의 심장은 얼음보다 차가워야 하며, 바위보다 무뎌야 했다.

그런데 지금 이 순간, 화군의 주검 앞에서 곤은 흔들리고 있었다. 얼음처럼 차가웠던 심장을 불구덩이에 담금질하듯 뜨겁게 녹아내리고, 바위처럼 무디고 단단했던 마음은 산산이 부서져버렸다. 가슴속에서 슬픔과 회한이 모래알처럼 서걱거리기 시작했다.

만약 5년 전 그때, 세자를 바라보는 화군의 눈을 가렸다면 어땠을까. 꺼지지 않는 불꽃으로 타오르기 전, 그녀의 사랑을 막았다면 어뗐을까. 만약 짐꽃밭에서, 그녀의 명령을 따르지 않았다면 어땠을까. 아이들을 데리고 도망치는 세자 일행을 도우러 가지 않고, 끝까지 그녀 곁에 남아 있었다면 어땠을까. 그랬다면, 그녀는 죽지 않았을까. 곤은 몇 번이고 몇 번이고 같은 생각을 하며 소리 없이 울었다.

'나의 주인, 나의 아가씨, 나의 누이……'

'곤아, 넌 나의 사람이지?'

'예, 아가씨. 난 당신의 사람입니다.'

'나를 지키듯 저하를 지켜줘……'

곤은 울음을 삼키고 자리에서 일어나, 화군의 주검 앞에 부복해 앉았다. 더없이 쓸쓸하고 더없이 경건한 목소리로 다짐했다.

"살아 있는 마지막 순간까지, 아가씨 명을 따르겠습니다……"

화군의 장례가 끝난 지 사흘이 지난 오후, 바깥이 소란해졌다. 술에 취한 우재가 대목을 찾아와 술주정을 하는 것 같았다. 지붕 위에 누워 하늘바라기를 하고 있던 곤은 소리가 나지 않도록 바닥으로 뛰어내려 편수회당 기둥 뒤에 숨었다.

"편수회가…… 그리도 중하십니까? 그토록 아끼시던 손녀를 베실 만큼…… 혈육보다 가족보다 편수회가 더 중하십니까!"

대목을 향하는 우재의 눈빛은 더없이 차갑고 날카로웠다. 이전에는 볼 수 없었던 모습이었다. 대목은 회당에 있던 사람들에게 자리를 비우라는 눈짓을 한 후 우재를 마주보았다.

"짐꽃밭은 편수회의 심장이다. 아무리 내 손녀라 해도……."

"한 번쯤은! 편수회보다 가족이 먼저이길 바랐습니다. 소중한 사람을 지키려, 강해졌다 하셨잖습니까? 지킬 가족이 없는데…… 편수회가 다 무슨 소용입니까?"

"네가 감히 나를 가르치려 드는 것이냐!"

"두고 보겠습니다. 아버지의 그 끝없는 욕망과 탐욕이 어떤 결과를 초래하는지…… 아버지는 결국, 소중히 여기는 모든 것들을 잃고! 비참하고 외로운 죽음을 맞게 되실 겁니다."

우재가 저주를 퍼붓자, 대목의 눈빛이 차가운 서리만큼이나 서늘해졌다.

"네놈이……!"

"부자지간의 연은 여기까지. 아비가 자식을 버렸으니…… 자식도 아비를 버리겠습니다."

우재는 술에 취한 듯, 슬픔에 취한 듯 휘청거리며 편수회당을 나갔다. 곤은 아슬아슬하게 걸어가는 우재의 뒷모습을 한참 동안 눈으로 쫓다가 이내, 회당 쪽으로 고개를 돌려 대목을 바라보았다. 대목은 주먹으로 서탁을 거칠게 내리치더니 자리에서 벌떡 일어나 회당을 나왔다. 곤은 최대한 기척을 내지 않고 대목의 뒤를 미행했다. 대목이 향한 곳은 편수회 신실이었다.

횃불이 밝혀진 신실에 들어선 대목은 8인의 원로들 앞에 정좌해 앉았다. 곤은 신실 입구 벽에 바싹 붙어 몸을 숨기며, 대목과 원로들의 대화를 엿들었다.

"다른 누구도 아닌, 편수회의 대편수가 짐꽃밭을 불태우다니! 그것도 대목의 손녀가!"

원로의 목소리에는 노기가 잔뜩 어려 있었다.

"이미 내 손으로 베어, 단죄를 했습니다."

대목의 목소리에는 죄책감도 회한도 없었다. 비정하고 몰인정한 대목의 말에 곤은 온몸에 소름이 돋는 것 같았다.

"그 아이 하나 죽었다고 해결될 일인가? 우리 편수회가, 짐꽃환을 잃었어! 이제 어찌할 셈인가?"

또 다른 원로의 목소리였다.

"이번 일을, 새로운 편수회로 탈바꿈할 기회로 삼을 것입니다. 살생부를 만들어, 조금이라도 편수회에 반하는 자들을 모조리 없앨 것입니다. 그리해서, 새로운 세상! 편수회 세상을 열 것입니다! 편수회에 충성하지 않으면 이렇게 된다! 본을 보이는 일이니 오히려 더 잘된 일인지도 모르지요."

화군이 죽었는데, 오히려 잘된 일인지도 모른다니! 곤은 난생처음 대목을 향해 살의가 느껴졌다. 원로 수장의 목소리가 들려왔다.

"일이 제대로 풀리지 않을 경우, 살생부에 오를 자는, 바로 대목 그대가 될 것이네! 진짜 세자가 살아 있다. 만일 그자가 왕좌로 돌아오려 하면, 어찌할 것인가?"

"이미 만반의 대책을 준비해뒀습니다. 진짜 세자는, 결코 왕좌로 돌아올 수 없을 것입니다."

대목은 섬뜩한 눈빛을 빛내며 신실 밖으로 나와 집무실로 걸음을 옮겼다. 곤은 바람처럼 지붕 위로 올라가 대목을 주시했다. 책상 앞에 앉은 대목은 종복을 시켜 주진명을 불러들였다. 잠시 후, 주진명이 들어와 예를 갖춘 후 대목 맞은편에 앉았다.

"알아보라 시킨 일은 어찌 되었는가?"

대목이 딱딱한 목소리로 물었다.

"예. 기간 안에 해독제를 쉰 개 정도 만들 수 있을 것 같습니다. 어찌할까요?"

주진명이 준비한 대답을 내놓고, 대목의 말을 기다렸다.

"금선탈각(金蟬脫殼). 이번 위기를 기회로 삼아야겠다. 죽은 껍질은 버리고, 금빛 매미로 탈바꿈할 것이야."

"해독제로 살릴 사람과, 죽일 사람을 나누란 말씀이십니까?"

곤은 그제야 대목의 복심을 알게 되었다. 짐꽃밭이 사라졌으니, 보름에 한 번씩 찾아오는 짐꽃환의 수요를 더는 감당할 수 없었다. 어차피 짐꽃환을 먹지 못하는 자는 죽음을 면치 못할 것이니 대목은 짐꽃에 중독된 자들 중 자기편을 추려내어, 그들만 살릴 생각이었다. 대목의 야비한 목소리가 들려왔다.

"살생부(殺生簿)를 만들어야겠구나."

"그럼, 일흔다섯 명 정도를 살생부에 올려야 하는데……."

"더 강한 편수회로 탈바꿈할 기회가 될 것이야."

대목과 진명은 밤이 늦도록 마주앉아 살생부를 만들었다. 곤은 그들이 살생부를 만드는 모습을 지켜보며, 밤새도록 지붕 위에 있었다. 추위에 온몸이 얼어붙을 것 같았으나, 이제 와서 발을 뗄 수도 없는 상황이었기에, 죽은 듯이 기다렸다.

곤은 보부상 한성 본부로 세자를 찾아갔다. 청운과 우보를 비롯한 세자의 사람들이 모두 한성 본부에 있었다. 편수회 살수들과 기찰단들이 서소문 일대를 점거하자, 그들을 피해 도망 온 게 틀림없었다.

"행수님께서 보내셨습니까?"

곤을 보자마자 세자가 던진 질문이었다. 곤은 대답 대신 세자를 향해 깍듯이 예를 갖추었다.

"……무슨 일이십니까?"

세자가 이상하다는 눈초리로 곤을 바라보았다.

"행수님께서…… 돌아가셨습니다."

"화군 행수님께서…… 돌아가셨다고요?"

"자리를 옮겨, 긴히 드릴 말씀이 있습니다."

곤의 말에, 세자가 고개를 끄덕이더니 자신의 집무실로 그를 안내했다. 곤은 집무실에 들어서자마자 차분한 목소리로 그간 있었던 일들을 세자에게 털어놓았다. 그의 말을 들은 세자는 도저히 믿을 수 없다는 얼굴로 참담하게 중얼거렸다.

"대목이…… 자기 손으로 친손녀를 죽이다니. 행수님이 나 때문에…… 어찌해야 이 은혜에 보답할 수 있단 말입니까…….'

"왕이 되십시오. 아가씨는 틀림없이…… 저하께서 왕좌로 돌아가길 바라실 겁니다. 아가씨의 죽음을…… 헛되게 하지 마십시오."

곤은 품에서 책 한 권을 꺼내 세자 앞에 내려놓으며 단호하게 말했다.

"이게 뭡니까?"

"살생부입니다. 진짜는 따로 있고…… 이것은 제가 몰래 베껴온 것입니다."

서둘러 살생부를 펼쳐보던 세자의 낯빛이 점점 어두워졌다. 곤이 담담한 목소리로 말을 덧붙였다.

"그날 아가씨가 지른 불로…… 짐꽃밭이 모두 탔습니다. 이제 더는 짐꽃도, 짐꽃환도 존재하지 않습니다."

"대목은 자신을 따르는 사람에게만 해독제를 주고…… 이들 모두 죽게 내버려둘 생각이로군요. 역시 대비마마의 신하들이 일순위군요. 한데, 좌의정 허유건, 이자는 대목의 사람이 아닙니까?"

세자가 살생부에 적혀 있는 허유건을 짚으며 물었다.

"해독제가 많지 않습니다. 편수회원일지라도 전부를 살릴 수 없을 겁니다."

"그리하면, 해독제가 없어 죽게 되는 신료가 얼마나 되는 것이오?"

"그 수가 일흔다섯 정도 된다 들었사옵니다."

곤이 대답하자, 세자는 생각이 많아진 얼굴로 잠시 입을 다물었다. 그러더니 들고 있던 살생부를 내려놓고, 곁에 서 있던 청운에게 사람들을 모두 모아달라고 부탁했다. 청운이 밖으로 나간 후, 곤은 일어서야 할지 말아야 할지 결정하지 못 하고 갈팡질팡했다. 그런 그의 마음을 읽기라도 한 듯, 세자가 그의 손을 지그시 눌러 잡으며 함께 있어 달라고 했다.

문이 열리고 우보와 무하, 광열과 청운, 매창이 순서대로 들어와 세자를 중심으로 둥그렇게 앉았다. 모두들 곤을 낯설게 바라볼 뿐, 별다른 말은 없었다. 곤은 청운 옆으로 가서 무사처럼 부복해 앉았다. 어수선한 분위기가 가라앉자, 세자가 무겁게 입을 열었다.

"역적의 자식인 내가, 과연 왕이 될 자격이 있는지 고민했습니다. 그리고 한 가지 결론을 얻었습니다. 선왕께서는 왕이 되고자 편수회와 손잡았지만, 나는 편수회를 무너트리기 위해 왕이 되려 합니다. 내가 적통이어서가 아니라, 힘 있는 자를 견제하고, 백성을 보호하기 위해! 나는, 이 나라 조선의 군주가 되려 합니다!"

방 안에 있던 모든 이들이 기대에 찬 눈빛으로 세자를 바라보았다. 세자가 살생부를 손에 들고 흔들며 말을 이었다.

"앞으로 열이틀 안에 짐꽃환의 해독제를 찾지 못하면, 이 명부에 적힌 일흔다섯 명의 신하들이 목숨을 잃게 됩니다! 비록 편수회라 하나, 이들도 나의 백성. 백성이 죽어가는 것을 외면한다면, 어찌 군주라 할 수 있겠습니까! 해서, 이제 나는 왕좌로 돌아가려 합니다! 이젠 주저하지도, 망설이지도 않겠소. 왕좌로 돌아가 해독제를 만들어, 나의 백성들을 살리고 조정을 농락한 죄를 물어 대목과 편수회를 처단할 것이오! 모두들, 나와 뜻을 함께해주시겠소?"

"주상전하의 어명을 받드옵니다."

"어명을 받드옵니다."

우보를 비롯한 모든 이들이 세자 앞에 엎드렸다. 그들의 눈에는 신뢰가 가득했고, 세자의 눈에는 위엄이 충만했다. 이 순간, 곤은 화군이 세자를 왜 사랑할 수밖에 없었는지, 어렴풋이 이해가 되었다. 세자는 군주가 되기 위해 태어난 남자였다.

'아가씨, 세자저하 때문에 더는 아프지 마십시오. 제가 세자저하 곁을 지키겠습니다. 그러니 이제는 부디 행복하십시오…….'

17
삐뚤어진 마음

세자가 살아 있다고 했다. 대목에게서 그 말을 듣는 순간, 이선은 규호의 무덤을 다녀온 후로 부쩍 생기발랄해진 가은을 떠올렸다. '혹시 가은이 세자를 만난 것은 아닐까?' 하는 의심이 들자 속에서 천불이 일었다. 대목이 심중을 알 수 없는 눈빛으로 그런 이선을 가만히 내려다보았다. 이선은 마치 대목이 세자를 살리기라도 한 듯 원망스레 노려보며 물었다.

"짐꽃환을 세 개나 먹었는데, 어찌 살아 있단 말씀입니까!"

"그러게, 스스로 독을 이겨내는 놈이라…… 세자가 살아 있는 한, 반드시 왕좌로 돌아오려 할 것이다."

"제게, 세자가 왕좌로 돌아오는 것을 막을, 좋은 계책이 있습니다."

이선이 어둠의 사자처럼 눈을 번뜩이며 말했다.

"계책이라…… 말해보거라."

"진짜 세자가, 절대 왕좌로 돌아올 수 없게 만들 방도를 알려드릴 테니…… 소인과 거래를 하시지요."

"거래라…… 그래, 내가 그 거래를 성사시켜 주면…… 넌 무엇을 하려는 것이냐?"

대목이 가소롭다는 듯 웃으며 되물었다.

"빼앗을 것입니다. 진짜 세자에게서…… 전부, 빼앗을 것입니다!"

이선의 눈빛은 욕망으로 번들거렸다.

"세자에게서 전부 빼앗겠다? 네놈이 무슨 수로?"

"소인이…… 가면을 벗겠습니다."

순간, 대목의 눈이 놀란 듯 눈을 부릅떴다. 이어 입꼬리를 올려 괴이한 미소를 지으며 되물었다.

"뿌리 끝까지…… 진짜가 되겠다?"

"어차피 그 누구도, 진짜 세자의 얼굴을 모릅니다. 제가 세상을 향해 가면을 벗는 순간, 제 얼굴이 바로 왕의 얼굴이 될 것입니다."

대목은 잠시 골똘한 생각에 잠겨 손가락으로 서안 위를 톡톡 두드렸다. 이선은 침을 꿀꺽 삼키며 대목의 말을 기다렸다. 마침내, 결단을 내린 대목이 번뜩이는 눈빛으로 입을 열었다.

"좋다. 가면을 벗고, 세자를 막아라!"

"그리고, 가은이를 중전으로 간택하도록 해주십시오."

"……."

"그리만 해주신다면, 무슨 일이든 어르신 뜻대로 하겠사옵니다."

"좋다. 원하는 대로 해라."

"경들은 들으시오. 지난번 죄인들이 주도한 중전 간택은 무효가 되었으니, 새로운 중전을 간택할 때가 되었소. 이에 과인이 친간(親揀)을 행하였으니, 그 결과를 알리리다. 과인은 옛 한성부 서윤, 한규호를 신원하고 그의 여식, 한가은을 중전으로 맞이할 것이오!"

일대의 파란을 예상했으나, 대소신료들은 의외로 별다른 이의를 제기하지 않고 어명을 받들겠다고 했다. 대목이 손을 쓴 것이 분명했다. 이선은 자신의 뜻이 관철되었다는 사실에 뿌듯해하며 근정전을 나와 별궁으로 향했다.

별궁 후원에 이르자, 왕의 전교를 받고 있는 가은이 보였다. 이선은 잠시 걸음을 멈추어, 그 모습을 지켜보았다.

"중궁전의 좌(座)가 오랫동안 비어 있으니, 현숙한 이로 하여금, 위로는 종묘(宗廟)를 받들게 하고, 아래로는 국모(國母)의 소임을 맡기려 한다. 그대 한씨를 왕비로 간택하니, 만백성의 어미가 되어 국모의 소임에 임하도록 하라."

상선이 전교를 다 읽자, 상궁이 가은을 부축해 일으켰다. 가은은 마치 사형선고를 받은 사람처럼 충격받은 얼굴로 서 있었다. 상선이 가은 앞에 무릎을 꿇고 절을 하며 말을 덧붙였다.

"이제 곧 가례를 치르고, 이 나라의 왕비가 되실 것이옵니다. 경하 드리옵니다."

다른 내관들과 상궁, 나인들도 상선을 따라 가은 앞에 무릎을 꿇고 절을 올렸다. 그러나 가은은 여전히 굳은 얼굴로 서 있었다. 이선은 곁에 서 있는 내관에게 눈짓을 보냈다.

"주상전하 납시오!"

내관이 후원을 향해 크게 소리치자, 절을 올리던 궁인들이 질서정연하게 움직여 나란히 도열해 섰다. 이선은 별궁 후원으로 성큼성큼 걸어가 가은 앞에 섰다. 가은은 마치 살아 있는 가구를 보듯 이선을 바라보았다. 이선은 가은의 눈치를 살피며 내관과 궁녀들에게 모두 물러나라 손짓했다. 상선이 재빠르게 내관들과 궁녀들을 이끌고 후원 밖으로 물러났다.

"바람이 차가우니, 안으로 드십시오."

이선은 별궁 쪽으로 걸음을 옮기며 입을 열었다. 가은이 그런 이선의 소매를 붙잡아 돌려세웠다. 그녀의 눈빛은 차갑고 따가웠다.

"이게 어찌 된 일이야? 지금 도대체 무슨 일을 하는 거야? 중전이라니?"

"제가, 규호 어르신을 신원했습니다. 어찌 그 일은 묻지 않으십니까? 아가씨의 오랜 숙원을 제가 풀어드렸잖습니까?"

이선이 떨떠름한 얼굴로 따져 묻자, 가은이 신중하게 말을 고르며 대답했다.

"아버지를 신원해 준 건 고마워……. 하지만 중전이라니 이선아. 난, 중전이 될 수 없어!"

"중전이 되실 수 없는 게 아니라, 저와 혼례를 치르기 싫으신 거겠지요. 진짜 세자가 청했어도, 중전이 되기 싫다 하셨을 겁니까?"

이선은 가은의 귓가에 얼굴을 바싹 붙이고 목소리를 낮추어 이죽거렸다.

"너…… 너 정말 왜 이러는 거야? 내가 알던 이선이가 맞아?"

가은이 손으로 귀를 막고 뒤로 주춤 물러나며 놀라 물었다.

"아가씨가 알던 이선이는 어떤 아이였습니까? 개돼지마냥 누가 때리면 때리는 대로 그냥 얻어맞아야 했던 가난한 집 아이? 아가씨 같은 양반네가 하라는 건 뼈가 부서져라 다 해야 하고, 아무리 배고파도 주인이 던져주는 것만 받아먹어야 했던 그런 비천한 아이?"

"지금 무슨 말을 하는 거야?"

"그런, 이선이한테 아가씨는 어떤 사람이었을 것 같습니까?"

"지금, 내 앞에 서 있는 넌…… 내게 어떤 임금일 것 같니? 아비의 원수와 손잡고 백성을 괴롭히며…… 옛 동무를 기만하고 배신하는…… 가짜."

힘주어 내뱉는 가은의 말 한 마디 한 마디가 이선의 심장에 비수처럼 꽂혔다. 가은의 얼굴에는 이선에 대한 실망과 분노가 숨김없이 드러나 있었다. 그녀는 그를 상대하고 싶지 않다는 듯 슬프게 바라보다가 등을 확 돌렸다. 그 순간, 이선은 이성의 끈을 놓아버렸다. 뒤돌아 걸어가는 가은의 손을 낚아채듯 잡고 돌려세워 옴짝달싹 못하게 붙들었다.

"그래서…… 그 진짜가 아가씰 위해 해준 게 도대체 뭡니까! 진짜는 억울한 규호 어르신을 죽였어요! 그런데 난, 규호 어르신을 신원해드렸습니다! 그 진짜가 아가씨에게 준 거라곤 상처밖에 없는데…… 어찌 잊지 못하시는 겁니까!"

"이선아, 아파. 이거 놔줘."

가은이 버둥거릴수록, 이선은 그녀의 손목을 더욱 거세게 잡고 으르렁거렸다.

"아가씨가 원하시는 건…… 무엇이든 해드릴 것입니다. 그러니 제 곁에 계십시오. 아가씨를 얻기 위해서 전…… 무슨 짓을 할지 모릅니다! 그러니 절대, 제 곁을 떠나지 마십시오!"

가은의 크고 검은 눈동자에 괴수처럼 눈을 번뜩이는 이선의 얼굴이 거울처럼 비쳤다. 그는 그녀의 눈에 비친 자기 모습에 취해 있어, 그녀의 눈이 두려움에 떨리고 있다는 사실은 알지 못했다.

북쪽 먼 하늘에서 두터운 구름이 몰려오는가 싶더니, 하얀 눈송이가 떨어졌다. 눈 깜짝할 사이 궐 안이 눈으로 뒤덮였다. 이선은 가은을 별궁으로 들여보낸 후, 내관들이 씌워주는 우산을 쓰고 강녕전으로 향했다.

유선댁이 강녕전 밖에서 눈을 맞으며 기다리고 있었다. 그 처량한 모습을 보자 속에서 천불이 일었다. 왜 안에서 기다리지 않고 밖에서 그러고 있느냐고 묻자, 유선댁은 상감마마도 안 계시는데 어떻게 안으로 들어가 기다릴 수 있겠느냐며 기어들어 가는 목소리로 말했다. 이선은 '내가 임금입니다. 그리고 어머니는 임금의 어머니입니다. 제발 떳떳하게 행동하십시오. 보란 듯이 위세를 부리란 말입니다!' 하고 소리치고 싶었으나, 애써 참고 강녕전 안으로 들어갔다.

"이선아⋯⋯ 어쩌자고 가은 아가씨를 중전으로 간택한 거야!"

강녕전 안으로 들어와 단둘이 남게 되자마자 유선댁이 꺼낸 말이었다.

"어머니까지 왜 이러십니까?"

이선은 가면을 벗어 아무렇게나 팽개치며 눈썹을 치켜세웠다.

"엄마가⋯⋯ 불안해서 살 수가 없어."

유선댁이 이선의 눈치를 힐끔힐끔 살피며 개미만 한 목소리로 말했다.

"어머니, 보세요! 제가 이 나라 조선의 왕입니다! 제가 억울하게 돌아가신 규호 어르신 신원도 시켜드렸습니다. 제가 그냥 빈민가 천민이었으면, 그런 일을 할 수 있었겠습니까? 제가 왕이기에 가능한 겁니다! 곧 혼례를 치를 겁니다. 그런 줄 아세요."

"이선아!"

"왜요! 왜? 안 돼요!"

"송충이는 솔잎을 먹고 살아야지. 왕 행세하는 것도 모자라, 가은 아가씨까지 욕심내고…… 너 정말…… 나랑 같이 돌아가면 안 되니? 엄만 아무것도 필요 없어. 이선아, 제발……."

"왜! 제가 가장 인정받고 싶은 아가씨와 어머니는…… 절 인정해주지 않는 겁니까? 왜요! 그래도 상관없습니다. 제 뜻대로 할 겁니다! 그런 줄 아시고, 이제 그만 나가주세요. 피곤합니다."

유선댁은 안타깝고 안쓰럽다는 눈빛으로 한참이나 이선을 바라보다가 슬며시 일어나 강녕전을 나갔다. 이선은 어머니의 약하고 가련한 뒷모습을 야속하게 바라보다가 울컥 짜증이 치솟아 책상을 뒤엎어버리고 보료 위에 벌러덩 누워버렸다.

가만히 누워 있자니 펑펑 쏟아지는 눈을 고스란히 맞으며 처소로 돌아갔을 어머니 모습이 떠오르고, 별궁에 홀로 앉아 그를 원망하고 있을 가은의 모습이 떠올랐다. 누군가 가슴속에 들어앉아 불을 지피는 것 같았다. 답답하고 화가 나서 미칠 것만 같았다.

폭설이 내린 후로 날씨가 급격하게 풀렸다. 이른 봄이 찾아온 것 같았다. 갑자기 뜨거워진 햇살에 쌓였던 눈이 녹아 땅이 질퍽질퍽해졌다. 궁인들은 진흙덩이로 변한 땅을 보면서 가면을 쓴 왕의 맨얼굴을 상상했다. 날이 갈수록 괴팍해지고 안하무인이 되어가는 왕의 맨얼굴은 진흙보다 더 지저분하고 더러울 거라고 생각했다. 그러나 그들은 왕의 심중을 알 리 만무했다. 이선이 소심하고 불안한 마음을 숨기려 더 짜증을 내고 화를 낸다는 것을.

창백한 달이 떠도는 어두운 밤이었다. 잠을 이루지 못하고 뒤척이던 이선은 자리를 털고 일어나 밤 산책에 나섰다. 뒤따르려는 내관들과 궁녀들을 모두 물리고 현석만을 대동했다. 발길이 자연스럽게 별궁 후원 쪽으로 향했다. 그러다, 이내 싸늘하고 차갑게 밀어내는 가은의 표정을 떠올렸다. 오늘 만큼은 그녀의 냉담함을 참을 수 없을 것 같았다. 어머니와 꼬물이가 머물고 있는 처소에 갈 수도 없다. 이 밤에 찾아가면, 없는 걱정까지 만들어 하는 어머니 성정에 걱정거리 하나가 더 늘어날 것이다. 사랑하는 이들이 모두 지척에 있었지만, 정작 필요할 때 만날 사람이 없었다. 고독하고 외로웠다.

결국 이선은 동궁 온실로 걸음을 옮겼다. 군사들이 지켜야 할 동궁 온실 앞이 텅 비어 있었다. 더군다나 온실에는 등불이 환하게 밝혀져 있었다.

'이 밤에 누가?'

이선은 최대한 발소리를 내지 않고 온실 안으로 들어갔다. 놀랍게도 온실 안에는 가은이 있었다.

가은은 호미를 들고 정신없이 흙을 파헤치고 있었다. 이마에는 송골송골 땀이 맺혀 있고, 옷도 흙투성이가 되어 있었다.

"없어……. 흙이 있는 곳은 전부 파보았는데…… 설마 이미 누가 가져가버린 건…… 아니, 아니야!"

가은은 망연자실한 목소리로 중얼거리다가 이내 다른 곳의 흙을 파헤쳤다.

"여기서 무얼 하십니까?"

이선의 목소리에 가은이 화들짝 놀라 호미를 떨어뜨리고 일어섰다. 이선은 냉담한 표정으로 성큼성큼 다가가 힐난하는 음성으로 물었다.

"한밤중에 그런 복장으로…… 무얼 하고 계시냔 말입니다. 혹시, 세자저하와 관계된 일입니까?"

순간 가은의 눈동자가 심하게 흔들렸다. 동요하고 있다는 것은 그녀가 세자의 생존 사실을 알고 있는 까닭이리라. 이선은 사나운 눈빛으로 가은을 노려보며 말을 이었다.

"어쩐지 이상하다 생각했습니다. 아가씨는 규호 어르신의 무덤을 다녀온 후로, 갑자기 생기를 찾으셨지요. 그 이유가 무엇입니까? 세자저하를 만나신 겁니까? 저하를 위해, 궐로 돌아오신 겁니까? 도대체 무얼 찾고 계신 겁니까?"

"저하가 살아 계시다는 걸…… 알고 있었어?"

가은이 뒷걸음치며 물었다. 이선은 그런 가은의 손목을 거칠게 잡아 가까이 끌어당기며 차갑게 쏘아붙였다.

"제가 모르길 바라셨습니까?"

"이선아, 아직 늦지 않았어. 저하께 왕좌를 돌려드리자."

"왕좌를 돌려주면, 아가씨는 제 사람이 되시겠습니까? 전, 아가씨만 옆에 계시면 물지게를 지며 살더라도 좋습니다. 그리하시겠습니까?"

"……."

"내심 기대했습니다. 아가씨가 한 번은 날 돌아봐주지 않을까……. 한 번은 날 남자로 봐주지 않을까……."

이선은 허탈하게 웃으며 가은의 손목을 놓아주었다. 가늘고 하얀 그녀의 손목에 빨간 손자국이 새겨졌다. 자신의 손목을 어루만지는 그녀의 가녀린 모습에 울컥 분노가 치솟았다.

'왜 나를 이렇게 못난 놈으로 만드십니까. 왜 나를 이렇게 모진 놈으로 만드십니까!'

이선은 눈물을 삼키듯 분을 삭이며 말했다.

"조만간 제가 진짜 왕이 될 것입니다."

"그게…… 무슨 뜻이야?"

"말 그대로, 제가 진짜 왕이 되는 겁니다. 그리고 아가씬 중전이 되실 겁니다."

"내가 은애하는 사람은…… 네가 아니야."

"상관없습니다. 좋든 싫든 아가씬 제 여인이고, 이 나라 조선의 왕은, 저 이선입니다!"

"이선아…… 네것이 아닌 건, 제발 내려놔……."

"내려놓으라…… 놓으라고요? 다르게 살라고 지어주신 이름 이선! 그 이름 때문에, 왕이 됐습니다. 꿈을 가지라고 하실 땐 언제고…… 이젠 그 꿈을 놓으라고요? 절 왕으로 만든 이는 아가씨, 바로 당신이란 말입니다!"

이선은 빨갛게 부어오른 그녀의 손목을 다시금 확 끌어당기며 으르렁거렸다.

"이제는 제 것입니다. 절대, 누구에게도, 내어주지 않을 겁니다! 운검! 밖에 있느냐!"

현석이 기다렸다는 듯 온실 안으로 들어섰다.

"예, 전하! 부르셨습니까!"

"운검! 마마를 처소에 가두고 철저히 지키게 하라! 가례를 치르기 전까지, 처소 밖으로 한 발도 나오시게 해선 안 된다. 알겠느냐!"

"예, 전하."

가은은 현석에게 붙잡혀 끌려가면서도 이선을 향한 원망 어린 시선을 거두지 않았다. 이선은 가은이 떨어뜨린 호미를 주워 살피며 눈을 번뜩였다.

'아가씨가 도대체 여기서 뭘 찾고 있었던 거지?'

18
귀신 쫓는 나례(儺禮)

　가은이 중전으로 간택되었다는 소식을 전해 들은 세자는 마음이 몹시 괴롭고 힘들었다. 그것도 이선이 직접 친간(親揀)해서 뽑았다 하니, 더 그러했다.

　가은을 믿지 못하는 것은 아니었지만, 혹시라도 그녀의 마음이 흔들리지는 않을까 걱정도 되었다. 만약 그렇게 된다면 그녀를 놓아야 하는 쪽은 자신이 될 터였다.

　세자는 당장이라도 궐로 쳐들어가 가은을 데려오고 싶었다. 하지만 때가 좋지 않았다. 그러던 어느 날, 매창이 상선을 만나보지 않겠느냐고 넌지시 물어왔다.

　"짐꽃밭에서 도망쳐 나온 어린 저를 거둬주신 분이 바로 상선 어른이었습니다. 그분은 편수회 사람도 대비 사람도 아니지만, 나름대로 세력을 가지고 계십니다. 분명 저하께 도움이 될 분입니다."

"만나겠습니다. 도와주십시오."

"예, 저하. 그럼 술시(戌時, 오후 7시부터 9시)에 영추문(迎秋門) 앞으로 오십시오. 그곳으로 상선 어른을 모시고 가겠습니다."

해가 질 무렵, 세자는 일찌감치 영추문 앞으로 나갔다. 마음이 조급해 한시라도 빨리 상선을 만나고 싶은 까닭이었다. 해가 지고 어둠이 내려앉았으나 상선은 오지 않았다. 차가운 바람이 옷깃을 파고들었다. 기다리기를 포기하려는 순간, 멀리 등불 하나를 들고 가까이 다가오는 사람들이 보였다. 매창과 상선이었다.

세자 앞에 선 그들은 등불을 내려놓고 예를 갖추었다. 예를 갖추긴 했으나 상선의 표정은 그리 호의적이지 않았다. 무표정한 얼굴로 세자를 바라보던 상선은 매창을 흘낏 바라보았다. 매창이 세자에게 공손히 묵례하고 어둠 속으로 사라졌다.

단둘이 남게 되자, 세자와 상선 사이에 미묘한 공기가 돌았다. 세자는 무겁고 차가운 침묵을 깨려, 부러 밝은 목소리로 입을 열었다.

"와주어서 고맙소. 상선."

"참으로 질긴 목숨이군요."

상선이 피식 냉소를 머금고 대답했다.

"우선, 감사를 전해야겠구려. 지난번 나와 사우의 목숨을 구해줘서 고맙소."

세자는 상선의 냉담한 태도를 못 본 체하고, 정중하게 묵례하며 감사를 표했다.

"세자저하께서, 소인처럼 미천한 이에게 예를 차리시다니…… 물에 빠진 자가, 지푸라기라도 잡는 심정이십니까?"

상선이 눈을 한껏 치뜨고 비아냥거렸다.

"맞소. 내 그대가 선선대왕 때부터 이어온, 궁인 세력의 수장이라 들었소. 내 그대에게 도움을 청하고자, 이리 만남을 청한 것이오."

"소인이 오늘 나온 것은 기대를 버리시라, 그 말씀을 전하러 왔을 뿐입니다. 우리의 도움을 바라지 마십시오. 아무것도 하지 마십시오. 저하는 탐욕스러운 위정자들과 다를 거라 생각하지 마십시오. 저하께서 섣불리 움직이시면, 또다시 궁에 피바람이 불 것입니다. 우리는 그 누구의 편에도 서지 않고, 그 누구에게도 이용당하지 않을 것입니다!"

상선이 매서운 눈길로 세자를 바라보며 칼같이 말했다.

"내 그대를 이용하려는 것이 아니라…… 선택할 기회를 주려는 것이오. 그대 말대로, 나는 대역죄를 저지른 부왕의 아들. 그래도 왕이 되려 하오. 아버지의 잘못을, 왕이 되어 바로 잡으려 하오."

"왕이 되어 속죄할 테니…… 저하를 왕으로 밀어달라는 말씀이십니까?"

"내 그대 앞에 맹세하리다. 백성을 위해, 오로지 그 목적 하나를 위한 왕이 되겠소."

"그리하십시오. 저와는 상관없는 일입니다."

"상선! 언제까지 외면하고 침묵할 것이오? 언제까지 지켜만 볼 것이오! 그저 명령이면 무조건 따르고, 잘못인 줄 알면서 고치지 않고, 겁을 내며 기다리고만 있지 않소? 조정이 이리된 데는, 그대가 아무것도 하지 않은 책임도 있소. 나라가 혼란스러워도, 왕이 죽어도, 백성들이 죽어 나가도…… 아무것도 하지 않았잖소? 그대에게도 속죄할 기회가 온 것이오. 스스로 선택하고 결정하시오. 이번에도 그저 아무것도 하지 않고 지켜만 볼 것이오? 아니면…… 조선의 미래를 위해, 나와 함께 싸울 것이오? 조선의 미래를 위해, 나와 함께해주시오. 상선."

상선은 세자의 말을 곱씹는 듯 잠시 침묵했다. 세자는 참을성 있게 상선의 대답을 기다렸다. 이윽고 상선이 한결 부드러워진 어조로 말문을 열었다.

"짐꽃밭에서 아이들을 구하셨다 들었습니다."

"그렇소."

"만백성을 위해 왕이 되겠다는 분이 고작 십수 명 되는 아이들을 구하고자 자신의 목숨을 건다……? 다시 그런 경우가 생기더라도 아이들을 구하실 겁니까?"

"……."

"대답해 보시지요, 또다시 그런 일이 생길 경우, 한 줌밖에 안 되는 아이들의 목숨을 택하시겠습니까, 만백성을 위해 왕좌로 돌아가는 일을 택하시겠습니까?"

"한 줌밖에 안 되는 아이들의 목숨을 구하는 일이…… 만백성을 구하는 일 아닙니까? 한 줌밖에 안 된다 하여 아이들의 목숨을 가벼이 여기면, 그런 군주가 만백성을 위하는 어버이가 될 수 있겠습니까? 그 한 줌밖에 안 되는 아이들 모두…… 다 어미와 아비, 형제가 있습니다."

세자의 대답을 들은 상선의 표정이 차갑게 굳었다.

'상선이 원하는 대답이 아닌 것인가. 만약 그렇다면 그를 어떻게 설득해야 한다는 말인가. 그를 설득하고자 거짓을 말할 수는 없지 않은가.'

고민하는 세자의 귀에 상선의 무거운 목소리가 들려왔다.

"포기하지 않고…… 끝까지 편수회와 싸울 자신이 있으십니까?"

상선이 깊은 눈빛으로 세자를 응시하며 되물었다.

"제가…… 무엇을 도와드리면 되겠습니까?"

"우선, 대비마마를 만나게 해주시오."

세자의 부탁에 상선은 말없이 고개를 끄덕였다. 세자는 든든해진 마음을 안고 어두운 밤길을 돌아 한성 본부 처소로 돌아갔다.

사흘 후, 세자는 상선의 도움으로 대비를 만날 수 있었다. 좁은 서궁에 유폐된 대비의 얼굴은 말도 못하게 초췌했다. 그녀는 방 안으로 들어서는 세자를 눈으로 보고도 믿기지 않는다는 듯 미간을 찌푸렸다.

"자네가 어찌! 내 분명 죽었다 들었는데……."

"대비마마, 그간 강녕하셨사옵니까?"

세자는 예를 갖추고 자리에 앉았다. 대비는 실눈을 뜬 채, 눈앞에 있는 세자가 진짜 세자가 맞는지 한참을 살피더니, 겨우 냉정을 되찾고 날카롭게 물었다.

"두령 자네가…… 여긴 어쩐 일인가?"

"제가 누구인지 아시지 않습니까?"

세자는 담백한 말투로 물었으나, 대비는 정곡을 찔렸다는 듯 움찔하더니 말을 바꿨다.

"그래, 세자. 내게 무슨 볼일이 남아, 찾아왔느냐? 이 사람이 서궁에 유폐된 꼴을, 구경하러 온 것이냐?"

"마마와 마마의 사람들을 살리기 위해 왔습니다. 편수회의 짐꽃밭이 모조리 불탔습니다. 해서! 짐꽃환이 더는 없습니다. 대책을 세우지 않으면, 마마와 마마의 사람들 모두 열흘 후, 목숨을 잃게 될 것입니다. 그 수가 모두 일흔다섯에 이른다 하옵니다."

"내가…… 그 말을 믿을 것 같으냐!"

"마마를 속일 이유가 없습니다."

"난, 네놈을 죽이려 했다!"

"압니다. 한 번은, 제가 태어나자마자…… 또 한 번은, 협경당에서 이지요."

"그런데 넌…… 날, 살리려 한다? 설사 그 말이 사실이고, 네놈이 날 살린다 해도 내가 고마워할 줄 아느냐? 아니, 죽으면 죽었지! 네놈 따위에게……."

"어마마마!"

위악을 떨어대는 대비의 말을 더는 참지 못하고, 세자가 버럭 소리를 질러 그녀의 말을 막았다. 말문이 막힌 대비가 아랫입술을 덜덜 떨며 세자를 노려보았다. 세자는 안타까운 눈빛으로 그녀의 시선을 맞받아치며 말을 이었다.

"자식이 어미를 살리는데…… 이유가 필요하옵니까?"

"내가…… 네놈의 어미라고?"

"제가 당신 외에, 누구를 어머니라 부를 수 있습니까?"

"……."

"이 세상에 남은 부모는…… 어마마마, 당신 한 분뿐이십니다."

"아니. 나는 자식이 없다! 그래서 선왕의 총애를 영빈에게 다 빼앗겼지! 자식을 낳지 못했단 이유로…… 참고 또 참아야 했던 세월이, 고통이 얼마인데…… 어마마마? 네놈이 지금 누굴 어마마마라 부르는 것이냐! 네놈만 없었어도! 네놈만 태어나지 않았어도!"

대비의 주름진 눈에 눈물이 가득 고였다. 세자는 원망과 증오로 부들부들 떠는 그녀의 손을 따뜻하게 잡으며 입을 열었다.

"소자, 지금껏 어마마마의 고통과 슬픔을 알아드리지 못해 송구합니다. 소자, 너무 늦게 어마마마를 찾아봬 송구합니다."

"난 이제 아무 힘도 남지 않았다. 권력도 사람도, 그 무엇 하나 남지 않았어. 한데, 왜 이러는 것이냐……."

"어마마마가 아니십니까? 유일무이한 이 나라의 대비가 아니십니까? 제발, 소자를 도와주십시오. 어마마마의 도움이 필요하옵니다."

세자가 간곡한 눈빛으로 대비를 바라보았다. 대비의 눈에서 눈물이 주르륵 흘러내렸다. 그 눈물이 맞잡은 모자(母子)의 손 위로 뚝뚝 떨어졌다.

"전하께서 사흘 후 있을 나례(儺禮) 진연 때, 가면을 벗고 모두의 앞에서 소세를 행하겠다고 선포하셨습니다."

한성 본부로 직접 찾아온 상선이 세자에게 올린 첫 보고였다. 세자는 너무 놀라 말문이 턱 막혔다. 이선이가 가면을 벗는다고 직접 말했단 말인가! 그리되면, 이선의 얼굴이 진짜 왕의 얼굴이 되는 것이 아닌가. 대소신료들은 물론이고, 궁인들, 더 나아가서는 조선의 백성들 모두가 가짜를 진짜로 알아버릴 것이 아닌가. 보통 일이 아니다. 왕좌를 영영 잃을 수도 있는 일이다. 세자가 굳은 얼굴로 생각에 잠겨 있는데, 상선 옆에 조신하게 앉아 있던 매창이 걱정이 가득 담긴 목소리로 말했다.

"저하, 아버지와 제가 어떻게든 나례 진연을 막아보겠습니다."

"중요한 건 나례가 아니라, 가면을 벗는 소세일세. 이선이가 가면을 벗어버리면 그만이 아니겠나?"

우보가 고개를 절레절레 흔들었다. 상선과 매창, 광열과 무하, 청운, 곤의 시선이 모두 세자에게 쏠렸다. 이제 결단을 내릴 때였다. 세자가 무거운 침묵을 깨고 또랑또랑한 목소리로 선언하듯 말했다.

"나례 진연이 열리는 날, 거사를 도모할 것이오! 나례 진연이 열리는 날, 문무백관이 한 명도 빠짐없이 입궐할 터……. 그날 그들 앞에서 내가 진짜임을 증명하고, 왕좌로 돌아가겠소!"

세자의 결단이 마음에 들었는지, 탁자에 둘러앉은 모든 이의 표정이 밝아졌다. 세자는 신뢰가 가득한 얼굴의 상선에게 고개를 돌렸다.

"소문을 내주시오. 대목과 가짜 왕의 귀에 들어갈 수 있도록. 그리고 나머지 분들은 처용 의상과 처용탈을 준비해주십시오."

"처용탈은 왜요?"

무하가 고개를 갸우뚱하며 물었다.

"가면을 영원히 벗기 위해, 가면을 쓰고 궐에 들어갈 것입니다!"

나례 진연이 열리는 날 아침, 금군들이 궐문과 근정전 앞을 철저히 지키고 있었다. 광화문을 지키는 금군들은 세자와 우보, 광열, 무하, 청운, 곤의 용모파기를 들고 오가는 사람들의 얼굴을 꼼꼼하게 확인했다. 쥐새끼 한 마리 들어갈 수 없을 만큼 경비가 삼엄했다. 이선과 대목이 사방에 덫을 놓은 것이다. 처용탈을 쓴 다섯 사람은 경비를 서는 금군들의 시선을 따돌리려, 부러 문턱을 넘어서기 전부터 춤을 추기 시작했다.

"네놈들은 왜 탈을 쓰고 있는 것이야?"

용모파기를 든 금군이 묻자, 무하가 코맹맹이 소리를 내며 대답했다.

"나으리, 소인들은 오늘 처용무를 출 광대들입니다요. 이 탈을 벗으면 부정을 타니…… 한 번만 봐주십시오."

"시끄럽다! 어서 탈을 벗지 못하겠느냐! 그리고 춤 좀 그만 추거라! 정신 사납다!"

우보 일행이 어쩔 수 없다는 듯 탈을 벗었다. 금군은 용모파기와 우보 일행의 얼굴을 일일이 비교했다. 그사이, 음식 재료를 실은 수

레가 뒤따라 들어왔다. 금군들은 우보 일행을 상대하느라 음식 재료 수레를 끄는 숙수를 대충 넘겼다.

"음…… 들어가도 좋다."

무사히 통과된 숙수는 검사를 받고 있는 우보 일행을 일별한 후, 궐 안으로 냉큼 들어갔다. "당장 이놈들을 의금부에 끌고 가, 가둬라!" 하는 금군의 우렁찬 목소리가 들려왔다. 고개를 돌려보니, 금군들에게 잡혀 끌려가는 우보 일행의 모습이 보였다. 반항하지 않고 순순히 금군들에게 끌려가던 우보 일행은 음식 수레를 끌고 가는 숙수를 향해 빙긋이 웃어 보였다.

숙수는 음식 수레를 수라간 앞에 내려놓고, 발 빠르게 움직여, 매창이 미리 준비해둔 장소로 달려갔다. 그곳에서 내관복으로 갈아입고, 숙수로 보이기 위해 붙였던 콧수염을 떼어냈다.

본 모습을 찾은 세자는 내관처럼 얼굴을 살짝 숙이고 밖으로 나와 사람들의 시선을 피하며 동궁으로 걸음을 옮겼다.

"경비가 엄중한데, 잘 뚫고 들어오셨군요."

세자가 동궁 침소로 들어서자, 먼저 와 있던 매창과 상선이 안도의 한숨을 내쉬며 말했다.

"고맙소. 그대들 덕분에 내가 무사히 궐로 들어올 수 있었소."

"감사는, 왕좌에 오르신 후에 하십시오. 아직, 이르옵니다."

상선이 냉정한 어조로 세자를 나무라더니 벽에 걸려 있던 용포를

들고 왔다. 세자는 상선과 매창이 미리 준비해둔 용포와 옥대, 익선
관과 청동 가면을 바라보았다. 속에서 뜨거운 무언가가 울컥 치솟았
다. 가면의 진실을 파헤치기 위해 궐을 뛰쳐나간 후, 6년만에 되돌
아온 것이다.

'그래, 아직 감상에 빠질 때가 아니다. 이제 본격적으로 시작인 것
이다.'

세자는 상선의 시중을 받으며 왕의 의관을 갖추었다. 용포를 입
고, 옥대를 매고, 익선관까지 쓴 세자는 마지막으로 청동 가면을 집
어 들었다.

"전하, 이제 정전으로 납시옵소서."

상선이 가면 쓴 세자를 향해 고개를 숙이며 말했다.

세자는 상선과 내관들을 이끌고 태호와 금군들이 포위하고 있는
근정전으로 걸어갔다. 왕의 행렬이 나타나자 태호와 금군들이 예를
갖추며 옆으로 비켜섰다. 의심이라고는 손톱만큼도 없어 보였다.

"주상전하 납시오!"

금군이 큰 소리로 외치자, 왕좌 앞에 도열해 있던 대소신료들이
고개를 숙이며, 세자를 맞았다. 세자는 대소신료들이 만들어준 길을
통과해 천천히 옥좌 앞으로 걸어갔다. 옥좌에 앉아 있던 아바마마의
모습이 떠올라 눈시울이 붉어졌다.

'아바마마, 소자가 돌아왔습니다. 소자, 이 옥좌에 올라 아바마마

의 잘못을 되돌릴 것입니다. 아바마마가 만든 핏자국을 지울 것입니다. 가면 뒤에 숨어 있지 않을 것입니다. 가면을 벗고, 진정한 군주가 될 것입니다.'

19
태항아리

"주상전하께서 하사하신 책이오니, 가례 전까지 숙독하시옵소서."

상선은 으레 그렇듯이 무표정한 얼굴로 서안 위에 책들을 올려놓았다. 《효경》이나 《소학》 같은 예절 교육에 관한 책들이었다. '이대로 정말 중전이 되고 마는 것일까.' 가은은 심란한 표정으로 서안 위에 놓인 책들을 바라보았다. 따끔한 시선이 느껴졌다. 고개를 들어보니 상선이 의미심장한 눈빛으로 그녀를 바라보고 있었다. '뭐지? 더 할 말이 남은 건가?' 하고 바라보는데, 상선이 돌연 자리에서 일어나 방을 나갔다.

상선이 나간 뒤, 가은은 방문 앞을 지키고 앉아 있는 상궁과 나인들을 힐끔 돌아본 후 책들을 살펴보았다. 책들 사이에 끼어 있는 《호산청 일기(護産廳日記)》가 눈에 띄었다. 《호산청 일기》는 조선 왕실의 출산을 기록한 책이었다. 무의식적으로 서책을 집어 드는데, 쪽지 한 장이 서안 위로 뚝 떨어졌다. 화들짝 놀란 가은은 상궁과 나인들을 바라보았다. 다행히 그들은 아무런 눈치도 차리지 못한 것 같았다. 가은은 부스럭거리는 소리를 내지 않으려 조심하면서 쪽지를 펼쳤다.

그분께서, 나례 진연 날, 궐에 들어오십니다.

매창의 필체였다. '나례 진연 날, 저하가 오신다고? 어떻게든 그 전까지 태항아리를 찾아야 하는데!' 가은에게 태항아리에 대해 말해준 사람은 매창이었다. 태항아리에는 세자의 신분을 증명할 수 있는 선왕의 밀지가 들어 있다고 했다. 세자가 다시금 왕좌에 오르기 위해서는 반드시 태항아리를 찾아야 한다고 했다. 그 말을 듣는 순간, 가은은 영빈의 말을 떠올렸다. 동궁 온실에 숨겨둔 태항아리를 찾아 천수에게 전해달라는 유음이었다.

처음 궁녀로 들어왔을 무렵에는 태항아리를 찾기 위해 애썼지만, 그 뒤로 많은 일들을 겪으면서 그 일을 까맣게 잊고 있었다. 가은은 매창의 쪽지를 읽은 이후, 밤마다 태항아리를 찾기 위해 동궁 온실로 숨어들었다. 약초가 심어져 있는 땅을 파고 또 파냈지만 태항아리는 찾을 수 없었다. 그러던 어느 날 밤, 산책을 나온 이선에게 들키고 말았고, 그날 이후 가은은 별궁에 갇혀 옴짝달싹 못하는 신세가 되고 말았다.

가은은 쪽지를 소맷부리에 숨긴 후 《호산청 일기》를 넘겼다. 몇 장을 넘기자 '세자의 태항아리'라는 제목이 붙은 그림이 나왔다. 붉은 바탕에 금빛 용무늬가 새겨진 항아리 그림이었다.

'어떻게든, 상궁과 나인들의 감시를 피해, 동궁 온실로 가야 하는데, 무슨 방법이 없을까?' 하고 고민하는데, 밖에서 "언니!" 하고 부르는 꼬물이의 목소리가 들려왔다. 문이 열리고 나인이 들어와 상궁에게 "꼬물이란 아이가 마마를 뵙고 싶다는데, 어찌할까요?"라며 소곤거렸다. 상궁이 인상을 찌푸리며 단호하게 고개를 가로저었다.

"나인은 어찌 그것을 상궁에게 묻는 것이냐? 이 처소의 주인은 나다! 당장 아이를 안으로 들이거라."

가은이 엄하게 꾸짖자, 상궁이 난처한 표정으로 대답했다.

"마마, 주상전하께서 아무도 들이지 말라, 어명하셨는데……."

"그대는, 내가 누구라 생각하느냐?"

"장차 이 나라의 국모가 되실 분이옵니다."

"그대 말대로, 난 중전이 될 몸! 주상전하께서 가례를 앞두고, 혹 무슨 일이라도 생길까 금족령을 내리셨거늘……. 한데 겨우 여섯 살 난 아이의 출입을 막다니! 네가 감히 날 업수이 여기는 것이냐?"

"그런 것이 아니옵니다, 마마."

"어서 아이를 들이지 못할까!"

가은의 기세에 눌린 상궁이 고개를 주억거리다가 어쩔 수 없다는 듯 자리에서 일어났다. 문이 열리고 꼬물이가 귀여운 얼굴로 쪼르르 달려와 가은의 품에 쏘옥 안겼다.

"다들 밖으로 물러가 있어라."

가은은 꼬물이를 품에 안은 채 위엄 있는 목소리로 명을 내렸다. 상궁과 나인들은 서로의 눈치를 살피다가 할 수 없다는 듯 밖으로 나갔다.

단둘이 남게 되자, 꼬물이가 한결 편해진 얼굴로 가은을 올려다보았다.

"언니, 궐 안은 몹시 답답해. 뛰지도 못하게 하고, 언니도 마음대로 만나지 못하게 하고."

"응. 그랬구나. 꼬물이가 많이 답답했구나……."

가은이 쓸쓸한 표정으로 꼬물이의 머리를 쓰다듬었다.

"언니, 목소리가 슬퍼. 무슨 고민 있어?"

"꼬물아, 언니가 꼬물이 도움이 필요해."

"응. 꼬물이가 도와줄게."

"꼬물이는 약초를 구분할 줄 알지?"

"응. 언니가 옛날에 다 가르쳐줬잖아. 우리 약초방에서 팔던 약초들은 어떻게 생겼는지 다 알아."

"꼬물아, 지금 내의원에 가서, 산조인(酸棗仁)과 미초향(美草香)을 한 움큼씩만 가져다줄래?"

"산조인과 미초향? 뭐에 쓰는 건데?"

"미초향은 졸음이 오는 향이고, 산조인은 졸음을 쫓는 차야."

"응, 알겠어."

"꼬물아, 다른 사람들한테 부탁하지 말고, 꼬물이가 직접 가져다 줘. 할 수 있겠니?"

"응! 문제없어."

꼬물이가 눈빛을 빛내며 씩씩하게 밖으로 나갔다.

다음 날 오후, 가은은 꼬물이가 가져다준 미초향을 향로에 꽂았다. 불을 붙이자 미초향에서 하얀 연기가 피어올랐다. 일각(一刻)이 지나자 문을 지키고 앉아 있던 상궁과 나인들이 하품을 하기 시작했다.

"마마. 향이 너무 짙은 듯하옵니다. 잠깐 창을 열어 환기를 시키겠습니다."

상궁이 하품으로 눈물을 찔끔찔끔 흘리면서 말했다.

"그냥 두게. 주상전하께서 하사하신 귀한 침향일세. 머리를 맑게 하고, 심신을 안정시킨다 하셨네."

가은은 혼자서 차를 홀짝이며 시치미를 떼고 말했다.

마침내 상궁과 나인들이 곯아떨어졌다. 가은은 향로의 뚜껑을 덮어 향을 끄고 문을 활짝 열어 환기를 시켰다. 미초향의 효능은 길어 봐야 두 시진이었다. 어떻게 해서든 그 안에 태항아리를 찾아야 했다. 가은은 매창이 미리 준비해준 나인복으로 갈아입고 별궁을 나섰다.

상궁과 나인들이 깨어나기 전에 태항아리를 찾아야 한다는 압박 감에 마음이 초조했다. 이제는 파헤칠 땅도 없었다.

'혹시 땅속이 아니라면? 내가 왜 태항아리가 묻혀 있다고만 생각했지? 영빈 자가께선 분명 묻혀 있다고 하지 않고 숨겨져 있다 하셨어. 어딘가에 숨겨져 있다면…….'

생각을 전환하자마자, 가은의 시야로 온실 벽에 설치된 선반이 들어왔다. 가은은 서둘러 선반으로 다가갔다. 선반 위에는 수십 개의 항아리들이 진열되어 있었다. 백자로 된 소박한 항아리부터 화려한 무늬가 그려진 항아리까지 종류도 다양했다.

"색깔과 무늬는 바꿀 수 있어도…… 태항아리의 형태, 형태만은 절대 바꿀 수 없어. 태항아리는 분명 이 중에 있어."

가은은 혼잣말을 중얼거리며 항아리들을 꼼꼼히 살펴보았다. 하지만 그 어디에도 검붉은 바탕에 금빛 용무늬가 새겨진 항아리는 없었다.

"없어. 어떡하지? 곧 나례 진연이 시작될 텐데!"

그때였다. 선반 밑에 먼지가 그득 쌓인 항아리 하나가 눈에 들어왔다. 궁중 물건이라기보다 사가에서 쓰는 보통의 항아리였다. 가은은 무심한 눈길로 항아리 속에 손을 넣어보았다. 지푸라기만 잔뜩 들어 있을 뿐, 특별한 단서는 찾기 힘들었다.

"이런 곳에 있을 리가 없지!"

중얼거리며 손을 빼려는 순간, 가은의 머릿속에 항아리를 오래 보존하기 위해 지푸라기를 이용한다는 항간의 속설이 떠올랐다. 지푸라기로 습도를 조절한다는 것이었다.

가은은 눈에 띄는 돌멩이를 주워 항아리를 향해 힘껏 내던졌다. 쨍그랑! 소리와 함께 항아리가 깨지면서 안에 있던 지푸라기들이 바닥으로 흩어졌다. 지푸라기들을 손으로 헤치자, 작은 항아리 하나가 손에 잡혔다. 검붉은 바탕에 금빛 용무늬가 새겨진 태항아리였다. 태항아리에는 '영빈전 원자 아기씨 태야'라고 적인 작은 패(牌)도 달려 있었다.

"드디어 찾았다! 세자저하, 제가 드디어 저하의 신분을 증명해줄 태항아리를 찾았습니다!"

가은은 태항아리를 품에 꼭 안고 감격에 겨워 중얼거렸다.

20
진짜와 가짜

"멈춰라! 저자는 가짜다! 내가 진짜 왕이다!"

이선은 용상에 오르기 위해 한 발을 내딛는 세자를 향해 고래고래 소리를 질렀다. 세자가 예상했다는 눈빛으로 이선을 돌아보았다. 대소신료들이 가면을 쓰고 있는 두 명의 왕을 번갈아 바라보며 경악을 금치 못했다.

"경들은 무얼 하시오? 어서 가짜를 끌어내시오!"

이선은 초조하고 불안한 마음을 숨긴 채, 우왕좌왕하는 신하들을 향해 냅다 소리쳤다. 세자가 묘한 눈빛을 빛내며 그를 향해 다가왔다. 이선은 한 치의 물러섬도 없는 팽팽한 시선으로 세자를 노려보았다.

"가짜라니…… 내가 진짜다. 내가, 이 나라 조선의 왕이다!"

세자의 말투와 눈빛은 올곧고 당당했다. 이선은 고개를 돌려 좌중을 둘러보았다. 혼란스러운 표정으로 두 명의 왕을 번갈아 보고 있는 영의정 주진명과 좌의정 허유건, 우의정 최성기, 사섬시 제조 태호의 모습이 눈에 들어왔다.

'그래, 내게는 저들이 있다. 저들이 분명 내 편을 들어줄 것이야. 왜냐하면, 내 뒤에는 대목이 있거든!'

편수회원들을 보자 자신감이 붙은 이선은 또 다른 곳으로 시선을 돌렸다. 처용무복을 입고 있는 우보와 광열, 무하와 청운, 이름 모를 또 다른 사내가 우직한 표정으로 서 있었다.

'금군들에게 추포되어 의금부로 압송되었다더니, 어떻게 여기 와 있는 것이야! 저들은 세자 편을 들것이 분명한데, 저들만 없었어도!'

이선의 심장이 다시금 불안하게 쿵쿵 뛰었다. 그때였다. 영의정 주진명이 상황을 정리하려는 듯 한발 앞으로 나서며 입을 열었다.

"덧문을 모두 내리고, 아무도 들어오지 못하게 하라!"

주진명의 명이 떨어지자, 금군들이 근정전의 모든 문을 닫았다. 어둑한 정적이 근정전 안에 가득 드리워졌다. 주진명이 세자와 이선을 향해 묘한 미소를 지으며 물었다.

"두 분 중, 어느 분이 주상전하시옵니까? 어느 쪽이 진짜이신지 부디 증명해 보시옵소서."

주진명의 말이 끝나기가 무섭게 세자가 나섰다.

"하면, 과인이 먼저 증명하리다. 형판!"

세자는 어리둥절한 표정으로 서 있는 형조판서를 향해 뚜벅뚜벅 걸어가 말을 걸었다.

"과인이 어릴적 형판의 신발에 닥풀을 발라놓았는데 기억하시오? 그때 신발을 벗지 못해 곤욕을 치르지 않았소?"

"예! 기억하옵니다. 전하께오서 어린 시절 장난이 심하셨지요. 당시 영빈 자가께서 소신에게 새 신을 하사하셨는데, 그 신이 아직도 소신의 집에 있사옵니다."

형조판서의 대답을 들은 대소신료들이 술렁이기 시작했다. 판세가 세자 쪽으로 기울고 있었다. 그러나 형조판서와의 기억이라면 이선에게도 있었다.

"형판! 얼마 전 과인에게 혼천의(渾天儀)를 바쳤던 걸 기억하시오?"

"예, 기억하옵니다. 지금 대국 사신으로 가있는 직제학이 보내준 것이지요."

형조판서가 난감한 얼굴로 대답했다. 성질 급한 허유건이 버럭 성을 내며 끼어들었다.

"형판 대감! 두 사람 말이 다 맞다고 하면, 대체 진짜와 가짜를 어찌 구분하란 말이오?"

250

대소신료들이 또다시 웅성거리기 시작했다.

'이보시오, 세자저하! 내가 당신에게 질 줄 아시오? 절대로 당신에게 왕좌를 내주지 않을 것이오! 결코 가은 아가씨를 당신에게 보내지 않을 것이란 말이오!'

이선은 마음 가득 분을 품은 채 세자를 노려보았다. 세자의 눈빛은 어떤 순간에도 흔들리지 않겠다는 듯 결의에 차 있었고, 무엇보다 침착했다.

"거, 참 답답하네…… 가면을 벗어보라 하십시오. 맨얼굴을 보면 단박에 알 수 있을걸, 뭘 그리 복잡하게…… 어서 저 두 사람 가면을 벗겨보십시오!"

사섬시 제조이자 양수청장 태호가 불쑥 끼어들었다. 태호는 이선의 맨얼굴을 알고 있었다. '저자가 나를 도와주려 하는 것인가?' 이선이 돌아보자, 태호가 그렇다는 듯 한쪽 눈을 깜박이며 신호를 보내왔다.

"양수청장은 여기 있는 사람들을 다 바보로 아시오? 누구도 주상전하의 용안을 알지 못하는데, 가면을 벗는다 한들 무슨 의미가 있소!"

병조판서가 혀를 차며 태호의 오류를 지적했다.

"그야 주상전하의 용안은 우리가 모르지만…… 가짜 놈 얼굴은 우리가 알지도 모릅니다."

태호가 불뚝한 성질을 드러냈다.

"과연…… 저 말도 일리가 있구려."

주진명이 잠시 생각에 잠긴 듯 가만히 있다가 상선을 불렀다.

"상선, 두 분의 가면을 벗기시오!"

이때, 세자가 불쑥 목청을 높였다.

"그럴 필요 없소! 우리는 함께 이 가면을 벗을 것이오!"

세자는 이선을 깊이 눌러보다가 먼저 가면을 벗기 시작했다. 이선
은 재빨리 머리를 굴렸다.

'이곳에 나의 맨얼굴을 아는 사람은 양수청장 태호와 호위무사
현석뿐이다. 그러나 세자의 맨얼굴을 아는 사람은 수없이 많다. 그
들이 아는 세자의 맨얼굴은 보부상 두령의 얼굴이지!'

여기까지 생각한 이선은 회심의 미소를 지으며 가면을 벗었다. 모
든 이의 시선이 가면을 벗은 세자와 이선을 향해 쏟아졌다.

"다들 보십시오! 저자는 보부상 두령입니다! 저자가 가짜입니다!"

태호가 기다렸다는 듯 세자를 손가락질하며 부르짖었다.

"감히 보부상 두령 따위가, 주상전하를 사칭한 것이냐? 뭣들 하는
것이냐! 당장 가짜를……."

주진명이 세자에게 호통을 쳤다.

"모두 들으시오! 나는 진짜 세자이며, 또한 보부상 두령이 맞소!"

세자가 주진명의 말을 자르며 당당한 어조로 외쳤다. 순간 모두의

시선이 세자에게 집중되었다. 이선은 당장이라도 세자의 입을 틀어막고 싶었으나, 상황이 상황인지라 아무것도 할 수 없었다. 세자의 말이 이어졌다.

"내가 지난 6년간 보부상 두령으로, 궐 밖에 있었던 것은 6년 전, 선왕께서 편수회 대목에게 시해당하셨기 때문이오! 대목이 선왕을 시해하고, 나를 가짜와 바꿔치기했소!"

선왕이 시해됐다는 말에 또다시 분위기가 술렁였다.

"새빨간 거짓말이다! 부왕께서 시해당하셨다면, 왜 그 기록이 남아 있지 않겠느냐?《승정원 일기》를 전부 뒤져 보거라! 어디에 그런 기록이 남아 있는지!"

이선이 소리치자, 분위기가 다시금 이선 쪽으로 기우는 듯했다. 그때, 전 이조정랑 박무하가 입바른 소리를 늘어놓았다.

"역사란 원래 승자의 기록! 임금님도 시해하는 마당에, 기록이야 얼마든지 조작할 수 있었겠지요! 안 그렇습니까?"

"저놈 말이 거짓이고, 과인이 진짜라는 사실을 증명해줄 분이 계신다! 어서 가서 대비마마를 모셔 오너라! 대비마마라면, 분명 모든 진실을 알고 계실 것이다!"

이선의 말에 모두가 일리가 있다는 듯 고개를 끄덕였다. 이선은 기세등등한 눈빛으로 세자를 노려보았다. 세자의 눈빛이 크게 동요하며 흔들렸다.

이선은 대비의 발목을 확실히 잡고 있다고 확신했다. 그를 등진다는 것은 대목을 등진다는 것이고, 그것은 짐꽃환을 받지 못한다는 의미였다. 이미 짐꽃환에 중독되어 있는 대비로서는 선택의 여지가 없었다.

"대비마마 납시오!"

문이 열리고, 화려한 당의를 입은 대비가 굳은 표정으로 들어섰다. 모든 사람들이 긴장한 표정으로 대비를 바라보았다. 대비는 속을 알 수 없는 얼굴로 근정전 안을 한번 훑어보더니 대소신료들을 지나 세자와 이선 쪽으로 다가왔다.

"어서 오십시오. 대비마마. 나라의 명운이 마마의 손에 달렸사옵니다! 6년 전 선왕께서 돌아가시던 날, 그날 있었던 일을 증언해주십시오!"

이선은 교활한 미소를 지으며 대비의 증언을 기다렸다. 대비는 깊은 눈빛으로 잠시 침묵하다가 무겁게 입을 열었다.

"오늘에서야 이 사람이…… 대소신료들 앞에서 진실을 밝힙니다. 모두 똑똑히 들으세요. 선왕께서는 시해를 당하셨습니다. 6년 전, 대목은 살수들을 이끌고 궐에 들어와 선왕을 시해하고, 진짜 세자를 가짜와 바꿔치기했지요. 이 사람, 그날 일을 똑똑히 기억합니다. 우상이 직접 대목에게 궐문을 열어주었지요. 아니 그렇습니까, 우상?"

대비가 우의정 최성기를 바라보며 물었다. 최성기는 곤란한 표정으로 대비의 시선을 피하며 대답했다.

"이 사람은…… 기억이 나질 않습니다."

"뒤늦게 내게 달려와 보고를 해놓고, 기억이 나질 않는다고요? 그때 이 사람이 우상에게 얼마나 화를 냈는지, 정녕 기억이 나지 않으십니까!"

대비가 역정을 내자, 최성기가 기어들어 가는 목소리로 변명했다.

"그…… 그것이 정말 기억이 나질 않습니다. 이 사람도 사실 고령이고 요즘 들어 건강이 매우 안 좋은 상태라, 기억력이 예전만 못합니다. 해서 기억이 안 나는 걸 안 난다고 하는 것인데……."

"이 사람, 대목이 가짜를 왕으로 앉힌 사실을 알았지만, 진실을 밝히면 또 한번 조정에 피바람이 불 것이 두려워, 감히 그 일을 들춰낼 수 없었습니다. 모두 이 사람의 잘못입니다. 대소신료들은 들으세요. 이쪽이 진짜 세자입니다!"

대비의 손가락이 세자를 지목했다. 이선은 분기탱천한 눈빛으로 대비를 죽일 듯 노려보았다. 너무 열이 받은 나머지 입술에 경련이 일어 씰룩거렸다. 세자 쪽으로 판세가 기울어지자, 주진명이 안 되겠다 싶었는지 대비를 향해 날카로운 질문을 던졌다.

"어찌 그리 확신하시옵니까? 마마께서도 세자저하의 얼굴은 본

적이 없지 않으시옵니까?"

"이 사람은 세자의 어미입니다! 어미가 자식을 어찌 몰라보겠습니까?"

대비가 따사로운 눈빛으로 세자를 돌아보며 대답했다. 세자를 보는 대비의 표정에는 위선도 가식도 없었다. 진짜 자기 자식을 바라보는 어머니의 얼굴이었다. 이선은 충격과 배신감에 부들부들 떨며 대비와 세자를 쏘아보았다.

"세자저하가 진짜라는 증거는 또 있습니다. 진짜 세자저하께서는 독에 중독당하면 명현반응이 일어납니다."

지금까지 말 한마디 없이 가만히 있던 우보가 처음으로 말문을 열었다. 좌중의 시선이 우보에게 쏠렸다. 우보의 말이 이어졌다.

"세자저하께선 스스로 독을 이겨낼 수 있는 피를 가지고 있습니다. 태어나시던 날 맹독에 중독당해, 얻게 된 능력이지요."

"독이라니요? 그런 소리는 또 처음 듣습니다. 세자저하께서는 그저 깊은 병환에 걸리시어……."

"모두 저하가 신열을 앓았다 알고 있지만, 실은 독에 당하신 것입니다. 그날…… 그 자리에 저 또한 함께 있었습니다."

우보는 병조판서의 반론을 가차 없이 자르며 확신에 찬 어조로 말했다.

"어디서 거짓을 고하시오! 이판은 세자저하가 태어나던 날, 시료를 잘못한 죄를 문책당해, 당시 어의였던 자와 함께 파직을 당하지 않았소!"

역시나 이번에도 주진명이 나서서 우보의 말문을 막아버렸다.

"세자는! 독을 당한 게 맞습니다."

대비가 불쑥 끼어들었다. 모두의 시선이 다시금 대비에게 쏠렸다. 주진명이 이 질문에는 대답을 못 하겠지 하는 회심 어린 눈빛으로 대비를 노려보며 물었다.

"하면, 감히 저하께 독을 쓴 자가, 대체 누구란 말입니까?"

"그것은, 바로⋯⋯ 이 사람입니다. 이 사람이 대목과 손을 잡고⋯⋯ 세자를 독살하려 하였습니다."

"그 말을 어찌 믿습니까? 마마께선 지금 서궁에 유폐되셨던 일로, 대목 어르신을 해코지하려는 게 아닙니까? 세자저하께서 중독당했다는 증좌라도 있습니까?"

대비가 자신의 죄를 솔직하게 고백하자, 당황한 주진명이 어깃장을 놓았다.

"있소이다! 명현반응! 명현반응이야말로 증좌입니다! 진짜 세자저하께서는 독을 당하면, 왼쪽 어깨에 선이라는 글자가 나타납니다."

우보가 자신만만하게 대답했다.

"그런 이야기는! 궐내 어느 기록에도 없소! 멋대로 지어낸 허무맹랑한 이야기가 아니란 걸, 어찌 증명합니까?"

허유건의 질문에 우보가 대답을 찾지 못해 쩔쩔매기 시작했다. 주진명과 태호가 기회를 놓칠세라 힘을 모아 우보를 압박했다.

"어서 명현반응에 대한 증좌를 내놓으십시오!"

"증좌를 내놓지 못하는 걸 보니, 거짓인 게 틀림 없소!"

판세가 다시금 이선 쪽으로 기울었다. 이선은 수세에 몰린 우보와 세자를 바라보며 야비한 눈빛을 번뜩였다. 그때였다. 갑자기 밖에서 가은의 목소리가 들려왔다.

"대비마마! 주상전하의 신분을 증명할 증좌를 가지고 왔습니다!"

* * *

대비의 명에 따라, 근정전 문이 활짝 열렸다. 가은이 비장한 얼굴로 작은 항아리를 들고 들어왔다. 이선은 핏발 선 눈으로 가은을 바라보았다. 손도 옷도 온통 흙투성이였다. 순간 이선의 뇌리에 동궁 온실에 숨어 흙을 파헤치던 가은의 모습이 떠올랐다.

'아! 저것이었나. 그토록 애타게 찾던 물건이 저 항아리였단 말인가. 그래, 결국…… 세자로구나. 내가 어떻게 해도, 가은 아가씨의 마음을 돌릴 수가 없구나.'

패배감이 몰아치자 오히려 독기가 생겼다.

"세자저하의 신분을 증명할 증좌를 가지고 왔습니다!"

가은은 결연한 태도로 좌중을 둘러보며 또박또박 말했다.

"너는 대체 누구냐?"

형조판서가 눈살을 찌푸리며 물었다. 가은이 카랑카랑한 목소리
로 자신의 신분을 밝혔다.

"저는 6년 전 참수당한 한성부 서윤 한규호의 여식, 한가은입니
다. 선왕께서 시해되시던 날, 저는 영빈 자가를 뵙고 있었습니다. 영
빈 자가께서 돌아가시기 직전, 이 태항아리의 존재를 제게 가르쳐
주셨습니다. 이것이 세자저하의 태항아리입니다! 이 안에 저하의
신분을 증명할 증좌가 들어 있으니, 확인해보십시오!"

말을 마친 가은은 대비에게 태항아리를 전했다. 대비가 태항아리
안에 손을 집어넣고 작은 함 하나를 꺼냈다. 함 뚜껑을 열자 서찰 하
나가 들어 있었다.

세자는 독에 중독될 시, 왼쪽 어깨에 '煊'이라는 자신의 이름이
붉은색으로 드러난다. 세자의 이 비밀을 태항아리에 봉인하니 이
비밀은 편수회와 맞서 싸울 유일한 적통, 세자를 증명할 증거가
될 것이다.

큰 소리로 서찰을 읽은 대비가 서찰을 펼쳐 보이며 덧붙였다.

"이 문서는 분명 선왕의 필체로 쓰여 있으며, 선왕의 어보가 찍혀

있습니다. 의심 가는 자, 누구라도 나와 이 문서를 확인해보세요. 진짜 세자는 독에 중독되면, 왼쪽 어깨에 붉은색으로 선이란 글자가 나타난다 합니다! 상선, 독배를 준비하세요."

"예, 대비마마."

상선은 부리나케 달려가 구석에서 독배가 놓인 쟁반을 들고 돌아왔다. 이선은 기가 막혔다. 모든 사람들이 자기를 죽이려고 일을 꾸민 것 같았다. 마치 치밀한 극본처럼 느껴졌다. 대비가 상선이 가지고 온 독배를 높이 들어 올리며 말했다.

"이것은 독이 든 잔입니다! 진짜 세자라면 독을 마셔도, 명현반응을 보이며 살아남을 터! 둘 중 살아남는 자, 그자가 바로 진짜 세자이며, 이 나라 조선의 진정한 왕입니다! 네가 진짜라면! 스스로 증명해 보이거라!"

대비는 이선에게 독배를 내밀며 강하게 몰아붙였다.

"왜 마시지 못하는 것이냐? 네가 진짜 세자, 진짜 이 나라의 군주라면 이 독을 마시고, 진짜란 걸 만천하에 증명해 보이란 말이다!"

이선은 독기 어린 눈빛으로 독배를 받아들었다. 마음과는 달리 독배를 쥔 손이 부들부들 떨려왔다. '그래, 얼마든지 죽어주마. 가짜로 살아남느니, 차라리 진짜로 죽겠다! 너희가 짜놓은 극본에 놀아나 죽는다마는, 내 귀신으로 남아 너희를 저주할 것이다!'

독을 품은 마음으로 독을 마시려는 그 순간, 세자가 이선의 손을 붙잡았다. 이선이 놀라 바라보자, 세자는 묵묵한 표정으로 이선의 손에서 독배를 가져갔다. 그러고는 독이 든 잔을 단숨에 들이켰다. 잠시 후, 독이 퍼지는지 세자가 가슴을 부여잡고 바닥으로 주저앉았다. 이선은 이 상황을 어떻게 받아들여야 할지 갈피를 잡을 수 없었다. 세자는 격렬한 고통에 진땀을 흘리면서도 자세를 흐트러트리지 않으려 애썼다.

"세자는 왼쪽 어깨를, 모두에게 내보이세요."

대비의 명이 떨어지자, 우보가 다가가 세자의 옷자락을 내렸다. 모두가 숨죽이며 세자의 왼쪽 어깨를 바라보았다. 거짓말처럼 그의 어깨에 글자가 드러났다.

煊

세자의 이름이었다.

"잠깐 세상을 속일 수 있을지 모르나…… 거짓으로 참을 이길 순 없음이야……."

우보가 안타깝다는 듯 이선을 바라보았다. 이선은 모멸감에 얼굴을 붉히며 우보를 사납게 노려보았다. 대비의 목소리가 들려왔다.

"이제, 모든 진실이 밝혀졌습니다. 뭣들 하십니까? 어서 가짜를 추포하세요!"

대비의 명이 떨어졌으나, 누구 하나 움직이려 들지 않았다. '그럼 그렇지! 나를 건드리는 것은 곧 대목을 건드리는 것이야! 너희 중 대목의 손아귀에서 자유로울 사람이 몇 명이나 돼?' 하는 생각이 들자, 이선은 웃음이 났다.

"키키킥!"

이선의 광기 어린 웃음소리가 근정전 안에 울려 퍼졌다. 모두의 시선이 이선에게 집중되었다. "여기 이놈이 진짜 세자라 해서…… 뭐가 달라지는데? 모두! 이날 이때까지 내게 머리를 조아리던 분들 아니시오? 처음부터! 대비마마께서도 다 알고 계셨지 않았습니까? 그래, 이자가 선왕의 핏줄! 적통의 세자라 칩시다! 허나 그깟 정통성이…… 그대들 목숨보다 중한 것이오?"

이선이 조소 띤 얼굴로 이죽거리자, 주진명이 '옳거니!' 하고 선동하듯 말했다.

"맞소! 대목 어르신께서 정한 이가 바로 왕이오! 누가 여러분의 목숨 줄을 쥐고 있는지, 잘 떠올려보시오!"

짐꽃환에 중독되어 있는 사람들이 하나둘 이선 편으로 기울기 시작했다.

'이 얼마나 비겁하고 졸렬한 태도인가. 참과 거짓? 진짜와 가짜? 그런 것들이 목숨 앞에서 무슨 소용이 있단 말인가!'

이선의 입에서 다시금 광기 어린 웃음이 터져 나왔다.

"영상의 말이 옳소. 세상에 목숨보다 중한 것이 어디 있겠소? 결코 여러분들이 비겁한 것도, 용기가 없는 것도 아니오. 허나 지금 여러분은 진실을 알지 못하오! 대목은 이제 짐꽃환을 가지고 있지 않소! 그가 소유하던 짐꽃밭은 모두 불탔고, 이제 그는 짐꽃환으로 조정을 뒤흔들 수 없소이다!"

순간 짐꽃환에 중독되어 있는 모든 사람들이 경악을 금치 못했다. 충격적인 사실에 이선도 그대로 얼어붙고 말았다. 처음부터 끝까지 이선 편을 들던 주진명은 심히 당황한 표정으로 허둥거렸다.

"이런 말도 안 되는 헛소리가 있나! 짐꽃밭이 불탔다니!"

"상선! 편수회의 살생부를 가져오시오!"

세자가 침착한 목소리로 주진명의 말을 자르며 상선에게 명령했다. 상선이 품속에서 살생부를 꺼내더니 세자에게 공손히 건네주었다.

"이것은 짐꽃밭이 불탄 후, 편수회가 만들어낸 살생부! 대목은 편수회원이라 하더라도, 모두를 살릴 생각이 없소!"

세자는 살생부를 펼쳐 들더니, 안에 기록되어 있는 이름을 호명하기 시작했다.

"허유건! 계유년 동짓달 처음 편수회원이 된 자! 매사에 주도면밀

하여 편수회에 세운 공이 있으나, 몰래 자신의 여식을 중전으로 올리려 한 죄가 무겁도다. 사(死)!"

새파랗게 질린 허유건이 정신 나간 사람처럼 주진명에게 다가가 물었다.

"사? 죽을 사? 영상대감, 설마…… 저 살생부에 내 이름이 올라 있는 겁니까?"

"좌상대감! 저자의 거짓부렁에 속아 넘어갈 생각이오?"

주진명이 심히 당황하여 말을 얼버무렸다. 허유건이 이번에는 태호 앞으로 다가갔다.

"네놈은 짐꽃밭을 관리하니 진실을 알겠지. 진실을 말하거라! 정말 짐꽃밭이 불탔느냐? 이제 와 진실을 속일 수 있을 것 같으냐? 당장 말하지 못할까!"

"아…… 알았소. 내가 진실을 말할 테니까…… 이리 흥분하지 마시고……."

태호는 말하기를 주저하며 슬금슬금 눈치를 보다가 허유건을 피해 다급히 도망쳤다.

"저놈을 잡아라!"

허유건이 핏대 선 얼굴로 금군들을 향해 소리쳤다. 그러나 금군들은 누구의 명령을 들어야 할지 갈피를 잡지 못했다. 법도와 규율이 무너지고 모든 것이 붕괴되었다. 이런 혼돈 상황에서 누가 누구의 명을 지키고 따르겠는가.

허유건은 바람처럼 사라져버린 태호에게서 등을 돌리고 세자에게 다가갔다.

"정말 대목 어르신이…… 살생부를 만들었습니까?"

"짐꽃환 해독제의 물량에는 한계가 있소. 모두, 일흔다섯 명의 대소신료들이 앞으로 닷새 안에 목숨을 잃게 되오."

세자의 대답을 들은 허유건은 충격에 휩싸인 듯 손으로 머리를 짚으며 몸을 휘청거렸다. 허유건의 행동으로, 도화선에 불이 붙은 듯 수많은 대소신료들이 세자에게 몰려들었다. 그들은 앞다투어 살생부에 제 이름이 있는지를 물었다. 그야말로 아수라장이었다.

"모두들 경거망동 말고! 살고 싶으면 이 사람 말을 들으세요!"

대비의 쩌렁쩌렁한 목소리가 근정전을 가득 울렸다. 세자 주위에 몰려 있던 사람들이 일순 입을 다물고 대비를 돌아보았다. 대비의 말이 이어졌다.

"이 사람 또한 짐꽃환에 중독된 사실을 모두 아실 겁니다. 이제 우리 모두가 살 방도는 단 하나뿐입니다. 진짜 왕을 맞이하는 것! 진정한 군주를 믿고, 그에게 우리의 목숨을 맡기는 것!"

대비는 잠시 말을 멈추고, 세자를 향해 천천히 다가섰다. 세자를 둘러싸고 있던 이들이 쫙 갈라지며, 대비에게 자리를 내주었다.

"이제 세자만이 우리의 유일한 희망입니다. 모두를 살리시겠습니까?”

　“살릴 것입니다. 무슨 수를 써서라도 해독제를 만들어, 모두의 목숨을 살리겠습니다.”

　세자가 결연한 의지를 내보이며 말했다. 대비가 믿음직스럽다는 듯 세자를 바라보다가 신하들을 향해 고개를 돌리고 물었다.

　“모두, 세자의 말을 들었습니까? 이 사람과 함께 진짜 세자를 왕으로 옹립하겠습니까?”

　“예, 대비마마.”

　“뭣들 하느냐? 어서 가짜를 끌어내지 않고!”

　순식간에 모든 혼돈이 정리되었다. 금군들은 대비의 명이 떨어지자마자 일사분란하게 움직여 이선의 양팔을 포박했다.

　“나만 끝났다고 생각하지 마라! 해독제를 못 만들면, 네놈들도 어차피 죽은 목숨이다! 해독제 비방은 어차피 대목밖에 몰라! 네놈들 모두 나와 같이 죽는 거다! 이놈들! 내게 이러고도 무사할 성싶으냐? 내가 진짜다! 내가 진짜 왕이란 말이다!”

　금군들에게 끌려 나가는 이선의 시야에 가은의 얼굴이 들어왔다. 가은은 울고 있었다.

　‘가은 아가씨! 지금 누구를 위해 우는 것입니까! 날 위한다면 울지 마십시오! 웃으십시오! 더는 나를 비참하게 만들지 말라는 말입니다!’

266

이선은 비참함과 절망감을 감추려 더욱더 발버둥치고 패악을 부
렸다. 고개를 쳐들고 하늘을 노려보며 절규하다가, 고개를 숙여 땅
을 바라보며 웃음을 터트렸다.

第五部

"짐꽃환 하나는 사람을 중독시키나,

세 개라면 그 누구도 살아남지 못하지······."

"짐꽃환을 먹은 것이오?"

"물은 위에서 아래로 흘러야 한다는 세상에서······

내, 거꾸로 솟구쳐 보았다. 비록 다시 떨어지긴 했으나

세상을 거스른 것을 후회하진 않는다.

내, 저승에서······ 네가 이 조선을 어찌 바꾸는지 똑똑히 지켜보마."

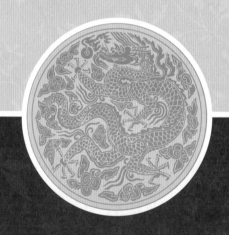

21
사람을 살리는 길

정치란 무엇이고, 진정한 군주란 무엇인가.

옥새 함을 받아들고 옥좌에 오른 진짜 왕, 선(煊)이 스스로에게 던진 질문이었다. 왕은 국가의 존망(存亡)이 달린 순간에 나라의 운명을 결정할 수 있는 존재다. 왕이 잘못된 마음을 먹으면 나라는 망할 것이고, 바른 마음을 먹으면 나라는 흥할 것이다. 선은 두렵고 떨리는 마음으로 조심스럽게 결심했다. 어떤 결정을 하던, 그 배후에는 '권력'이 아니라 '백성'을 둘 거라고. 권력을 위한 정치가 아니라, 사람을 살리기 위한 정치를 할 것이라고.

그의 마음이 전해진 것일까. 수많은 대소신료들이 그를 향해 양손을 올리고 환호했다.

"천세, 천세, 천천세!"

"모두 들으시오. 과인이 이제 이 나라의 왕으로서, 첫 번째 윤음(綸音)을 내리겠소! 모든 대소신료들은 힘을 모아, 닷새 안에 짐꽃환의 해독제를 만들어 내시오. 이를 위해, 내의원의 모든 의원과 의녀들은 물론이요, 재야에 있는 명의와 의술을 아는 모든 이들이 힘을 합칠 것을 명하오."

선은 깊고도 울림 있는 목소리로 옥좌 앞에 도열해 앉아 있는 대소신료들을 향해 말했다. 그의 말을 경청하는 대소신료들의 태도는 크게 세 부류로 나뉘었다. 주진명과 허유건을 비롯한 편수회원들은 왕이 무슨 말을 하든 귀담아 듣지 않았다. 왕을 바라보는 그들의 시선에는 확실한 적의가 있었다. 반면에 우보와 광열, 무하, 청운, 곤의 눈빛은 반짝반짝 빛이 났다. 그들의 눈에는 새로운 정치에 대한 기대와 진짜 왕에 대한 신뢰가 가득 들어 있었다. 그리고 남은 한 부류는 뚜렷한 정론도 정당도 세력도 없는 부류였는데, 그들은 왕을 향한 확실한 적의도 호의도 없었다. 왕을 바라보는 그들의 시선에는 냉소와 무관심이 전부였다.

선은 세 부류의 신하들을 모두 아울러 바라보다가 예조판서를 주목했다.

"예판은 들으시오. 서궁에 계신 대비마마의 유폐를 풀고, 다시 대

272

비전으로 모실 것이오. 예조에서는 새로운 존호를 정하여 대비전에 올리고, 예를 갖추어 대비전을 살펴드리도록 하시오.”

“예, 전하.”

세 번째 부류였던 예조판서는 깜짝 놀란 얼굴로 선을 올려다보다가, 이내 고개를 주억거리며 대답했다.

“이제부터 신상필벌(信賞必罰)의 원칙에 따라, 새로운 인사를 행하겠소! 상벌은 공정하고 엄중해야 하는 법! 편수회의 수하가 되어 국정을 농단한 죄를 물어 영의정 주진명, 좌의정 허유건, 우의정 최성기를 모두 해임하오!”

선의 말이 떨어지자, 주진명 이하 편수회원들의 얼굴이 단숨에 일그러졌다.

“이에, 삼정승의 자리가 비었소. 이조판서 우보를 영의정으로 봉하니, 좌의정, 우의정에 적합한 인사를 추천해 과인에게 진달하시오.”

“신, 우보! 하명을 받드옵니다. 전하.”

우보가 크게 기뻐하며 머리를 조아렸다. 선은 이어서 광열을 의금부 판사로 무하를 의금부 지사로 임명한 후, 그들에게 편수회원들의 죄상을 낱낱이 밝혀내라 명했다. 그리고 청운을 별운검(別雲劍, 임금의 호위무사)으로 임명하여 지근거리에서 호위해줄 것을 명령했다. 모든 임명을 마치고, 선은 자신을 노려보며 부들부들 떨고 있는 편

수회원들을 잠시 바라보다가 이내 고개를 돌려 금군들을 향해 소리
쳤다.

"금군은 지금 당장, 삼정승을 포함한 편수회원들을 모두 추포하
라!"

왕명을 받은 금군들이 일제히 몰려와 주진명과 허유건, 최성기를
비롯한 편수회원들을 포박했다. 편수회원들은 이선과 마찬가지로
온갖 패악을 부리며 질질 끌려 나갔다.

소란했던 분위기가 정돈되자, 선이 다시금 입을 열었다.

"과인은 선왕을 시해하고, 짐꽃환으로 국정을 농단한 편수회를 처
단하려 하오. 의금부 지사는 들으시오! 지금 당장 편수회의 수장 대
목을 추포해 오시오!"

"신, 의금부 지사 박무하! 주상전하의 하명을 받드옵니다!"

무하가 예를 갖춘 뒤 씩씩하게 근정전에서 물러갔다. 선의 시선이
이번에는 우보를 향했다.

"영상, 지금 무엇보다 시급한 일은 해독제를 찾는 것이오."

"알고 있습니다. 전하. 내의원에서 가장 의술이 뛰어난 자들과 함
께 해독제를 만들어 보겠습니다."

"부탁하오."

선이 신뢰가 가득한 눈빛으로 우보를 바라보자, 우보가 고개를 깊
이 숙이며 군주에 대한 최고의 예를 표시했다.

다음 날 오후, 대목을 추포하러 갔던 무하가 강녕전을 다시 찾았다. 대목이 가지고 있는 해독제를 전부 불태워버리겠다고 엄포를 놓는 통에, 추포하지 못하고 대치 중이라고 했다. 우선 경과보고를 해야겠기에 급히 입궐한 것이라고 했다. 무하의 말을 들은 선은 깊은 한숨을 내쉬었다. 예상치 못한 바는 아니었다. 대목이 그렇게 손쉽게 잡힐 리가 없었다.

'현재 해독제 비방을 알고 있는 자는 대목뿐이다. 만약 내가 해독제를 만들지 못한다면, 조정 대신들은 나에게서 등을 돌리고 대목에게 매달릴 것이다. 그러면 모든 것이 다시 예전으로 돌아간다. 다시금 조선을 편수회의 손에 넘겨줄 수는 없다.'

골똘한 생각에 빠진 그의 귀에 청운의 목소리가 들려왔다.

"전하, 대목을 지금 잡지 못하면 두고두고 화근이 될 것이옵니다! 아직 대목의 힘이 미치는 도성 인근 병력이 얼마나 되는지 파악하지 못하였사옵니다! 잘못하면 대목에게 역습을 당할 수도 있으니, 당장 추포하시옵소서!"

"허나! 대목이 가지고 있는 해독제마저 사라지면…… 더욱 많은 대소신료들이 목숨을 잃을 것입니다."

"전하! 그들은 스스로 편수회에 입단하여 이제껏 부귀를 누리던 자들이옵니다!"

"그렇지요……. 스스로 잘못된 길을 갔던 신료들이지요. 허나, 대목을 추포하기 위해 그들의 목숨마저 위태롭게 할 순 없소. 의금부 지사, 편수회의 사병 규모가 어찌 되오?"

"족히 1천은 되어 보였습니다. 금군의 수는 3천. 비록 수적으로는 금군이 우세하나…… 대목의 사병들은 모두 정예부대입니다, 전하."

편수회 살수들과 양수청장 기찰단들의 실력은 누구보다 선이 잘 알고 있었다. 그들의 병력에 비한다면 금군들은 오합지졸에 불과했다. 대목은 왕권이 강화되는 것을 누구보다 경계했기에, 금군들이 제대로 훈련을 받을 수 없도록 조치해왔던 것이다.

"지사는 금군들을 총동원해 대목 집을 포위하시오. 해독제를 만들기 전에, 대목이 절대 포위를 뚫고 빠져나가선 안 될 것이오."

"예, 전하!"

선의 명령이 떨어지자, 무하는 예를 갖춘 후 강녕전에서 물러갔다.

"청운 사우, 해독제가 얼마나 진전되고 있는지 가서 봐야겠습니다."

"예, 전하. 호위하겠습니다."

선은 청운의 호위를 받으며, 해독제가 만들어지고 있는 영의정 우보의 집무실로 갔다.

집무실 안으로 들어서자 코를 틀어쥐게 하는 독한 냄새가 진동했다. 짐꽃환 냄새였다. 해독제의 효험을 알기 위해서는 짐꽃환부터 만들고 있는 것이리라. 선은 방해하지 않기 위해 기척을 줄이며 천천히 집무실을 돌아보았다. 수많은 의서들이 꽂혀 있는 책장과 다양한 약재들이 놓여 있는 선반, 짐꽃 수십 송이가 들어 있는 바구니를 지나자, 커다란 탁자를 가운데 놓고 열심히 해독제를 만들고 있는 우보와 가은이 보였다. 매창은 우보와 가은의 맞은편에 앉아서 짐꽃환을 만들고 있었다. 어린 시절 짐꽃밭 농장에서 짐꽃환을 만들었던 경험이 있기 때문인지, 짐꽃환 만드는 솜씨가 보통이 아니었다.

"뱀독에 반응하는 해독제는 종류별로 다 만들 수 있는 만큼 다 만들었습니다."

우보의 설명에 따라 약재를 섞어 해독환을 만들던 가은의 말이었다.

"이제 이 해독제가 짐꽃환을 해독할 수 있는지 확인하는 일만 남았구나. 해독제 감별수를 가져오너라."

우보의 말에, 매창이 손에 끼고 있던 천을 벗어놓고 일어나 선반에 놓여 있던 감별수를 탁자 위에 올려놓았다. 해독이 되는지 눈으로 확인할 수 있는 해독 감별수였다.

"짐꽃환을 넣은 감별수에 해독제를 넣어 해독이 되면, 감별수 색이 달라지나요?"

가은이 호기심 가득한 눈빛으로 우보를 바라보며 물었다.

"감별수가 다시 맑은 색으로 변하지."

우보는 진지한 표정으로 감별수를 작은 잔에 따르고, 그 속에 짐 꽃환 한 알을 집어넣었다. 맑았던 감별수가 핏빛으로 붉게 변했다. 선은 가까이에서 확인하고 싶었으나, 방해가 될까 선뜻 쉽게 다가가 지 못하고 마음만 졸이며 지켜보았다.

"이건 아닌 것 같구나……."

우보가 크게 실망하여 한숨을 푹 내쉬며 말했다. 가은과 매창이 절망스러운 눈빛을 주고받았다. 그 모습을 지켜보는 선의 마음도 절 망스럽기는 마찬가지였다. 그러나 아직은 시간이 있었다. 선은 그들 이 좌절하지 않기를 바랐다.

"모두 고생이 많소."

선이 부러 밝은 목소리를 내며 그들 가까이 다가갔다. 우보와 가 은, 매창이 자리에서 일어나 그를 향해 예를 갖추었다.

"해독제 실험을 한 모양이군요."

선이 탁자에 놓인 감별수를 보며 묻자, 우보가 낙망한 표정으로 고개를 끄덕였다.

"전하, 아뢰옵기 송구하오나, 해독제 만드는 일이 쉽지 않을 듯하 옵니다. 다양한 종류의 해독제를 만들어보았으나, 모두 실패하였사 옵니다."

"해독제를 계속 만들어주십시오. 쉽지 않은 일이지만, 반드시 해내야 합니다. 이는, 사람을 살리는 일이고, 더 나아가 조선을 살리는 일입니다. 힘내십시오."

선의 이 같은 말에, 우보와 가은, 매창이 고개를 깊이 숙였다.

"하명 받드옵니다. 전하."

우보의 집무실을 나오자, 날이 어둑해져 있었다. 선은 잠시 걸음을 멈추고 검푸른 하늘을 올려다보았다. 만월(滿月)이 그를 지그시 내려다보고 있었다. 마치 모든 해답을 다 가지고 있는 듯 꽉 차 있는 달을 보자, 울컥 울고 싶은 욕구가 그의 가슴을 짓눌렀다.

왕좌란 외롭고 무거운 자리였다. 해독제를 만들지 못하면 어쩌나 하는 걱정과 함께 왕좌에 대한 부담감이 그의 어깨를 짓눌렀다. 그런 생각이 들자 갑자기 이선이 보고 싶어졌다. 짐꽃독이라는 족쇄를 달고 사는 것으로도 모자라, 왕의 가면 뒤에 자기 자신을 숨기고 살아왔으니, 그 얼마나 두렵고 외로운 나날이었겠는가. 가은을 가운데 두고 연적이 되지 않았다면, 지금보다는 상황이 나아졌을지도 몰랐다.

선은 이선을 만나기 위해 의금부 옥사로 걸음을 옮겼다. 등불을 든 청운이 거리를 둔 채 뒤따라왔다. 이선은 하얀 소복을 입은 채 옥사 벽에 기대앉아 있었다. 선과 청운이 들어오는 인기척을 느꼈는지, 이선이 고개를 쳐들었다.

"여긴 왜 왔습니까? 감히 왕좌를 넘보더니, 꼴좋다 비웃어 주려 오셨습니까?"

이선이 독기 어린 눈으로 선을 노려보며 비아냥거렸다.

"어디 상한 곳은 없느냐?"

"위선 떨지 마! 이게 다 누구 때문인데……. 네놈 때문이야! 너 때문에 내가…… 이꼴이 됐어!"

이선은 벌떡 일어나 양손으로 창살을 잡고 부술 듯 흔들며 소리 쳤다. 창살을 잡은 이선의 손등에 검붉은 반점이 돋아 있었다. 짐꽃 독 증상이 벌써 일어난 것인가! 선의 심장이 철렁 내려앉았다.

"네 말이 맞다. 모두 내 잘못이다……. 모두…… 내 탓이야. 널 이렇게 만들어, 정말…… 미안하구나."

"네놈이 또…… 날, 기만하려는구나!"

"해독제가 완성되면, 복용하는 걸 보고 풀어주마. 그러니, 조금만 기다려다오."

"왜? 이번에도 가짜 해독제를 보내, 날 죽이려고! 처음부터 이럴 생각이었겠지. 왕좌로 돌아오기 위해, 나를 대목의 화살받이로 쓰고 버릴 생각이었지?"

이선의 눈빛이 무서울 정도로 싸늘해지더니, 이윽고 광기로 이글 이글 타올랐다. 선은 이선이 흥분해서 헛소리를 한다고 생각했다.

그에게 가짜 해독제를 보낸 일이 없었다.

"가짜 해독제라니, 무슨 말인지 모르겠구나. 난 그런 것을 보낸 적도, 널 죽이려 한 적도 없다. 대체 누가 너한테 그 해독제를 줬는지는 모르겠다만, 그자는 분명 너와 나 사이를 이간시키려는 자가 틀림없다. 이선아…… 나는 너를 동무라 생각했다. 네가 날 어찌 생각하든…… 너는 여전히 내 동무다. 그러니 나는 너를 살릴 것이다! 해독제를 가지고 올 것이니, 기다려다오."

힘없이 돌아서는 선의 등 뒤로 분노에 가득 찬 이선의 절규가 들려왔다.

"거짓말! 위선자!"

무거운 마음으로 의금부 옥사를 나오는데, 저 멀리 유선댁과 꼬물이, 가은의 모습이 보였다. 그들은 작은 보자기를 들고 의금부로 걸어오고 있었다. 선은 잠시 망설이다가 그들을 향해 천천히 발길을 옮겼다. 가은과 무슨 말인가를 주고받던 유선댁이 그를 보자마자 큰 죄를 지은 사람처럼 그대로 땅에 엎드려 울부짖었다.

"임금님! 부디 제 아들놈을 살려주십시오! 귀양을 가라셔도 좋고, 곤장을 치셔도 좋습니다! 제발, 불쌍히 여기시어…… 목숨만은 살려주세요, 전하!"

선은 허리를 숙여 유선댁을 일으켜주며 말했다.

"일어나시오. 내, 이미 이선이에게 해독제를 구해주겠노라 약조했소. 이선이는 애초에 내 동무였소. 동무를 해하고 동무의 어미를 슬프게 할 까닭이 없지 않소?"

"감사하옵니다, 전하!"

유선댁이 감정에 복받쳐 꺼이꺼이 울며 머리를 조아렸다.

"성은이 망극하옵니다, 전하!"

가은과 꼬물이 역시 유선댁처럼 머리를 조아렸다.

"가은아……."

선의 부름에 가은이 공손히 고개를 들어 마주보았다. 조심스럽고 예의 바른 그녀의 눈빛에 거리감이 느껴졌다.

"내게 시간을 좀 내어주겠느냐."

"예, 전하……."

달빛 환한 경회루 연못가에 도착한 선과 가은은 커다란 바위에 나란히 앉았다. 불현듯 경갑 목걸이의 추억이 깃든 서소문 연못가가 떠올랐다. 6년, 인생을 통틀어 본다면 결코 긴 시간이 아니었지만, 절대로 지울 수 없는 시간임은 분명했다.

"무슨 생각을 그리하는 것이냐? 혹시 너도, 옛일을 추억한 것이냐?"

그의 느닷없는 질문에 가은의 볼이 붉게 달아올랐다. 가은이 옆머리를 쓸어 넘기며 수줍게 웃었다. 그때, 선이 갑자기 그녀의 손을 잡아챘다.

"이 손등에 난 상처는 무엇이냐? 어디서 다친 것이야?"

"살짝 스친 것뿐이옵니다."

가은이 손을 빼서 뒤로 감추며 얼버무렸다.

"아니 되겠다. 지금 당장 어의를 불러……."

"전하!"

선이 수선을 떨자, 가은이 냉정한 말투로 저지시켰다. 괜히 무안해진 선은 풀 죽은 표정으로 연못가를 향해 시선을 돌렸다가, 이내 가은을 바라보며 무뚝뚝하게 말했다.

"아프지 말거라."

"예, 전하."

"다치지도 말거라."

"예, 전하."

"네 몸을 내 몸처럼 돌보란 말이다."

"예, 전하."

"대답만 하지 말고, 제발 내 말 좀 들어라. 그래야 내가 안심할 수 있단 말이다."

가은이 아득한 눈빛으로 선을 가만히 보다가, 그의 손을 잡으며 조용히 입을 열었다.

"이선이를 살려주셔서 고맙습니다, 전하."

"설마, 내가 이선이를 죽이기라도 할까 걱정한 것이냐?"

그의 불퉁한 목소리에 가은이 피식 웃으며 고개를 가로저었다. 선은 덩달아 미소 지으며, 가은의 눈을 지그시 마주보았다.

"나야말로 늘…… 미안하고 고맙구나……. 그동안 많이 힘들었다는 거 안다. 이제 다시는, 나 때문에 눈물 흘리지 않게 하마."

"예…… 전하……."

해독제가 실패를 거듭하였다. 실험할 수 있는 짐꽃환도 얼마 남지 않았다. 이제는 짐꽃을 구할 수도 없었다. 이제 앞으로 남은 시간은 사흘. 사흘 후까지 해독제를 만들지 못하면, 이선은 물론이고 대비와 짐꽃독에 중독되어 있는 모든 자들이 죽을 것이다.

"아무래도 과인이 대목을 만나야겠소."

오랜 고민 끝에 내린 결론이었다. 선의 말에, 우보와 광열, 무하와 청운이 적극적으로 만류했다. 대목과 독대하는 것은 위험하다는 이유에서였다. 그러나 선은 결심을 꺾지 않았다. 죽어가는 사람들을 살리기 위해선 어쩔 수 없는 선택이었다. 더 시간이 지체되기 전에, 대목을 설득해 해독제 비방을 알아내야 했다.

예상외로 대목은 만나자는 선의 제의를 선뜻 받아들였다. 선은 청운과 무하, 금군들의 호위를 받으며 약속 장소로 나갔다. 북악산 초입에 위치한 정자였다. 무하와 금군들은 혹시 모를 사태를 대비해

정자 밖에서 대기했고, 선과 청운만이 정자로 올라갔다. 때마침, 대목도 태호가 이끄는 기찰단을 대동하고 정자 쪽으로 오고 있었다. 기찰단은 금군들과 조금 떨어진 곳에 자리를 잡았고, 대목와 태호만이 정자로 올라왔다.

선과 대목은 탁자를 가운데 두고 마주앉아 비장한 눈빛을 주고받았다.

"해독제 비방을 알려주시오."

선은 앞뒤 재지 않고 단도직입적으로 말했다. 대목이 능글맞게 웃으며 말을 받았다.

"해독제 비방이라…… 왜 살리려 하십니까? 주상전하를 배신하거나, 주상전하를 죽이려 하거나…… 전하가 진짜임을 알고도 모른 척, 회피한 자들이 아닙니까?"

"그들 모두, 나의 백성이네."

"이런 이런…… 새 시대를 열긴, 틀리신 것 같습니다. 세상을 바꾸고 싶어도 체제 안에 들어가면, 결국 그 체제에 순응할 뿐, 바꿀 수 있는 게 거의 없지요. 새 시대를 열고 싶으시면…… 다 버리고 다시 담든지, 그릇 자체를 바꿔야 하지 않겠습니까? 지금이 주상전하껜 그럴 수 있는 기회인데…… 어찌 살리려 하십니까?"

"군주가 백성을 다스리는 가치는 사람. 애민(愛民)이네! 과인의 백성을 살릴 자, 죽일 자로 나눌 수 없음이야! 해독제 비방을 넘기게.

중독된 모든 신하들을 살리고, 백성을 착취하는 양수청을 해체하게.
내 그럼, 자네 목숨만은 살려주겠네."

"착취…… 착취라…… 가난한 백성들이 살아 보겠다 발버둥칠 때
너는 무얼 했느냐? 공자는, 길이 아니니 가지 말라 하고 석가는, 전
생의 업보라고 포기하라더구나. 그때…… 넌 무얼 했느냐! 백성들
이 굶어 죽어갈 때, 너희 위정자들이 백성들을 위해 아무것도 하지
않을 때, 나는 그 백성들을 먹여 살렸다! 한데…… 착취라고?"

대목이 야차 같은 눈빛을 희번덕거리며 공격을 퍼부었다. 백성을
먹여 살렸다는 대목의 어이없는 말에 선은 실소를 금치 못했다.

"그대가 백성을 먹여 살렸다? 평등한 축복이어야 할 물로 백성의
고혈을 짜내고, 조정을 장악하려 수많은 어린 생명을 앗아가 놓
고…… 감히 백성을 말해? 그 어떤 명분을 내세워도, 그대가 한 짓
을 정당화할 순 없음이야!"

"정당화라…… 권력자들은 본래 자기 권력을 공고히 할 수단을
찾기 마련! 모든 권력자들의 탐욕을 억누를 수 있다 믿는가? 절대
이길 수 없는 싸움이야!"

"그대 또한 이길 수 없는 싸움을 하고 있지 않은가? 장기전으로
가면, 대목 그대가 패할 수밖에 없는 싸움이네. 살수들을 움직이는
것으론, 얼마 버티지 못할 것이야."

"내 사람이 살수들밖에 없다? 왕좌에 앉으니, 다 가진 것 같으냐?

너의 조선, 너의 백성 같으냐? 아니, 아니……. 당장 해독제를 만들지 못하면, 신하들이 먼저 널 버릴 것이고. 네가 나를 추포하면, 그땐 백성들이 널 버릴 것이다. 해독제 비방을 달라? 네가 왕좌에서 물러나면, 내 그때 비방을 알려주마."

대목은 있는 힘껏 탁자를 내리치며 자리에서 일어나 정자를 내려갔다.

"전하…… 괜찮으십니까?"

청운이 다가와 걱정스레 물었다.

"……스승님께 기대를 걸어보는 수밖에 없겠습니다."

그는 무거운 한숨을 내쉬며 하늘을 올려다보았다. 구름이 어둠을 몰고 북악산으로 이동하고 있었다.

22
해독제

  늦은 밤, 강녕전 안으로 초로의 사내가 찾아왔다. 화군의 아버지이자 대목의 아들 우재라고 자신의 신분을 밝힌 사내는 한동안 말이 없었다. 무거운 침묵이 흐르는 가운데, 찻잔의 차는 식고 밤은 더욱 이슥해졌다. 선은 참을성 있게 기다렸다.

  "제가 해독제 비방을 알고 있습니다."

  마침내, 우재의 입이 열렸다.

  "비방은 오로지 대목만 안다 들었소만."

  사소한 이야기는 아니겠거니 짐작은 하고 있었지만, 해독제 비방에 대한 말을 들을 줄은 몰랐다. 선은 혹시나 하는 기대감으로 우재를 바라보며 다음 말을 기다렸다.

  "소인이 비방을 안다는 사실은…… 제 아비조차 모릅니다. 해독제 비방을 드리겠습니다. 허나 대신, 조건이 있습니다."

"원하는 것이 무엇이오?"

"소인의 아비, 대목의 목숨만은 살려주십시오."

"대목의 목숨을 살리기 위해, 해독제 비방을 알려주는 것이오?"

선의 질문에 우재는 다시금 침묵했다. 그는 찻잔을 들어 식은 찻물을 한 모금 마시더니 긴 한숨을 토해내듯 말을 시작했다.

"화군이 때문입니다. 얼마 전, 곤이 저를 찾아왔습니다. 평생 말한마디 못하고 화군의 뒤만 졸졸 쫓아다니던 놈인데, 그놈이 그러더군요. 화군이 가장 행복한 미소를 지었을 때는 바로 전하를 바라볼 때였다고. 전하를 도우면서 가장 기뻐했다고. 전하를 지켜달라는 것이 화군의 마지막 명이었다고. 이 아비가 이렇게 전하를 돕는 걸 본다면, 우리 화군이가 저승에서나마 행복해하지 않을까, 하는 생각이 들었습니다. 그것이 다입니다."

긴 말을 마친 우재는 쓸쓸한 미소를 지어 보이더니, 품에서 종이 한 장을 꺼냈다.

"여기에 해독제 비방이 적혀 있습니다."

두 손으로 공손히 종이를 건네더니, 그는 말없이 일어나 강녕전을 떠났다.

다음 날 아침, 선은 우보를 강녕전으로 불러 해독제 비방을 넘겨주었다. 해독제 비방을 꼼꼼히 살펴보던 우보는 손으로 바닥을 내리치며 기꺼워했다.

"짐꽃의 뿌리를 사용하는 것이었습니다. 이제 어찌 해독을 시키는지 원리를 이해했습니다. 전하, 이제 중독된 자들을 살릴 수 있게 되었습니다."

"전하! 신, 의금부 지사 박무하이옵니다."

밖에서 무하의 목소리가 들려왔다.

"들어오시오."

무하는 예를 갖추고 앉아 다급한 목소리로 말했다.

"큰일 났사옵니다, 전하. 양수청 물지게꾼들이 광화문 앞으로 몰려들고 있다 하옵니다."

"그게 무슨 말이요? 물지게꾼들이 갑자기 왜 몰려온다는 말이오?"

선이 미간을 찌푸리며 물었다.

"아뢰옵기 송구하오나, 대목을 추포하는 것이 부당하며, 주상전하께서 저들을 핍박하려 한다고……."

무하는 말하기 껄끄럽다는 얼굴로 말끝을 흐렸다.

"물지게꾼들이라면 평범한 백성들이 아니오. 그들이 왜 대목 편을 든단 말이오?"

"대목이 저들에게…… 주상전하가 양수청을 없애려 한다. 그럼 다 굶어죽는다…… 뭐 그런 헛소문을 퍼트린 모양입니다."

"전하, 신속히 소요를 진압하셔야 하옵니다."

뒤에서 잠자코 있던 청운이 불쑥 끼어들었다. 선은 미간을 찌푸리며 생각에 잠겼다. 대목의 계략에 속은 순박한 백성들을 무력으로 진압할 수는 없었다. 그렇다고 해서 소요를 일으킨 이들을 그냥 내버려둘 수도 없었다. 자칫 규모가 커지면 민란으로 이어질 가능성도 있었다. 양수청이 사라진다면, 물지게꾼들의 생계가 위태로워질 것은 자명했다. 대목의 부추김에 넘어간 것은 저들의 잘못이지만, 저들의 행동을 이해 못할 것도 없었다. 선은 오랜 고심 끝에 무하를 향해 명을 내렸다.

"백성들에게, 진실을 전하시오. 보부상 조직망을 총동원해, 편수회와 양수청의 횡포를 백성들에게 알리고, 전국의 성벽을 대대적으로 보수하는 일에 물지게꾼들을 고용하여, 생계를 보장할 것이라 설득하시오."

"예, 전하. 성심으로 받들겠사옵니다."

무하가 부복하고 앉아 명을 받들었다. 묵묵하게 앉아 있던 우보도 선의 결정에 감탄한 듯 천천히 고개를 끄덕였다.

그날 오후, 무하는 보부상 조직원들의 설득으로 광화문에 모인 물지게꾼들이 모두 해산했다는 소식을 전해왔다. 선은 문제가 해결되어 다행이라 여기며 안도의 한숨을 내쉬었다.

드디어 해독제가 만들어졌다. 선은 짐꽃환에 중독된 신하들과 의금부에 갇혀 있는 편수회원들에게 해독제를 나눠주라고 명령했다. 마음을 짓누르고 있던 바윗덩이 하나가 사라진 듯했다. 그런데 얼마 후, 생각지도 못한 소식이 귀에 들어왔다. 중독된 자들이 해독제를 거부하고 있다는 소식이었다. 검붉은 반점과 고열, 설사, 구토 증상이 나타나는 터라, 지금 당장 해독제를 먹지 않으면 죽을 위험에 처해있는데도, 그들은 해독제를 믿을 수 없다며 대목에게 보내달라 난동을 피우고 있다고 했다.

급기야 병조판서와 형조판서를 포함한 대신들이 강녕전 앞으로 몰려와 소란을 피웠다. 무하와 광열, 청운이 필사적으로 막았으나, 그들은 강녕전 안까지 밀고 들어왔다.

"전하, 소신들은 저희를 살려주신다는 전하의 약조를 믿었사옵니다. 하오나…… 전하께서는 약조를 지키지 못하셨습니다."

병조판서가 원망을 터트렸다. 선은 무표정한 얼굴로 우보에게 해독제를 꺼내라고 일렀다. 우보는 가은이 들고 있는 상자에서 해독제 한 알을 꺼냈다. 그때, 형조판서가 의혹이 가득 담긴 눈빛으로 해독제를 보며 언성을 높였다.

"전하, 그 해독제가 검증이 되었습니까? 그 해독제를 먹고 해독된 자가 있느냔 말입니다. 전하, 이대로 죽기만을 기다릴 수는 없습니다. 대목의 발밑에 엎드려서라도…… 목숨부터 건져야겠습니다."

"실은 방금 대목 어르신의 뜻을 전달받았소! 의금부 옥사에 갇혀 있는 편수회원들 모두를 데리고 오면, 우리 모두를 살려준다 약조하셨습니다!"

병조판서가 선동하듯 말하자, 형조판서를 포함한 대신들이 당장 대목에게 가자며 몸을 일으켰다. 선은 화가 나는 한편 안타깝기도 했다.

'난 그대들을 살리고자 왕이 되었다. 한데 어찌하여 그대들은 나를 믿지 못하는 것인가.'

생존의 길이 눈앞에 있는데, 의심 때문에 죽음의 길을 선택하는 사람들이 불쌍하고 딱하기까지 했다.

"그럼 제가 믿게 해드리겠습니다."

돌연 자리에서 일어난 가은이 대신들의 앞을 막아선 채 결연하게 말했다. 자리에 있던 모든 사람들이 놀라 가은을 돌아보았다. 가은은 품에서 약첩을 꺼내 펼치더니 짐꽃환을 꺼내 들고 말을 덧붙였다.

"이것은 짐꽃환입니다."

말릴 틈도 없었다. 가은의 입속으로 짐꽃환이 들어갔고, 가은은 심장을 움켜쥐며 바닥으로 쓰러졌다.

"가은아!"

선은 경악하며 가은에게 달려가 신음하는 그녀를 부축했다.

가은은 심장을 옥죄는 고통을 애써 참아내며, 그를 안심시키듯 작은 미소를 지어 보였다. 그러더니 가까스로 몸을 일으켜 우보에게 손을 내밀었다. 우보가 안타까운 얼굴로 가은를 바라보다가 해독제를 건네주었다.

"다들 제가 짐꽃환을 먹는 걸 보셨지요? 이제 제가 이 해독제를 먹고 살아난다면, 이것은 분명한 해독제. 다들 믿고 드셔도 될 것입니다!"

모두가 놀란 눈으로 지켜보는 가운데, 가은은 망설임 없이 해독제를 입에 넣었다. 대신들이 해독제의 효능을 확인하기 위해 눈에 불을 켜고 가은의 상태를 지켜보았다. 그들의 이기심에 선은 속에서 천불이 일었다. 가은이 헛구역질을 하면서 정신을 잃고 쓰러졌다.

"가은아! 가은아! 정신을 차려보거라, 가은아……!"

선은 쓰러진 가은을 품에 안고 절박하게 소리쳤다.

"그거 보시오! 대목의 아들놈이 진짜 비방을 줬을 리 없지 않소! 안 되겠소! 여러분! 어서 대목에게 갑시다!"

병조판서가 믿는 도끼에 발등 찍혔다는 듯 부르르 떨며, 다른 대신들을 데리고 나가버렸다. 선은 참담한 심정으로 가은을 꼭 끌어안았다.

"다행히 아직 맥은 살아 있사옵니다."

가은의 맥을 짚어보던 우보가 침통한 목소리로 말했다.

선은 고개만 끄덕일 뿐, 아무 말도 하지 않았다.

"전하, 주상전하!"

광열이 다급하게 들어와 예를 갖추며 말했다.

"전하, 병판이 의금부 옥사 안에 갇혀 있던 편수회원들을 모두 이끌고 궐을 빠져나갔사옵니다. 지금 저들을 막지 않으면, 역적의 무리가 될 것입니다! 저들이 대목과 함께 반란을 일으키기 전에, 지금 막으셔야 하옵니다!"

"……."

"전하, 저들이 역적의 무리가 되게 내버려 두실 생각이십니까?"

광열이 답답하다는 듯 목소리를 높였다. 답답하기는 선도 마찬가지였다. 그때, 가은이 그의 손을 슬며시 잡아왔다.

"전하……."

"가은아, 정신이 드느냐?"

"예, 전하."

가은이 힘없이 미소 지으며 몸을 일으키고 앉았다. 다행히 창백했던 혈색도 원래대로 돌아오고 있었다. 해독제가 효험을 발휘한 것이다. 선은 그대로 가은을 와락 껴안았다.

"얼마나 걱정했는 줄 아느냐?"

"전…… 괜찮습니다."

"대체 내가 널 어찌해야 좋을지 모르겠다. 화를 내야 할지…… 잘했다 해야 할지……."

선은 포옹을 풀고 가은을 밉지 않게 흘겨보았다. 가은이 배시시 웃으며 입을 열었다.

"전하, 이제 가셔서 사람들을 구하셔야지요."

"그래, 나와 함께 가자꾸나. 너를 보면, 그들도 해독제가 진짜라는 것을 믿게 될 것이다. 만약 그들이 해독제를 먹는다면, 너는 일흔다섯 명의 목숨을 살리게 되는 것이다."

선과 가은을 태운 말이 지축을 울리며 대목의 집으로 향했다. 말을 탄 청운과 곤이 선과 가은을 양옆으로 호위했고, 그 뒤로 광열과 무하가 이끄는 금군들이 긴 행렬을 이루며 따라왔다.

편수회당 마당 앞에 앉아 대목에게 해독제를 달라고 애걸하던 편수회원들과 대신들이 선과 함께 등장한 가은을 보고 눈을 휘둥그렇게 떴다. 죽었을 거라고 생각했던 사람이 멀쩡하게 살아났으니, 놀라는 게 당연했다.

선은 위엄 있는 모습으로 당당하게 대목이 앉아 있는 누마루로 올라섰다. 그리고 모두가 들을 수 있도록 크게 말했다.

"대목! 짐꽃환 해독제가 완성되었소! 이제 그대는 두 번 다시, 짐꽃환으로 세상을 겁박할 수 없을 것이오."

대목의 눈썹이 초조한 듯 꿈틀꿈틀 경련했다. 하지만 곧 평정을 되찾고 선의 눈을 똑바로 쏘아보며 말했다.

"하면 다른 방도를 찾으면 됩니다. 천년을 내려온 편수회입니다. 뿌리 깊은 나무는 바람에 흔들리지 않는 법. 이런 산들바람에 무너져 내릴 우리 편수회가 아닙니다."

"가벼운 산들바람이 모여, 태풍이 되는 법. 태풍에 그대의 편수회가 뿌리째 뽑혀 날아가는 걸…… 오늘, 보게 될 것이오."

"오늘, 소인과 결전을 각오하고 오신 것입니까?"

"아니. 난 무혈입성할 것이오."

선은 대목을 향해 피식 웃어 보이며, 누마루 밖에 서 있는 사람들에게 크게 외쳤다.

"모두 무기를 내던지고 투항하라! 지금이라도 죄를 인정하고 투항하는 자들은 선처할 것이나, 그렇지 않은 자에게 자비는 없다! 반 시진의 시간을 주겠다! 그 안에 투항하는 자는 목숨을 살려줄 것이다!"

대목이 분노에 불타는 눈으로 선을 노려보았다. 선은 아랑곳하지 않고 손을 들어 일각에 서 있는 금군을 향해 신호를 보냈다.

"반 시진 남았습니다!"

금군이 북을 둥둥 두드리며 큰 목소리로 알려왔다. 마당이 술렁이기 시작했다. 편수회원들과 대신들은 초조하고 불안한 표정으로 대목과 선을 번갈아 바라보았다. 대목은 더 참을 수 없다는 듯 자리를 박차고 누마루를 내려갔다.

"두둥 두둥! 삼각 남았습니다!"

마당에 서 있던 자들이 하나둘 금군들 쪽으로 자리를 옮겨갔다. 편수회당 건물 어딘가로 사라진 대목은 밖으로 한 발도 나오지 않았다. 무하가 이끄는 금군들이 편수회당 건물 전체를 포위하고 있으므로, 선은 대목이 도망칠지도 모른다는 걱정은 하지 않았다.

"두둥 두둥! 이각 남았습니다."

선은 자리에서 일어나 망설이고 있는 살수들과 대신들을 향해 웅변조로 말했다.

"편수회 살수들은 들으라! 오늘 이 자리에서 죽어도 좋다고 생각하느냐? 무엇을 위해 죽을 것이냐? 쉽게 죽지 마라! 각자, 자신을 위해, 살아남아라! 행복해지기 위해…… 살아남으란 말이다!"

주진명과 태호를 제외한 편수회원들과 대신들이 금군들 쪽으로 자리를 옮겼다.

"두둥 두둥! 일각 남았습니다."

마침내, 편수회 살수들과 양수청 기찰단들이 모두 무기를 버리고 투항했다.

"대목과 편수회 잔당들을 추포할 것이다. 모두, 과인을 따르라!"

선의 외침에 따라 진격을 알리는 북소리가 편수회당 전체를 쩌렁쩌렁 울렸다.

"나 조태호! 대목 어르신 덕분에 사람답게 살아 봤으니, 대목 어르신을 지키다, 사람답게 죽어 볼란다! 가자!"

태호가 몇 남지 않은 정예병을 이끌고 금군을 향해 돌진했다. 수적으로 열세였으나, 정예 살수들이라 그런지 치열한 격전이 벌어졌다. 가만히 뒤에서 지켜만 보던 청운과 곤이 격전에 뛰어들었다. 태호는 불구덩이에 빠지기로 작심한 사람처럼 청운과 곤을 향해 달려들었다. 허공을 가로지른 청운의 검이 태호의 검을 내리쳐 바닥으로 떨어뜨렸고, 곤의 검이 태호의 급소를 깊숙이 찔렀다. 태호가 피를 토하며 바닥으로 쓰러지자, 몸을 사르지 않고 격전을 벌이던 정예 살수들이 하나둘 칼을 집어 던지고 투항했다.

이제 진짜 대어를 잡을 차례였다. 선은 천천히 누마루를 내려갔다.

대목은 자신의 집무실에 있었다. 선은 호위하며 따르는 금군들을 뒤로 물러나게 하고, 혼자서 대목의 집무실로 들어섰다. 어둑한 집무실에 홀로 앉아 있는 대목은 아직도 무소불위의 권력을 누리는 사람처럼 고고하고 도도해 보였다.

"투항하시오. 그럼 목숨만은 살려주겠소."

선은 대목 맞은편에 자리를 잡고 앉으며 말했다.

"나를…… 살려주겠다?"

대목이 실소를 터트렸다.

"과인이 그대를 살리고 싶은 것이 아니라, 신의를 지키려는 것이오. 대목 그대의 아들이, 아버지를 살리려 나를 찾아왔었소."

순간, 대목의 눈빛이 흔들렸다. 선은 그 눈빛을 똑바로 마주하며 말을 이었다.

"그대가 내게 준 시련과 고통, 내 비록 그대를 용서할 순 없으나…… 그대가 지금의 나를 만들었소. 그대가 나를 낮은 자리로 보내, 백성을 이해하게 만들었고…… 왕좌가 당연한 왕이 아니라, 백성과 함께하는 왕으로 만들었소."

"내게…… 감사 인사라도 하려는 것이냐?"

"아니, 사과를 하려는 것이오. 나라가…… 군주가…… 그대를 절망의 구렁텅이로 밀어넣었기에 지옥 같은 세상에서 살아남으려, 괴물이 될 수밖에 없었다 했잖소? 내…… 그대에게 사과하오."

"사과라…… 그래, 넌 어찌할 것이냐? 백성이 절망의 구렁텅이에 빠져 허우적거릴 때, 공자 왈 맹자 왈 할 것이냐? 아니면 그만 포기하라 충고할 것이냐?"

"과인은 그 구렁텅이에 뛰어들어 백성에게 어깨를 빌려줄 것이오. 내 어깨를 밟고 빠져나갈지언정 절대, 내 백성이 그대처럼 괴물이 되는 세상을 만들지 않을 것이오."

"내…… 너 같은 군주를 만났더라면……."

삭풍보다 더 차갑고 매서웠던 대목의 눈에 회한이 가득 찼다. 대목은 말을 채 끝맺지도 못하고 피를 토해냈다. 선이 경악한 표정으로 그를 바라보자, 대목은 아무 일도 아니라는 듯 피를 닦아내더니, 평소처럼 여유 있는 목소리로 말을 이었다.

"짐꽃환 하나는 사람을 중독시키나, 세 개라면…… 그 누구도 살아남지 못하지…… 쿨럭쿨럭!"

"짐꽃환을 먹은 것이오?"

"……물은 위에서 아래로 흘러야 한다는 세상에서…… 내, 거꾸로 솟구쳐 보았다. 비록 다시 떨어지긴 했으나…… 세상을 거스른 것을 후회하진 않는다. 내, 저승에서…… 네가 이 조선을 어찌 바꾸는지 똑똑히 지켜보마."

"……그리하시오. 대목……."

대목은 고통으로 몸부림치면서도 신음 한번 내지 않았다. 최후의 순간을 맞이하면서도 위엄을 잃지 않는 대목의 모습을, 선은 공허하고 허탈한 심정으로 바라보았다.

23
불행한 예감

　옥사 안은 폭풍이 지나간 자리처럼 어둡고 적막하다. 이선은 모든 것을 체념한 표정으로 벽에 기대 앉아 있다. 그가 기다리는 것은 오직 하나, 죽음이다. 삶의 미련이 더는 없다. 몇 시진 전, 편수회원들은 목숨을 부지하겠다고 옥사 밖으로 우르르 몰려나갔다. 그 와중에 왕이 만든 해독제가 실패했다는 말이 얼핏 들려왔다. 잘됐구나, 싶었다. 혼자 죽느니, 모두가 떼죽음을 당하는 게 낫지 싶었다. 그러면서도 한편으로는 진짜 이대로 죽는 것인가, 싶어 두렵고 떨렸다.

　어둠을 뚫고 빛이 들어왔다. 고개를 들어 보니, 등불을 든 선이 가은과 함께 옥사로 들어오고 있었다. 그 뒤로는 청운과 금군들이 병풍처럼 서 있었다. 이선은 그대로 뻣뻣하게 굳은 채 몸을 잔뜩 웅크리고 눈을 감아버렸다. 선을 보고 싶지 않았고, 가은을 볼 자신이 없었다. 삐그덕 소리와 함께 옥사 문이 열렸다. 선과 가은이 가까이 다가오는 기척이 느껴졌다.

"이선아, 받아라. 해독제다."

눈을 뜨자, 선이 해독제가 든 상자를 내밀며 말을 이었다.

"날 믿지 못하겠다면, 가은일 믿고 받아다오."

이선은 시선을 들어, 뒤에 서 있는 가은을 바라보았다. 걱정 어린 얼굴로 자신을 내려다보는 가은의 얼굴을 보니 또다시 격한 감정이 일었다.

"가은 아가씨가 주는 거라면…… 독이라도 상관없겠지요."

이선은 일부로 악의가 가득 찬 미소를 지으며, 해독제를 받아 한 입에 씹어 먹었다. 해독제가 목구멍을 타고 넘어가자, 속이 뒤집힐 듯 저릿했다. 누군가 칼로 배를 쑤시고 있는 것만 같았다. 선이 고통으로 몸부림치는 이선을 부둥켜안았다. 이선은 있는 힘껏 그의 손을 뿌리치고, 옆으로 쓰러져 누워 온몸을 비틀며 아파했다. 선과 가은은 가슴 아픈 눈빛으로 이선의 고통을 지켜보았다.

얼마나 지났을까. 신기한 일이 일어났다. 몸이 타버릴 정도로 치솟던 열이 확 내리고, 몸에 퍼져 있던 검붉은 반점이 점점 사라졌다. 고통이 사그라들고 있었다.

"이선아…… 살아줘서 고맙다."

선의 아득한 목소리에 이선은 감았던 눈을 스르르 떴다. 선은 회

303

한이 짙게 깔린 목소리로 말을 이었다.

"네게 대역이 되어 달라 부탁할 땐, 그게 얼마나 위험한 일인지 미처 몰랐다. 사죄하마. 미안하다, 이선아."

"난, 당신의 왕좌를 빼앗으려 했는데…… 미안하다? 제게 용서를 구하지 마십시오. 저도 전하께…… 용서를 빌지 않을 것입니다. 원망하고 미워하십시오. 저도 그리할 것입니다."

이선은 눈에 눈물이 차오르는 것을 느끼면서도, 애써 위악을 떨며 말했다.

"살아만 있다면 언젠가 오해를 풀 날도 있겠지. 운명이 우리 우정을 시험했지만…… 넌 영원히 내가 처음으로 사귄 동무다. 잘못을 저질러도, 용서해주는 것이 동무가 아니더냐. 우리 서로 용서해주고, 동무로 돌아가면 안 되겠느냐?"

선이 이선을 향해 손을 내밀었다. 이선은 아예 고개를 돌려 그를 외면했다. 선은 얕은 한숨을 내쉬며 자리에서 일어나 말했다.

"기다리마. 언젠가 내 곁에 돌아와 내 동무이자, 신하가 되어줄 날을…… 허니 돌아오너라. 이선아."

선이 밖으로 나가는 소리를 들으며, 이선은 고개를 돌렸다. 가은이 곁에 앉아 그를 바라보고 있었다.

"이선아……."

이선은 힘겹게 몸을 일으키고 앉아, 가은의 눈을 마주보았다. 가은이 눈물을 글썽거리며 슬픔 어린 목소리로 말했다.

"이선아, 우리…… 다시 예전처럼 지낼 순 없는 거야? 가족으로 친구로 계속 함께하면 안 될까?"

"제게 아가씨는 여인이었습니다. 연모하는 여인 앞에 사내로 서고자 했던 걸 후회하지 않습니다. 이제 더는…… 친구도 가족도 될 수 없겠지요."

"이선아……."

"다시는 저를 찾지 마십시오. 그리고…… 부디 건강하십시오."

이선은 울컥 올라오는 눈물을 애써 참으며, 눈을 감아버렸다.

다음 날 아침, 이선은 의금부에서 풀려났다. 태양이 번들번들 빛을 내며 길을 비추고 있었다. 눈이 시릴 정도로 강한 빛이었다. 이선은 막연하고 막막한 심정으로 길을 걸었다. 그리고 그 길의 끝에서 가족을 만났다.

"오라버니! 이선아!"

어머니 유선댁과 여동생 꼬물이가 환하게 웃으며 달려왔다. 궐 안에서는 한 번도 보여주지 않던 웃음이었다. 고운 옷을 입히고, 금은보화를 안겨주고, 손에 물 한 방울 묻히지 않게 해주어도 전혀 기뻐하지 않던 어머니와 여동생이, 지금은 기뻐하고 있었다. 그 모습에 울컥 눈물이 날 것만 같았다. 이선은 이를 꽉 깨물며 눈물을 참았다.

"어여 집에 가자. 배고프지? 엄마가 맛있는 밥 지어줄게."

유선댁이 멍하게 서 있는 이선의 팔을 잡아끌었다. 왜 그렇게 욕심을 부렸느냐, 혼내줬으면 좋겠는데 어머니는 집에 도착할 때까지 아무 말도 하지 않았다.

서문시장 약초방 뒤채에 있는 작은 방이었다. 유선댁은 이선을 아랫목에 앉게 하고 서둘러 밥상을 차려왔다. 달래무침과 무말랭이, 된장국이 전부인 소박한 밥상이었다.

"그새 말랐네. 우리 아들…… 많이 먹어."

유선댁은 고봉으로 뜬 밥을 이선 앞에 놓아주었다. 이선은 숟가락으로 밥 한술을 떠서 묵묵히 입에 넣었다. 입안에 눈물이 고였는지, 밥이 자꾸만 미끄러져 목구멍으로 삼켜지지가 않았다.

"어머니……죄송합니다……."

이선은 밥 한술을 겨우 삼키고 입을 열었다. 유선댁이 꼬물이 숟가락에 반찬을 올려주다가 고개를 들어 아들을 바라보았다.

"죄송하긴 뭐가 죄송해. 이렇게 살아준 것만으로 엄마는 감사해. 이제 가고 싶은 곳 맘껏 가고, 하고 싶은 것 맘껏 하며 살아. 엄마는 다른 것 다 필요 없어. 너만 행복하면 돼. 어여 먹어. 너 이거 좋아하잖아."

유선댁은 이선의 숟가락 위에 반찬을 올려주며 활짝 웃었다. 아들

의 마음을 편하게 해주기 위해서, 속울음을 감추려 애써 웃는 것이
리라. 이선은 유선댁의 얼굴을 볼 낯이 없어 고개를 푹 숙이고 꾸역
꾸역 밥을 먹었다. 따뜻하고 슬픈 밥이었다.

～◈◈～

이선은 '가짜 해독제'의 진실을 풀어야겠다고 마음먹었다. 선은
아니었다. 가짜 해독제를 보내 죽이려 했던 자가, 진짜 해독제를 건
넬 리 만무했다. 그렇다면 남은 사람은 둘, 대비 아니면 대목이었다.

'가짜 해독제'의 배후가 누구이든, 이제 와서 그가 할 수 있는 일
은 없었다. 이미 저승꽃이 된 대목에게 복수를 할 수도 없었고, 선의
비호를 받고 있는 대비를 죽일 수도 없었다. 그러나 진실을 알고 싶
었다. 그러자면 현석을 찾는 게 급선무였다.

현석은 이선이 폐주(廢主)가 된 뒤로 감쪽같이 모습을 감췄다. 생
각해보니, 현석에 대해 아는 것이 별로 없었다. 대목에 의해 집안이
멸문지화를 당했다는 것, 이선의 도움으로 겨우 목숨을 건졌다는 것
빼고는 아무것도 몰랐다.

'어디로 갔단 말인가. 혹여 나로 인해, 목숨을 잃은 것은 아닐는
지……'

걱정으로 한숨짓는 이선의 귓가에 웅성거리는 소리와 함께 수레
끄는 소리가 들려왔다. 고개를 돌려보니, 죄인을 압송하는 금부도사

와 나장(羅將)들의 모습이 보였다. 수레에 탄 죄인은 주진명이였다. 이선은 본능적으로 나무 뒤로 몸을 숨기고 유배지로 떠나는 행렬을 지켜보았다. 주진명은 마치 요양이라도 가는 사람처럼 흔들림 없는 자세로 눈을 감고 앉아 있었다.

서소문 양수청 앞 우물가에 이르러, 수레가 멈추었다. 나장들이 목을 축이기 위함인지 우물가로 우르르 몰려갔다. 그때였다. 삿갓을 쓴 사내가 주진명이 타고 있는 수레로 다가갔다. 순간, 이선의 심장이 철렁 내려앉았다. 삿갓으로 얼굴은 가렸으나, 풍채나 움직임으로 봐서 현석이 분명했다.

'만약 저자가 정말 현석이라면, 대목의 하수인이나 다름없는 주진명에게 무슨 볼일이 있는 거지?'

이선은 좀 더 자세히 보기 위해, 나무 뒤에 몸을 숨기며 사내 쪽으로 다가갔다. 사내는 주진명과 무슨 말인가를 긴히 속닥거렸다. 거리가 있어서 이선에게는 들리지 않았다. 얼굴이라도 정확히 확인할 수 있으면 좋겠다 싶을 때였다. 난데없이 꼬마 아이들이 우르르 몰려와 사내를 툭 치고 지나갔다. 그 순간 삿갓이 살짝 옆으로 쏠리더니, 사내의 얼굴이 드러났다. 현석이었다.

현석은 황급히 삿갓을 바로 고쳐 쓰더니, 주진명에게 목례를 하고 행인들 사이로 몸을 숨기며 걸어갔다. 이선은 두근거리는 마음으로 현석의 뒤를 미행했다. 불행한 예감이 구름처럼 몰려왔다.

24
청혼

인생을 사는 동안 행복한 결말이란 없다. 삶은 결말을 확정 지을 수 없는 과정일 뿐이다. 그 과정에서 인간은 행복도 만나고 때로는 불행도 만난다. 인생이 잔인한 것은 전혀 예상치 못한 순간에 불행이 찾아온다는 것이다.

이제 겨우 한시름 놓았다고 생각한 순간, 선 앞으로 불행을 예고하는 상소들이 올라왔다. 폐주의 중전으로 간택된 가은을 궁에서 쫓아내라는 상소였다. 상소의 말미에는 사사로운 인연이나 정에 얽매이지 않는 것이 성군이 되는 길이라는 글귀도 적혀 있었다. 어이가 없고 화가 났다.

선이 왕좌를 되찾을 수 있었던 배경에는 가은의 희생이 있었다. 편수회를 무너뜨리고, 짐꽃독에 중독된 자들의 목숨들 구하게 된 것도 모두 가은의 희생이 있었기에 가능한 일이었다.

'그런 희생을 한 사람을, 세상이 바뀌었다고 나 몰라라 하라는 것인가? 사랑하는 자를 배신하는 것이 성군이 되는 길이란 말인가? 그것이 진정 이 나라의 법도란 말인가?'

그런 생각 끝에, 혹시라도 가은이 이런 말들을 전해 듣고, 상처받지나 않을까 염려되었다. 가은은 천성적으로 자신보다 남을 먼저 생각하곤 했다. 만약 이런 상소를 알게 된다면, 그녀는 그를 위해 궐을 떠나려 할 것이 분명했다. 선은 불안한 마음에 자리에서 일어나 강녕전 밖으로 나갔다.

별궁은 주인 없는 집처럼 조용하고 썰렁했다. 마음이 덜컹 내려앉은 선은 뒤따라온 궁인들을 따라오지 못하게 하고, 가은의 처소 안으로 뛰어들어 갔다.

방 안은 사람이 머물렀던 흔적조차 없이 말끔하게 정돈되어 있었다. 창백한 얼굴로 바닥에 주저앉은 선의 눈에 서찰 한 장이 보였다. 그는 재빨리 서탁 위로 손을 뻗어 서찰을 펼쳐 읽었다.

전하.

이 서찰이 혹 전하의 심중을 어지럽힐까 두려워,

몇 번이나 붓을 들었다 놓았습니다.

전하와의 인연은 제게 평생 잊지 못할 추억으로 남을 것입니다.

허나, 이제 전하는 만백성의 어버이.

조선의 군주로서 막중한 책무를 맡으신 몸.

허물 많은 소녀가 전하의 앞길에 걸림돌이 될까 두렵사옵니다.

부디, 소녀가 저자에서 평범한 삶을 살게 허락하시어,

전하께서 열어가는 태평성대를 백성들과 함께

지켜보게 해주시옵소서.

서찰을 든 선의 손이 가늘게 떨렸다. 이 서찰을 쓰기까지 그녀가 겪었을 마음고생을 생각하니, 가슴이 찢어질 듯 아파왔다. 그녀를 지켜주지 못했다는 생각에, 스스로가 한없이 미워졌다. 그녀가 없으면 그는 아무도 아니었다. 처음 본 순간부터 그녀를 사랑했다. 그녀를 잊어야 할 순간에도, 그녀를 사랑했다. 그녀를 이대로 놓칠 수는 없었다.

선이 가은을 찾은 곳은 서소문 연못가였다. 해가 구름 사이로 어룽어룽한 빛을 뿜어내고 있었다. 바위에 걸터앉아 연못으로 아련한 시선을 던지는 가은의 모습은 마치 빛으로 빚어낸 듯 아스라했다. 다가가면 사라질 듯한 그 모습에 선은 선뜻 다가가지 못한 채, 멀리에서 그녀를 지켜보았다.

가은이 문득 일어나 바닥에 쪼그리고 앉았다. 돌멩이를 주워 흙을 파헤치더니, 품에 있던 무언가를 꺼내 작은 구덩이에 파묻었다.

"전하는…… 만백성을 위해 존재하셔야 할 분, 당신을 위해…… 제가 떠나는 것이 옳겠지요?"

가은의 쓸쓸한 목소리가 선의 귓가에 아프게 파고들었다.

"말도 안 되는 소리."

선은 가은 곁으로 불쑥 다가섰다. 깜짝 놀란 가은이 벌떡 일어나 선을 바라보았다. 까만 눈동자에 눈물이 어렸다. 그녀의 눈물을 닦아주려 한발 앞으로 다가서자, 그녀가 고개를 돌려 그를 외면했다.

"가은아, 날 보거라. 가은아…… 날 좀 보래도."

선은 부드러운 손길로 그녀의 턱을 잡아 눈을 마주치며 말을 이었다.

"넌 내가 책쾌 천수일 때부터…… 늘 변치 않은 마음을 주었다. 보부상 두령이든 대궐 별감이든 상관없이…… 한데 왜 임금인 나는 안 된다는 것이냐? 책쾌도, 두령도, 별감도 상관없는데…… 임금만은 안 된다니…… 너무하는구나."

"전하…… 소인은 폐주의 중전으로 간택되었던 몸…… 소인이 중전이 된다면, 전하의 치세(治世)에 누가 될 것이옵니다."

"진정 백성에게 누가 되는 게 뭔지 아느냐?"

"……."

"내가…… 널 잃는 것이다. 네가 대목에게 잡혀갔을 때 모두가 말하더구나. 백성을 위해 내 목숨을 지키라고, 널 포기하라고. 허나 만일 그때 내가 목숨을 지키고자, 널 저버렸다면…… 나는 이전의 내가 아니었을 것이야. 편수회와 맞서 백성을 지키려던, 원래의 나는 사라졌을 것이야. 가은아, 왕좌는 언제든 대목 같은 괴물을 키워낼 수 있는 자리다. 내가 그리되지 않도록, 네가 날 지켜봐주면 안 되겠느냐? 나를 위해…… 그리고 백성을 위해……."

가은은 그를 물끄러미 바라볼 뿐, 말이 없었다. 선은 장난기 있는 눈빛으로 빙긋 웃으며, 그 자리에 쪼그리고 앉아 그녀가 파묻다 만 곳을 다시금 파헤쳤다. 조각난 경갑 목걸이가 흙 속에 묻혀 있었다.

"버리지 않았구나……."

"……버릴 수 없었습니다……."

가은의 대답에, 선이 빙긋 웃으며 경갑 목걸이를 다시 파묻었다. 가은이 의아한 눈빛으로 그를 바라보았다. 선은 깨진 경갑 목걸이를 흙 속에 잘 묻어둔 후, 자리에서 일어나 흙 묻은 손을 탈탈 털고, 품에서 무언가를 꺼내 가은에게 내밀었다. 해와 달이 함께 새겨진 월식 경갑 목걸이였다.

"오랜 세월 달을 기다려, 드디어 함께하게 된 이 해와 달처럼…… 이제는 항상 너와 함께하고 싶구나. 내 영혼이 닿을 수 있는 깊이만큼, 넓이만큼, 너를 은애한다."

선은 가은의 가는 목에 목걸이를 걸어주며 말을 이었다.

"그 언젠가 하늘의 부름을 받더라도…… 죽어서도 너를 은애할 것이야……. 이 마음 변치 않을 것이니…… 평생, 나와 함께해주겠느냐?"

"전하……."

"나의 비가 되어, 만백성의 어미가 되어, 나와 함께 저들을 지켜주겠느냐?"

"……그리하겠습니다."

가은의 두 눈에 눈물이 그렁그렁 맺혔다.

"전하의 비가 되어…… 언제까지고 전하와 함께하겠습니다."

선은 가은의 눈물을 닦아주고, 그녀를 품에 꼭 끌어안았다. 그녀는 하늘이 내려준 보물이었고, 빛이었다.

'두 번 다시는 놓치지 않으리라, 상처내지 않으리라.'

그는 깊이 다짐하며, 그녀의 입술에 입을 맞췄다. 어룽어룽했던 해가 구름 사이로 얼굴을 내밀고, 축복하듯 그들 위로 햇살을 내리쬐었다.

"지금 당장, 함께 돌아가자꾸나."

선은 포옹을 풀고, 가은의 손을 잡아끌었다.

"전하, 소인에게 작별인사를 할 시간을 주셔야지요. 유모와 꼬물이, 시전 사람들에게 인사를 하고 가겠습니다."

가은이 잔잔한 미소를 지으며 말했다. 선은 하는 수 없다는 듯 그녀의 손을 풀어주었다. 마음 같아서는 그녀와 함께 있고 싶었으나, 잠행을 나온 터라 서둘러 궐로 들어가야 했다.

"알았다······ 그럼 한 시진 후에 가마를 보내줄 테니, 그걸 타고 돌아오너라."

아쉬움이 가득 묻은 그의 목소리에, 가은이 피식 웃음을 터트렸다.

"예, 전하. 꼭 그리하겠습니다."

선은 가은의 미소를 뒤로 하고 궐로 돌아갔다.

잠행하느라 미뤄두었던 일과를 처리하고 있을 때였다. 우보가 땀을 삘삘 흘리며 강녕전으로 찾아와 청천벽력 같은 소식을 전해왔다. 가은이 가마를 타고 궐로 오던 중 괴한에게 습격을 당했다는 것이었다.

"그래서, 가은이는 어찌 됐습니까? 어찌 됐냐는 말입니다!"

"전하, 고정하시옵소서. 가은이는 무사합니다. 다만······."

"다만, 무엇입니까. 어서 말씀을 해보세요. 영상!"

"가은이를 구하려다, 이선이가 칼을 맞았습니다."

"도대체 누가! 누가 그런 짓을 했단 말입니까?"

"이선이의 호위무사였던 현석이라는 자입니다. 아무래도 편수회의 세작이었던 것 같습니다."

"그자는 어떻게 됐습니까?"

"이선의 칼을 맞고 죽었습니다."

"이선이에게 가봐야겠습니다."

선은 미복으로 갈아입고 서둘러 서문시장 약초방으로 달려갔다.

약초방은 초상집이나 다름없었다. 유선댁과 꼬물이는 눈이 빨갛게 부어오르도록 울고 있었고, 가은이는 시름시름 죽어가는 이선의 곁을 지키고 있었다.

"이선아, 정신 차려…… 이선아!"

가은이 울먹이며 이선의 손을 잡았다.

"울지 마세요. 아가씨, 아가씨가 울면…… 제 맘이 아픕니다."

"이선아…… 늘 너를 아프게만 하고, 내가…… 내가 너무 미안해."

"아닙니다. 아가씨…… 아가씨 덕분에 이름을 가질 수 있어서……
꿈을 가질 수 있어서 행복했습니다."

가은을 향하던 이선의 시선이 선에게 힘겹게 닿았다.

"전하…… 전하를 원망한 절 용서하세요."

"아니, 아니다. 다 괜찮으니 제발 널…… 이리 보내게만 하지 마라."

"전하, 저에게도 전하는…… 처음이자 마지막 동무셨습니다. 부디…… 이 나라의 진정한 군주가 되시고, 아가씨와…… 행복하십시오.”

이선의 얼굴에 희미한 미소가 드리워지는가 싶더니, 이내 숨이 멎었다. 가은은 힘없이 툭 떨어지는 이선의 손을 잡고 하염없이 눈물을 흘렸다. 유선댁과 꼬물이가 가슴을 치며 통곡했다. 문가에 앉아있던 우보도 탄식을 하며 울었다. 선의 눈에도 주체할 수 없는 눈물이 흘렀다.

‘이선아…… 너는 내게, 영원한 동무다…… 너와 약속하마. 부끄럽지 않은 군주가 될 것이다. 가은이와 함께, 만백성이 웃을 수 있는 행복한 나라로 만들 것이다. 그러니, 지켜봐다오…… 나의 동무, 이선아…… 그곳에서는 부디 평안하렴…….’

이선의 장례를 치르고, 1년이 지난 어느 봄날, 선과 가은의 가례가 거행되었다. 대비와 문무백관들, 궁인들과 백성들의 한없는 축복 속에서 이루어진 성대한 가례였다.

“그대 한씨를, 조선의 왕비로 책봉하니, 부디 만백성의 어진 어미가 되어, 과인과 영원히 함께해주시오.”

울림 있는 목소리로 교명문을 낭독한 선이 가은을 향해 한걸음 다가갔다. 왕비의 대례복을 갖춰 입은 가은은 만개한 꽃보다 화사했고, 봄날에 돋아나는 새싹보다 싱그러웠다. 선은 무릎 꿇고 앉아 있는 가은을 직접 일으켜 세웠다. 가은이 차분하고 올곧은 눈빛으로 그를 바라보았다. '전하, 어진 국모가 되겠습니다. 백성을 진심으로 아끼고 사랑하는 왕비가 되겠습니다. 전하가 진정한 군주가 되실 수 있도록, 곁에서 평생 보필하겠습니다' 하는 그녀의 마음이 전해져왔다.

"주상전하, 중전 마마! 경하드리옵니다!"

영의정 우보가 나란히 서 있는 선과 가은을 향해 크게 외쳤다.

"경하드리옵니다! 천세! 천세! 천천세!"

대소신료들과 궁인들의 뜨거운 환호 소리를 들으며, 선과 가은은 애틋한 눈빛으로 서로를 바라보았다.

작가의 말

조선시대를 배경으로 한 드라마는 차고 넘쳤다. 머릿속에 불쑥 떠올랐던 이야기의 실마리들을 조금 다른 시각으로 풀어낼 수 없을까 고민하던 2014년 여름, 노란 리본 앞에서 "아이들에게 '부끄럽지 않은 세상'을 물려주고 싶다"라고 인터뷰하던 어느 어머니의 물기 어린 목소리와 미세한 떨림이 내 마음을 세차게 흔들었다.

좀 더 나은 세상을 만들기 위해 나는 무엇을 해야 할까. 나 자신을 향한 물음표가 언제나처럼 명치끝에 걸려 있었다. 3년의 세월이 흐르는 동안 '잘못된 세상'을 바로잡기 위한 이들의 울분 섞인 목소리가 마침내 수면 위로 떠올랐고, 낡고 부식된 선체가 검은 뻘을 껴안은 채 세상에 제 모습을 드러낼 무렵, 나 역시 밭은 숨을 몰아쉬듯 그제야 이 이야기를 세상에 풀어놓을 수 있었다.

이 작품에 대한 구상을 내놓았을 때, 왜 하필 '물'을 소재로 다뤘느냐는 질문이 참 많았다. 드라마와 소설 《군주》에서 '물'은 '돈'을 상징하고, '짐꽃환'은 '권력'을 상징하는 매개이다. 단순한 '물' 이야기가 아닌, 뒤틀린 욕망이 담긴 '돈과 권력'을 이야기하고 싶었다. 눈에 보이지 않는 곳에서 '검은돈'이 어떻게 흘러가는지를, '물'을 다스리는 것이 곧 권력이었던 조선에서 권력을 탐하는 자들의 검고 뻔뻔한 속내를 —'픽션'이라는 가면을 빌려— 이야기하게 되었다. 또한 '물'을 두고 팽팽한 줄다리기를 이어가는 세자와 대목의 싸움을 통해 "세상에는 결코 돈으로 계산할 수 없는 것들이, 돈으로 계산해서는 안 되는 것들이 있음을" 전하고 싶었다.

아이러니하게도 '돈' 때문에 '물' 이야기를 마음껏 풀어내지 못하고, 궐(闕)로 주인공들을 보내야 하는 것이 현실이었지만…… 힘들게 드라마를 풀어가는 과정에서, 많은 사람들과 함께 일하다 보니 당초 〈군주〉의 씨앗이 되었던 '돈보다 사람, 그리고 사랑'이라는 소재가 더 절실하게 다가왔다.

첫 드라마 작품으로 사극을 선택했을 때 다들 안 된다고 고개를 가로저었다. 그러나 처음부터 믿어주고 끝까지 함께해준 정찬회 대표님 덕분에 힘을 내 글을 쓸 수 있었다. 또한 연이은 사극이라는 부담감에도 불구하고 대본을 보고 '세자' 역할을 허락하고, 참 오랜 시간을 믿고 기다려준 배우 유승호 군과 박준성 대표님. 스토리를 당초 계획대로 이끌어가지 못하는 현실 앞에 모두 내려놓고 포기하고 싶었던 순간, 중심을 잡아주고 조율해주신 한희 국장님. 온종일 책상에 앉아 있는 힘든 스케줄을 함께 소화하며 가장 가까이에서 힘이 되어준 보조작가 효정이와 윤정씨. 〈군주〉 드라마 제작팀의 멋진 배우분들과 감독님과 모든 스태프분들께 고개 숙여 감사의 인사를 전하고 싶다. 그리고 가장 먼저 대본을 접하며 재미있다고 응원해주고 힘내라고 다독여주던 우리 용이와 매일 새벽 기도해주시는 어머니께도 진심으로 감사의 인사를 전한다.

2017년 6월
곽 혜 진

추천의 글

작년 10월 중순, MBC 드라마 〈군주〉의 연출을 맡게 된 것은 불과 8개월 전의 일이었다. 빠듯한 일정을 전해 듣고, 다급히 현장으로 달려가 처음 맞닥뜨린 촬영 일정과 조건은 생각보다 험난했다. 전작과 후속작으로 편성된 〈역적〉과 〈왕은 사랑한다〉까지 이미 촬영중인 상황이었기에 MBC 사극촬영의 주 무대인 '용인대장금파크'까지 포화상태로 이용이 불가하다는 것. 그야말로 청천벽력 같은 소식이었다. 설상가상, 〈군주〉를 소화할 자원과 인력이 전무했고, 배우들의 스케줄 문제로 대본 집필과 촬영까지 최대한 당겨야만 했다. 이 모든 조건을 듣는 순간, 눈앞이 캄캄해졌다.

시간도 자원도 부족한 상황이었지만, 강렬한 스토리에 끌린 나는 이 작품을 반드시 완성해 내리라 마음을 다잡았다. 우선 할 수 있는 일은 의상, 미술 등은 기존의 것을 재활용하고 강녕전과 온실 등 몇 가지 세트에 집중해 일정을 최대한 앞당기는 방법이었다. 그러나 이 작품의 상징과도 같은 편수회당과 입단식을 치를 동굴만큼은 담양과 문경 모산굴 등 현지 로케(location, 현지 촬영)를 고집해 현실감을 높였다. 하지만 잦은 눈비로 인한 기상악화에 속이 까맣게 타들어 갔고, 전국 각지로 흩어진 동선은 '고난의 행군'을 방불케 했다. 그뿐만 아니었다. 사극 촬영에 필수적인 장비와 수많은 인력으로 예산 문제까지 고려해야 했기에 40부작 전체에 나오는 편수회 동굴씬을 단 3일만에 찍어야만 했다(물론 장비를 빼고 넣는데 하루가 따로 걸렸다). 짐꽃밭이 나오는 모든 씬은 방송 직전 5월 초, 양평 설매재에서 3박 4일만에 촬영을 마쳤다(촬영일수 70일째였던 제작발표회 당시 화군은 죽는 씬까지 촬영을 마친 상태였다). 세자가 가은이 품속에서 죽는 씬을 먼저 찍고 온실에서 이별하는 씬을 나중에 찍을 정도로 정신없는 스케줄에 연출로서는 최대한 배우들의 감정을 연결하는 데 가장 애를 먹었다.

예산이 부족하여 고정 B팀도 없이 A팀이 거의 100일 가까이 무한 출장과 빨래방을 오가는 강행군이 계속되었다. 이쯤 되면 죽기살기였다. 박혜진 작가와 보조작가들 역시 사전 제작을 전제로 한, 불가능에 가까운 집필 일정을 소화해야만 했다. 평소라면 배우들의 감정이나 회차순을 고려했겠지만, 이번만큼은 촬영 조건과 환경이 최우선 과제였다. 배우진, 촬영진, 작가진까지 우리 모두는 이 작품을 해내야 한다는 일념 하나로 고비마다 쉼 없이 내달렸다.

그런 고생을 하늘이 알아주기라도 하듯, 조연출 한진선이 만들어낸 티저(teaser)가 주목받기 시작하면서 MBC의 전략프로그램으로 선정되었다. 그 소식에 모두가 손뼉을 치며 환호했다. 조금씩 희망이 보였고, 동 시간대 수목 드라마 1위를 차지하며 주위를 놀라게 했다. 그러나 시청자들의 눈은 날카로웠다. 제작비 절감을 위해 궁중사극만으로 이야기를 전개시킨 중반부, 많은 질책이 잇따랐다. 하지만 애청자들은 모진 질책만큼이나 감동적인 응원의 메시지를 보내왔다. 그런 덕분인지 시청률 1위를 유지할 수 있었고, 매회 광고 완판이라는 결과를 이뤄냈다. 힘든 여건에 탄식을 쏟아내기도, 시청자들의 응원에 다시 몰입하기도 하며 버텨온 6개월간의 대장정이었다.

6월 말, 동이 터오는 용인 산자락에서 이뤄진 마지막 촬영. 배우들의 호흡은 그 어느 때보다 최고조에 올라 있었다. 20부작 분량의 사극을 촬영일수 단 125일만에 완성해낸 덕에 '군주'라는 제목만 들어도 울컥할 만큼, 깊은 애정을 품게 되었으리라(또한 아마도, 사극 미니시리즈 가운데 최저 제작비, 최단 촬영 일수 대비 최고의 성과를 이끌어낸 작품일 것이다). 모든 배우와 스태프들이 작품과 캐릭터에 대한 애정으로 촬영 지연을 기꺼이 감수했고, 현장에서는 최선을 다해 열정을 쏟아냈다. 그 모든 것이 감사했다. 마지막 컷을 무사히 마친 뒤, 승호와 명수(인피니트 엘)가 '수고하셨습니다'가 아닌 '이겼다'를 외쳤을 때, 매서운 얼굴로만 달려온 나 역시 '울컥' 하는 속울음을 삼키고 그제야 웃어 보였다. 영원히 끝나지 않을 것 같던 그 뫼비우스의 띠 같은 일정에 드디어 마침표가 찍힌 것이다. 하지만 촬영을 마친 요즘, 잠에 들었다가도 '아, 그 씬 안 찍었는데' 하며 벌떡 일어나는 건 계속된다.

매 순간 큰 힘을 실어주신 한희 국장님, 촬영 여건의 한계와 대본 수정 문제로 매번 톰과 제리처럼 싸우곤 했던, 그러나 최선의 노력을 다해준 박혜진 작가와 보조작가들, 아빠의 긴 부재에도 잘 참아주었던 아들 규민과 아내 정현 그리고 〈군주〉를 함께한 모든 스태프와 혼신의 힘을 다해준 배우들, 잠못 이루며 대본을 써내려온 작가들, 이하 모든 분들께 진심으로 감사 인사를 전한다.

2017년 7월
노도철

군주 가면의 주인 下

초판 1쇄 발행 2017년 7월 20일
초판 2쇄 발행 2017년 9월 30일

원작 박혜진
각색 손현경

발행인 윤새봄 **본부장** 김정현
편집주간 신동해 **책임편집** 김은영
디자인 조영아 **본문조판** 김은정
마케팅 이현은 이은미 **제작** 류정옥
국제업무 최아림 박나리

브랜드 웅진지식하우스
주소 경기도 파주시 회동길 20 웅진씽크빅 단행본사업본부
주문전화 02-3670-1595 **팩스** 031-949-0817
문의전화 031-956-7358(편집) 02-3670-1123(마케팅)

홈페이지 www.wjbooks.co.kr **페이스북** www.facebook.com/wjbook **트위터** @wjbooks

발행처 ㈜웅진씽크빅 **출판신고** 1980년 3월 29일 제406-2007-000046호
출판권 ⓒ 웅진씽크빅, 2017 **저작권** ⓒ 박혜진
ISBN 978-89-01-21764-2 (04810)
     978-89-01-21765-9 (세트)

이 도서의 국립중앙도서관 출판예정도서목록(CIP)은 서지정보유통지원시스템
홈페이지(http://seoji.nl.go.kr)와 국가자료공동목록시스템(http://www.nl.go.kr/kolisnet)에서
이용하실 수 있습니다.(CIP제어번호: CIP2017018847)

* 잘못 만들어진 책은 구입하신 곳에서 교환해드립니다.
* 책값은 뒤표지에 있습니다.